SUSAN CARLISLE

Le souhait de Liz

Traduction française de
GABY GRENAT

BLANCHE

HARLEQUIN

Collection : Blanche

Titre original :
THE SINGLE DAD'S HOLIDAY WISH

HARPERCOLLINS FRANCE
83-85, boulevard Vincent-Auriol, 75646 PARIS CEDEX 13
Service Lectrices — Tél. : 01 45 82 47 47 - www.harlequin.fr
ISBN 978-2-2804-6161-0 — ISSN 0223-5056

Composé et édité par HarperCollins France.
Imprimé en octobre 2021 par CPI Black Print (Barcelone)
en utilisant 100% d'électricité renouvelable.
Dépôt légal : novembre 2021.

FSC www.fsc.org MIXTE Papier issu de sources responsables FSC® C159065

Pour limiter l'empreinte environnementale de ses livres, HarperCollins France s'engage à n'utiliser que du papier fabriqué à partir de bois provenant de forêts gérées durablement et de manière responsable.

1.

Debout dans un coin de la grande pièce, le Dr Liz Poole observait avec indifférence les autres personnes invitées à la soirée. Ce faisant, des questions assez déconcertantes lui venaient à l'esprit : *Qu'est-ce que je suis venue faire ici ? Comme si c'était mon genre de papillonner dans les réunions mondaines !*

Pas plus que du temps de son adolescence, elle n'était à l'aise dans ce genre de rencontres et c'était à ces moments-là que sa sœur Louisa lui manquait le plus. Si elle s'était trouvée ici, Louisa n'aurait pas manqué d'animer la soirée comme elle savait si bien le faire. Tout le monde l'adorait, tout le monde voulait l'inviter. À vrai dire, songea Liz, Louisa ne serait pas venue, persuadée à l'avance que cette réunion ne pouvait être qu'ennuyeuse.

D'ailleurs, c'était bien ce qu'elle avait pensé elle aussi, mais Melissa, son infirmière en chef, avait tellement insisté pour qu'elle y participe qu'elle avait fini par accepter. Pour l'y inciter, Melissa était allée jusqu'à l'accuser de se métamorphoser en ermite et lui avait prédit un avenir de mémère à chat si elle ne faisait pas quelques efforts pour sortir et rencontrer du monde. Dans l'espoir que Melissa la laisserait souffler quelque temps, Liz avait décidé de faire une apparition au Riverside Country Club en se disant que, depuis le temps qu'elle faisait du bénévolat à Decatur, elle y retrouverait certainement quelques personnes de sa connaissance.

Apparemment, ce n'était pas le cas. Histoire de se donner une contenance, elle porta sa coupe de champagne à ses lèvres. Au moins, il était de qualité … Puis, une fois de plus, elle fit le tour de la pièce du regard. La plupart des invités avaient joué le jeu et arboraient une tenue comportant du rouge et du vert, y compris l'homme qui buvait un cocktail près du bar, un gros nœud écossais rouge et vert autour du cou. Il devait donc lui aussi faire partie de l'équipe des bénévoles, mais elle ne l'avait jamais rencontré.

Cette soirée avait en effet été organisée par la mairie pour remercier tous ceux qui participaient de manière désintéressée aux divers événements de la ville. Chaque fois que son emploi du temps à l'hôpital le lui avait permis, Liz s'était portée volontaire au poste médical. Ce qui prouvait bien qu'elle n'était pas autant désocialisée que Melissa ou sa mère se plaisaient à le dire !

D'ailleurs, en plus de ce bénévolat, elle fréquentait régulièrement son club d'échecs et son club de lecture. Elle sortait aussi. De temps en temps, bien sûr… Évidemment beaucoup moins que ces deux dernières l'auraient souhaité, mais suffisamment pour qu'on ne la harcèle plus à ce sujet !

Avec soulagement, elle constata que le dîner allait bientôt être servi. Enfin… Dès qu'il serait terminé, elle filerait à l'anglaise, mais l'idée qu'elle allait devoir tenir une conversation au cours du repas la contrariait déjà. Du regard, elle chercha une personne de sa connaissance. Sans succès. Restait donc à espérer que ses voisins se débrouilleraient tout seuls pour discuter entre eux et qu'elle n'aurait qu'à opiner du chef de temps à autre.

Melissa n'était pas la seule personne qui l'avait exhortée à venir ce soir. Quelques jours plus tôt, elle avait encore eu droit à un sermon de sa mère qui lui reprochait de se refermer sur elle-même. Selon cette dernière, obsédée par le souci de voir sa fille rester célibataire, cela lui ôtait toute chance de rencontrer un jour l'âme sœur. *La belle affaire !* soupira Liz. Toutes ces pressions, même si elles étaient exercées avec les meilleures intentions du monde, l'agaçaient au plus haut point. Franchement, c'était souvent difficile d'être la seule famille qui restait à sa pauvre maman …

Le moment du discours étant arrivé, le maire de Decatur tapa sur son verre avec son couteau de manière à attirer l'attention de son auditoire.

— Mes chers amis, je tiens à vous remercier tous bien vivement d'être venus ce soir.

Tout en parlant, il regardait Liz d'un air surpris. Évidemment, puisque pas plus tard que la veille, elle lui avait assuré qu'elle se trouvait dans l'impossibilité de participer à cette réunion. Comme elle avait régulièrement décliné toutes ses précédentes invitations, son étonnement à la découvrir au milieu des participants était bien compréhensible.

Après avoir remercié chacun de son aide au cours des différentes manifestations de la ville, il annonça que le festival Trees on the River aurait lieu dans deux semaines.

— Ceux qui parmi vous ont décidé de se porter volontaires pour cet événement sont priés de bien vouloir rester un instant à la fin de la soirée pour une rapide mise au point de l'organisation.

Puis il adressa un sourire amical à Liz.

— Et maintenant, avançons-nous vers ce magnifique buffet ! ajouta-t-il.

Liz soupira. Zut... C'en était fini de son projet de départ en catimini puisqu'elle s'était déjà engagée à assurer la permanence médicale de ce festival. Pas question de se dédire.

À regret, elle s'avança donc pour prendre sa place dans la file des invités et se trouva entre deux hommes. Celui de devant, assez âgé, arborait une silhouette corpulente qui témoignait de son goût pour la bonne chère. Elle n'aperçut pas le visage de celui qui se trouvait derrière elle car il était détourné, occupé à parler avec une personne qui était un peu plus loin, mais elle remarqua sa voix grave et chaleureuse.

Tout en attendant son tour, elle regarda la salle décorée pour la circonstance. Les tables prévues pour le repas étaient recouvertes de nappes rouges, et des branches de houx avaient été disposées autour de bougies dorées. L'ensemble était simple, mais très réussi, et rappela à Liz qu'il lui faudrait bientôt s'occuper de sa propre décoration de Noël. Hélas, depuis la mort de sa sœur, l'année précédente, et celle de son père quatre ans plus tôt, les fêtes étaient loin d'être aussi gaies qu'autrefois. Elle se retrouvait en tête à tête avec sa mère qui ne manquait pas de lui rappeler que ce serait tellement mieux si elle avait un compagnon. Cette année, pourtant, Liz était décidée à faire un effort pour se mettre dans un état d'esprit moins morose.

Une brusque poussée dans le dos lui fit presque perdre l'équilibre. Heureusement, une poigne ferme la retint à temps.

— Désolé ! J'espère que je ne vous ai pas fait mal ?

Voilà ce que la voix grave et chaleureuse qu'elle avait entendue tout à l'heure venait de lui dire tout près de l'oreille. Sous l'emprise tiède de cette grande main, elle frissonna.

— Non, pas du tout !

— Vous êtes sûre ? insista l'homme qui la fixait d'un air inquiet.

— Oui, oui, tout va bien !

Alors qu'elle-même était d'une plus grande taille que la moyenne des femmes, il devait se pencher pour lui parler. Outre qu'elle trouvât cela agréable, elle remarqua aussi le vert intense de ses yeux. Pour la première fois de sa vie, elle se tenait près de quelqu'un dont la taille était en rapport avec la sienne. Dieu sait si elle avait entendu des plaisanteries désagréables à ce sujet au cours de ses études ! Plus tard, plusieurs jeunes gens avaient renoncé à sortir avec elle pour cette raison. Le fait d'avoir les meilleures notes de la classe n'avait pas aidé non plus. Bref, elle ne gardait pas un bon souvenir de ces années-là, même si la pétulante Louisa, sa sœur jumelle, l'avait aidée à tenir le coup. Hélas, elle devait désormais se débrouiller sans elle…

— Parfait ! reprit son voisin. Apparemment, je suis incapable de faire deux choses à la fois : parler et marcher en même temps, c'est trop pour moi !

Il lui adressa un sourire charmeur.

Le même sans aucun doute qu'il devait arborer pour éviter une contravention quand il avait affaire à une femme policière… Après tout, ce n'était pas désagréable, pensa Liz qui le regarda avec plus d'attention. Ses cheveux blonds étaient très courts sur les côtés, plus longs sur le dessus de la tête avec des ondulations qui donnaient envie d'y glisser les doigts…

Seigneur… J'ai déjà perdu la tête !

Sur sa chemise blanche, le séduisant voisin portait un sweater rouge sombre. Un pantalon marron foncé et des mocassins assortis complétaient sa tenue d'une élégance décontractée qui le rendait assez irrésistible.

Il fit un geste de la main.

— Je crois que vous devriez avancer…

— Oh…

Absorbée par sa contemplation, Liz avait laissé un vide se creuser entre elle et l'homme qui la précédait. Elle se hâta de le combler et son voisin s'avança à côté d'elle.

À ce moment-là, l'homme qui arborait l'énorme nœud papillon écossais rouge et vert passa devant eux après avoir rempli son assiette.

— Ce n'est pas tout le monde qui peut se permettre de porter ce genre de colifichets, commenta l'homme avec lequel elle avait lié conversation.

Elle se mit à rire.

— C'est bien vrai !

— Au fait, puisque nous en sommes déjà à plaisanter ensemble, je me présente : je suis Carter Jacobs.

Puis il lui tendit une main.

— Et moi, Liz Poole.

— Ravi de vous avoir bousculée… ou plutôt, de vous avoir rencontrée, ajouta-t-il en souriant.

Pas de doute, c'était un charmeur !

— Vous participez souvent à ces rencontres ? demanda-t-il.

— Non. C'est la première fois.

— Moi aussi. Je viens juste de m'installer à Decatur.

— Dans ce cas, bienvenue à vous ! J'espère que vous vous plairez ici.

Liz réprima un sourire en prenant conscience de leur conversation parfaitement insipide ! Et elle s'était mise au diapason sans hésiter… N'était-ce pas inquiétant ? Où étaient passés son sens de la repartie, et sa tendance à se moquer de ce genre de badinage oiseux ?

— En fait, mes grands-parents habitaient ici, reprit Carter, ce qui fait que je ne suis pas vraiment nouveau dans la région.

— Moi, je suis née et j'ai grandi ici.

— Ah... alors j'imagine que vous connaissez le coin comme votre poche !

Liz se tourna vers lui, perplexe. Ne serait-il pas en train de flirter avec elle ? C'était quelque chose qu'elle ne recherchait pas et qui lui arrivait rarement, mais si c'était le cas aujourd'hui, elle trouvait cela plutôt agréable.

Carter passa une main dans ses cheveux.

— Vous faites souvent du bénévolat ?

— Aussi souvent que possible quand les manifestations réunissent beaucoup de monde et que la présence d'un médecin est nécessaire.

— Ah... vous êtes médecin ? demanda-t-il d'un air surpris.

— Oui, je suis oto-rhino-laryngologiste.

— C'est amusant ! Je suis moi-même médecin, spécialiste de médecine interne, mais mon fils fréquente assidûment votre service. Le malheureux a souvent des otites qui le font beaucoup souffrir.

Donc, ce séducteur en puissance était médecin lui aussi, ce qui rassura Liz. Avec quelqu'un qui travaillait dans le même monde qu'elle, elle se sentait beaucoup plus à l'aise.

— Décidément, le monde est petit ! commenta-t-elle platement, à l'image du niveau de leur échange.

— En effet. Je suis surpris de ne pas vous avoir rencontrée au cours de mes récentes participations bénévoles.

— J'étais de garde lors des deux précédentes. C'est sans doute la raison qui fait que nous ne nous sommes pas aperçus.

Ils étaient maintenant arrivés au niveau du buffet. Liz remplit son assiette, et Carter fit de même, ce qui prit un peu plus de temps car il paraissait doté d'un bel appétit. Elle hésita un instant à l'attendre. Puis, songeant qu'il ne voudrait probablement pas s'asseoir près d'elle, elle alla s'installer à une table où il restait une place de libre. Carter jeta un coup d'œil dans sa direction puis se dirigea vers une autre partie de la pièce, et ils ne se revirent pas de la soirée.

En quittant le bâtiment où s'était tenu le repas, Carter remonta la fermeture Éclair de son blouson puis chercha les clés de sa voiture dans sa poche. Le petit vent glacé qui soufflait sur la rivière Tennessee rendait ce mois de décembre encore plus froid.

À côté de son SUV était garée une petite voiture. En s'approchant, il constata que la jeune femme qu'il avait bousculée tout à l'heure était au volant. Celle qui avait un si joli sourire. Mais en ce moment, il avait disparu pour laisser place à un air contrarié.

Le moteur de sa voiture faisait un bruit bizarre, et Carter tendit l'oreille en ralentissant le pas. Le même tintamarre se faisant entendre, il contourna le véhicule de manière à se trouver dans l'angle de vision de la conductrice et lui adressa un signe de la main.

— Je peux vous aider ?

— Je ne sais pas ce qui se passe !

Elle haussa les épaules d'un air agacé.

— Ma voiture refuse de démarrer. Pourtant, elle a très bien marché tout à l'heure.

— Essayez encore une fois..., dit Carter d'une voix calme.

Nouvelle tentative. Nouveau bruit de casseroles entrechoquées.

Liz laissa échapper un soupir contrarié.

— Je suis sûre que ce n'est pas la batterie qui est en cause parce que je viens de la changer, mais j'ignore ce que ça peut être. Je suis meilleur médecin que mécanicienne !

Elle réfléchit un instant avant de parvenir à la conclusion qui s'imposait.

— Je vais appeler mon garagiste et attendre tranquillement à l'intérieur du bâtiment qu'il vienne me dépanner.

— Impossible ! Tout le monde est parti et les portes sont fermées.

Il jeta un coup d'œil alentour.

— Il fait vraiment beaucoup trop froid pour que vous restiez dans votre voiture.

— Non, je vais téléphoner tout de suite. Je suis certaine que le dépanneur sera ici rapidement.

Carter s'éloigna un peu pour la laisser expliquer sa situation à ce dernier, mais il entendit néanmoins l'exclamation qui lui échappa.

— Ça va prendre autant de temps que ça ?

À travers le pare-brise, il la vit raccrocher d'un air contrarié et ranger son téléphone dans son sac puis elle leva la tête pour s'adresser à lui.

— Il leur faudra une bonne heure avant d'arriver ici…

L'air désolé, elle jeta un coup d'œil au bâtiment sombre en resserrant son manteau autour d'elle.

Carter se rapprocha d'elle.

— Vous n'allez pas rester toute seule ici dans ce froid, c'est hors de question. Je sais que nous nous connaissons peu, mais acceptez tout de même que je vous reconduise chez vous. Je suis obligé de passer par chez moi pour libérer ma baby-sitter qui a cours demain, ce qui ne prendra que deux minutes.

— Je vous remercie, mais ce n'est pas nécessaire. Je vais bien fermer mes portières …

— Et geler sur pied ! Non, pas question. Il fait beaucoup trop froid. L'autre solution serait qu'un ami puisse venir vous chercher rapidement. Cela vous paraît possible ?

— Non, ce n'est pas envisageable. Ma mère et mon infirmière habitent à une heure d'ici.

— Donc, vous n'avez pas le choix. Si vous êtes inquiète, appelez quelqu'un pour dire qui je suis et signaler que vous venez chez moi.

— D'accord, je vais appeler mon infirmière.

Melissa lui demanda l'adresse de Carter, puis Liz ajouta qu'elle l'appellerait dès qu'elle serait de retour chez elle. Une fois leur conversation terminée, Carter eut l'impression, malgré l'obscurité, que Liz avait rosi. Qu'est-ce que son infirmière avait bien pu lui demander ?

Le nez baissé, elle rangea son téléphone dans son sac puis le regarda à nouveau.

— Je suis désolée de vous causer tout ce dérangement.

— Ce n'est pas un problème, je vous assure.

Effectivement, tout ce qui comptait pour Carter était de pouvoir retrouver son fils à l'heure dite pour respecter la parole donnée. Ryan avait été si souvent déçu par sa mère qu'il ne fallait à aucun prix qu'il perde confiance dans son père.

Quelques instants plus tard, après avoir fermé sa voiture, Liz était assise à côté de Carter, les mains croisées sur ses genoux. Très vite, ils se retrouvèrent sur l'autoroute,

Carter conduisait avec prudence, ce qui ne l'empêchait pas de réfléchir. Tout à l'heure, il avait été frappé par la grande taille de celle qui était maintenant sa passagère. Et par ses longues jambes. Le genre de jambes qui faisait rêver … Allons, quelle drôle de dérive à propos d'une femme qu'il ne connaissait pas ! Était-il sevré de sexe depuis si longtemps pour perdre la tête aussi rapidement ? Quoi qu'il en soit, il avait trouvé très agréable de ne pas avoir à se pencher quand il lui parlait et, malgré le tailleur noir qu'elle portait, il n'avait pas été sans remarquer les courbes fort agréables moulées par la jupe ni le renflement attirant de sa poitrine sous le chemisier rouge sombre.

Histoire de changer le cours de ses pensées, il aborda un sujet moins brûlant.

— Au fait, où habitez-vous ?

— À Ridgewood. C'est dans cette direction, mais il faut tourner à droite un peu plus loin.

— Nous sommes donc presque voisins puisque je vis à Mooresville.

— Je connais ce nom, mais je n'y suis jamais allée.

— C'est juste de l'autre côté de la rivière, un peu à l'écart de l'autoroute. Nous allons très vite y arriver et vous serez bientôt chez vous.

Le silence s'installa à nouveau. De temps en temps, Carter

jetait un coup d'œil sur l'épaisse chevelure châtain de sa passagère. Elle avait de grands yeux sombres et le regard un peu triste, comme si déjà la vie l'avait blessée à plusieurs reprises. Ce qui ne l'empêchait pas d'être extrêmement séduisante. Il secoua la tête comme pour se rappeler qu'il n'était pas à la recherche d'une compagne, aussi charmante soit-elle. Son ex-épouse l'avait suffisamment fait souffrir pour lui ôter l'envie de se lancer dans ce genre d'entreprises. Ryan et lui se suffisaient à eux-mêmes, et ils avaient besoin de paix et de tranquillité. Pourtant, ce ne serait sans doute pas désagréable d'avoir quelqu'un avec qui parler d'autre chose que du dernier dessin animé…

Comme ils passaient sur le pont, il reprit la conversation.

— Où se trouve votre cabinet ?

— Tout près de l'hôpital, dans l'un de ces vieux bâtiments qui ont été rénovés.

— Je vois. Le mien se trouve à un petit kilomètre d'ici, dans le nouveau complexe médical. C'est étonnant que nous ne nous soyons jamais rencontrés.

— En effet !

Elle laissa échapper un petit rire que Carter trouva tout à fait charmant et il avait déjà envie de l'entendre à nouveau.

— Qu'est-ce qui vous a donné envie de vous installer ici quand vous êtes arrivé dans la région ? poursuivit-elle.

— Quand mes grands-parents ont décidé de partir s'installer en Floride, j'ai racheté leur maison. J'avais envie d'élever mon fils dans un endroit où les gens se parlent et se rendent volontiers service.

Il se mit à rire à son tour.

— Je me suis peut-être laissé emporter un peu vite… La maison est petite et un peu vieillotte, mais tellement pleine de bons souvenirs que je n'ai pas hésité.

Liz sourit d'un air compréhensif.

— C'est sûrement un bon choix.

Puis elle se tourna vers lui, paraissant un peu soucieuse tout à coup.

— Mais que va dire votre épouse quand elle va vous voir débarquer avec une inconnue ?

— Pas de problème, j'ai divorcé il y a quatre ans.

— Oh ! je suis désolée …

Carter haussa les épaules. Lui, il n'était pas désolé du tout. Mis à part le bonheur d'avoir Ryan, son mariage avait été un échec complet. Une erreur à ne jamais refaire.

Ils venaient d'arriver devant un grand jardin public que Carter contourna avant de s'engager dans une petite allée de gravier qui menait au parking situé à l'arrière de sa maison.

— Quelle jolie maison ! s'exclama Liz en regardant par la vitre la petite bâtisse à l'allure d'un autre siècle.

— Je l'adore. En dépit des courants d'air qui y règnent pendant l'hiver et des travaux qu'il faut y faire effectuer ! En vieillissant, mes grands-parents ont eu de plus en plus de mal à s'occuper de son entretien, alors je rattrape le retard peu à peu.

Il ouvrit sa portière.

— J'en ai pour une minute, mais je vous invite à entrer tout de même.

— Non, merci. Je préfère vous attendre ici.

Liz regarda Carter gravir les marches à grandes enjambées, très étonnée d'avoir accepté de monter dans la voiture d'un quasi-étranger. Toutefois, le quartier était rassurant et la vieille petite maison si sympathique qu'il était impossible qu'elle soit habitée par une personne mal intentionnée.

De nouveau, elle examina la façade blanche, les hautes fenêtres, le petit patio dallé de briques.

Carter tint parole et réapparut rapidement, tenant dans ses bras un petit garçon enroulé dans une couverture, et suivi par jeune fille. Il installa son fils dans un siège enfant placé à l'arrière tandis que la jeune fille s'asseyait à côté de ce dernier.

— Ryan, je te présente le Dr Poole. C'est une nouvelle amie. Je la raccompagne chez elle parce que sa voiture n'a pas voulu démarrer tout à l'heure.

Liz adressa un sourire au petit qui bâillait de sommeil.

— Bonsoir, Ryan. Je suis contente de faire ta connaissance.

— Liz, je vous présente aussi Betsy qui vient s'occuper de Ryan quand je ne suis pas disponible.

Liz se tourna vers la jeune fille qui lui adressa un timide signe de tête. Cet embarras ne fut pas sans rappeler à Liz celui qu'elle éprouvait au même âge, et dont elle n'avait jamais réussi à se débarrasser complètement.

Afin que l'adolescente se détende un peu, elle reporta son attention sur Carter.

— Je suis désolée que vous ayez dû sortir votre fils de son lit ! Si j'avais su, je n'aurais pas accepté votre proposition. Je dérange tout le monde…

— Pas du tout, répliqua-t-il en lui tapotant l'épaule d'un geste rapide.

Rapide mais suffisant néanmoins pour qu'un frisson délicieux parcoure Liz des pieds à la tête.

— Ryan n'était pas encore endormi, poursuivit Carter. En fait, il est en train de vivre une véritable petite aventure, n'est-ce pas, Ryan ?

Le petit malin décida de mettre à profit la bonne humeur de son père.

— Papa, si tu m'achetais une glace sur le chemin du retour pour fêter ça ?

Carter se mit à rire. Et Liz adora ce rire spontané et plein de gentillesse.

— Non, fiston, c'est un peu trop tard pour une glace. Par contre, je peux te faire un bon chocolat chaud avant de te remettre au lit.

Liz se tourna pour regarder Ryan qui réfléchissait intensément.

— D'accord, mais je préfère quand même la glace…

— On verra ça à un autre moment.

Quelques minutes plus tard, Carter s'arrêtait devant une maison dont le porche était éclairé.

— Betsy, merci beaucoup pour ce soir. Je t'appellerai de nouveau pour t'occuper de Ryan pendant les vacances.

— Oui, merci, répondit la jeune fille en descendant de la voiture.

Une fois qu'elle fut rentrée dans la maison, Carter redémarra.

— J'apprécie vraiment le mal que vous vous donnez pour moi…, dit Liz.

— De toute façon, il fallait que je ramène Betsy, donc ça ne change pas grand-chose à ma soirée.

Puis il jeta un rapide coup d'œil vers son fils à l'arrière.

— Alors, Ryan, qu'est-ce que vous avez fait ce soir avec Betsy ?

— On a regardé un dessin animé et mangé une pizza.

Il y eut un petit silence.

— Tu aimes la pizza ?

— Voyons, Ryan, tu sais très bien que j'aime ça !

— C'est à Liz que je parle, papa, pas à toi, répliqua le petit garçon

— Ah… excusez-moi d'interrompre votre conversation, mais j'ai besoin de savoir où vous conduire, Liz ! coupa Carter.

— Il vous faudra tourner au troisième feu rouge et, ensuite, ce sera tout droit.

Dix minutes plus tard, ils étaient arrivés au portail d'entrée de la résidence où vivait la jeune femme. Carter tapa le code en suivant les indications de Liz.

— Ma maison est la troisième sur la droite, précisa-t-elle.

Carter regardait les constructions qui les environnaient. Jolies. Modernes. Sans âme. Par contraste, comme sa petite maison au charme suranné lui paraissait chaleureuse malgré tous ses défauts !

Liz chercha les clés dans son sac.

— Je tiens vraiment à vous remercier mieux qu'avec des mots pour votre gentillesse. Puisqu'il semble que nous aimions tous les trois les pizzas, j'aimerais vous inviter à en manger une samedi.

— Oui ! s'écria Ryan depuis le siège arrière avant que son père ait le temps de répondre.

Hélas, celui-ci secoua la tête.

— Je suis désolé, mais c'est impossible.

Une déception immense envahit Liz. Pour une fois qu'elle prenait une initiative, celle-ci était rejetée. Voilà qui n'aurait pas dû l'atteindre et, pourtant…

— Oui, je suis désolé, nous devons absolument participer à une rencontre de quartier, ajouta Carter.

Il réfléchit un instant.

— Mais… pourquoi est-ce que vous ne vous joindriez pas à nous ? Il n'y aura sans doute pas de pizza, mais ce sera certainement très chaleureux.

Liz secoua la tête.

Participer à une fête de quartier en compagnie de Carter ? C'était impossible ! Que penseraient les gens ? Qu'elle entretenait une liaison avec lui, immanquablement. Et de cela, elle n'avait aucune envie.

— C'est moi qui dois faire quelque chose pour vous remercier, pas l'inverse !

— Allons, pas de complications ! Il s'agit seulement d'un pique-nique en plein air pour les habitants du quartier et, ensuite, nous ferons le tour de quelques maisons en chantant des chants de Noël. Il est prévu qu'on nous propose des desserts, et je suis sûr que cela vous plairait.

Liz réfléchissait, tentée par la proposition qui paraissait en effet très sympathique. Carter avait l'air enthousiaste.

— Je… je ne voudrais pas déranger…

Carter se tourna vers elle, l'air chaleureux.

— Vous ne dérangerez personne, je vous le promets. Il y aura plein de gens qui n'habitent pas Mooresville, mais qui y ont de la famille ou des amis. Acceptez, vous passerez un bon moment, j'en suis persuadé.

— Si je viens, est-ce que je peux apporter quelque chose ?

— Oui, si cela vous met à l'aise, mais ce n'est pas du tout une obligation.

— Vers quelle heure devrai-je arriver ?

— Venez autour de 15 heures. Il s'agit d'un déjeuner tardif ou d'un dîner avancé, comme vous préfèrerez, parce que nous voulons avoir du temps ensuite pour profiter des distractions prévues.

Liz lui sourit.

— Il est possible que je doive travailler ce jour-là, mais je vous tiendrai au courant. En tout cas, merci encore d'avoir fait le taxi pour moi !

Carter la regarda entrer chez elle avant de démarrer.

Ensuite, il reprit la route, tout étonné de la surprise que lui avait réservée ce repas au River Side Country Club.

Quant à Liz, tout en tournant la clé dans sa serrure, elle se dit que la soirée avait pris un tour très inattendu, mais que cela lui plaisait infiniment.

2.

Le lendemain matin, en attendant Melissa avec qui elle devait effectuer le trajet jusqu'à l'hôpital puisqu'elle était sans voiture, Liz était encore toute surprise de se rappeler qu'elle avait osé inviter un étranger à dîner. Et plus encore, de constater qu'elle envisageait sérieusement d'accepter l'invitation de Carter à son repas de quartier. Pourquoi refuser cette occasion de découvrir Mooresville ? Et de revoir Carter… Il y avait tellement longtemps qu'elle n'avait pas rencontré un homme qui l'intéresse !

Comme elle réfléchissait, la voiture de Melissa vint se garer devant sa maison. La pétulante infirmière arborait ce matin une mèche de cheveux rose fuchsia et un chemisier assorti. Rien d'étonnant à cela ! Fidèle à elle-même, Melissa, qui s'était débarrassée une fois pour toutes de tout souci des convenances, ne faisait jamais rien comme tout le monde. D'ailleurs, dès que Liz fut installée à côté d'elle, elle commença à lui demander des nouvelles de la soirée.

— Alors, ma chère Liz, est-ce que par hasard tu aurais rencontré un chevalier servant au cours de cette soirée où je t'ai envoyée manu militari ?

Melissa éclata de rire en voyant Liz opiner en souriant.

— Tu vois, je te disais bien que ça te réussirait de sortir ! Allez, raconte-moi tout. Je veux des détails ! Est-ce qu'il est beau ?

— Il est grand …

— Fais un effort, Liz ! Est-ce qu'il a de beaux yeux ? Une large poitrine ? Des grandes mains ?

Liz sourit à nouveau.

— Oui. Il a tout ça, en effet.

— Oh là là… C'est le rêve, non ?

Liz haussa les épaules.

— Ce n'est pas ce que tu crois… Il ne s'est rien passé.

— Et alors ? C'est un peu normal pour une première rencontre, non ?

— Il m'a juste ramenée chez moi à cause de ma panne de voiture.

Après un petit silence, Liz décida d'aller jusqu'au bout.

— Il m'a aussi invitée à la fête de son quartier samedi, mais je ne sais pas si je vais accepter.

Repoussant sa frange fuchsia, Melissa adressa un regard noir à sa passagère.

— Tu es folle ou quoi ? Bien sûr que tu vas accepter ! Tu iras à cette fête pour permettre à ton Adonis de découvrir que tu es une fille super. Et en deux secondes, avant même de t'en rendre compte, vous serez tombés amoureux l'un de l'autre.

Pareil enthousiasme laissa Liz très perplexe car il risquait de devenir contagieux…

— Melissa, il faut que tu arrêtes de lire tous ces romans d'amour. Je trouve qu'ils te faussent le jugement !

— Et toi, il faut que tu arrêtes d'imaginer qu'il n'y a pas un homme au monde susceptible de te rendre heureuse. Zut, à la fin ! Prouve à ta mère que tu vaux autant que ta sœur.

Liz laissa échapper un gros soupir. Cela, c'était mission impossible. Elle se souvenait trop bien du succès de Louisa au sein de la famille et chaque fois qu'elles sortaient ensemble. Toujours et partout, sa jumelle devenait le centre d'attraction. Liz ne lui en avait jamais voulu du magnétisme qu'elle exerçait sur les gens car elle l'entraînait dans sa foulée. Depuis sa mort, sa vie avait changé du tout au tout, et elle devait se débrouiller seule pour faire sa place. C'était très difficile, parfois insurmontable. Si elle acceptait l'invitation de Carter, c'est ce genre de supplices qui l'attendait samedi prochain. Pareille perspective lui nouait déjà l'estomac.

Malgré cette inquiétude, elle réussit à travailler consciencieusement toute la matinée. Juste avant la pause du déjeuner, la réceptionniste lui annonça que le Dr Jacobs l'attendait au téléphone.

Les mains tremblantes, Liz alla prendre la communication.

— Bonjour, Liz, je voulais juste m'assurer que vous avez pu vous rendre à l'hôpital ce matin. Cet après-midi, je peux éventuellement…

— Mon infirmière est passée me prendre à la maison. C'est vraiment gentil de vous inquiéter pour moi, mais tout va bien.

— Et votre voiture ?

— Elle est au garage. Ma mère viendra me chercher ce soir et j'irai avec elle louer une voiture pour quelques jours.

Liz n'était pas habituée à ce que l'on se soucie ainsi d'elle, mais, pour autant, elle n'allait pas bâtir un roman là-dessus ! Nouveau venu à Decatur, Carter Jacobs avait sans doute tout simplement envie de faire des connaissances…

Carter se racla la gorge avant de reprendre :

— Je… je voulais aussi vous renouveler mon invitation pour samedi. Ce sera une bonne occasion pour vous de découvrir Mooresville.

Liz hocha la tête, dubitative. Il avait l'air de tenir vraiment à sa présence.

— D'ailleurs, un regard nouveau sur nos activités nous sera très utile pour les améliorer, ajouta-t-il.

Liz ne put retenir un soupir de déception.

Bien, le message était passé. Ce qui intéressait le beau médecin dévoué à sa communauté, c'était la perspective de perfectionner son association, point final. Pour elle, c'était l'écroulement d'un rêve qui avait commencé bien qu'elle s'en soit défendue. Était-ce trop d'avoir souhaité qu'il l'invite parce qu'il avait envie de la revoir ? Apparemment, oui.

Carter mit fin à leur entretien sans davantage de précisions.

— Je vous retrouve donc samedi, d'accord ?

Il avait parlé sur le ton assuré de quelqu'un pour qui le résultat est acquis. Comment le décevoir en refusant après tout le mal qu'il s'était donné pour lui rendre service ? Sa timidité ne devait pas la rendre impolie…

— Je ferai mon possible. Désolée de vous quitter, des patients m'attendent.

— C'est pareil pour moi. À samedi !

Liz s'accorda quelques minutes pour réfléchir. Elle n'avait pas l'habitude qu'on la remarque. Pourtant, quelle qu'en soit la raison, Carter l'avait fait. Honnêtement, elle trouvait cela très agréable, donc le mieux était d'en profiter malgré ses réticences.

Un peu plus tard, comme elle faisait part de ce coup de fil à Melissa, cette dernière la houspilla une fois de plus.

— Liz, si tu arrêtais un peu de te dévaloriser ? Tu es une des femmes les plus séduisantes et intéressantes que je connaisse. Sors de ta coquille et fais-toi confiance, c'est le moment ou jamais.

Liz tourna et retourna ce conseil dans sa tête. Et si Melissa avait raison ? Si, finalement, elle trouvait plus simple de ne faire aucun effort pour lier de nouvelles connaissances ?

— Je sais ce que nous allons faire pour te faciliter la tâche, reprit l'infirmière. Vendredi après-midi, nous irons ensemble chez le coiffeur et chez la manucure. Après, je t'emmènerai acheter un nouveau T-shirt pour porter avec ton jean, ça te va ?

— Pas trop… j'ai des rapports à terminer.

— Ils attendront ! L'urgence, c'est que tu reprennes confiance en toi. Depuis quand n'es-tu pas sortie avec un homme ?

— Heu… Un an ou deux.

— Je vois… Heureusement que je suis là pour te secouer. Il te plaît, ce Carter ?

Liz hocha la tête. Plus qu'elle n'aurait accepté de l'avouer.

— Alors, fais un effort ! Tu passes ton temps ici à aider les gens. Les week-ends, tu fais du bénévolat et tu vas jouer aux échecs avec le troisième âge… Pense à toi pour une fois !

Elle regarda Liz droit dans les yeux pour ajouter :

— Tente ta chance, et arrête d'avoir peur. Souviens-toi de ce que tu m'as dit de son sourire… Le jeu en vaut la chandelle, non ?

Face à tant d'insistance amicale, Liz ne pouvait que céder.

— D'accord, j'irai pour te faire plaisir.

— Pas question ! Tu iras pour *te* faire plaisir à toi, un point, c'est tout. Donne enfin aux gens l'occasion de découvrir qui tu es réellement et commence à vivre pour toi.

Le samedi après-midi, le cœur battant et la gorge serrée d'émotion, Liz s'appliquait à faire attention à la route qui la menait à Mooresville. Une fois arrivée, elle constata que Carter avait dit juste. Mooresville méritait le détour. Elle contourna un parc verdoyant au milieu duquel se dressait un grand bâtiment de briques rouges, avant de s'engager dans la rue qui conduisait à l'arrière de la maison de Carter. Elle s'y gara en se disant que Louisa n'aurait rien trouvé d'intéressant à Mooresville. Autant elle-même aimait les vieilles maisons, autant Louisa n'appréciait que la modernité sous toutes ses formes. Bien que jumelles, elles étaient complètement différentes, Liz le savait depuis toujours.

Elle sortit de sa voiture et prit la tarte aux pommes qu'elle avait préparée puis s'avança vers la maison, entourée d'un jardinet accueillant. De gros coussins aux housses imprimées de houx étaient posés ici et là sur les fauteuils en rotin et sur la balancelle. On imaginait bien une famille y prendre le soleil par un bel après-midi de printemps. Quelle différence avec l'endroit où elle vivait, impeccablement dessiné au cordeau et froid !

Une couronne de Noël était accrochée sur la porte d'entrée encadrée par deux pots en terre cuite débordants de cônes et de branches de pin. Carter s'était vraiment donné du mal pour la décoration, ce qui était assez surprenant de la part d'un homme seul au foyer. Elle ne s'attendait pas à découvrir ce trait de personnalité chez lui.

D'un pas hésitant, elle se dirigea ensuite vers le parc où plusieurs personnes s'affairaient à garnir le buffet prévu sur une grande table recouverte d'une nappe verte et rouge. Des enfants couraient un peu partout, et elle repéra Ryan parmi eux. Comme il s'arrêtait un instant pour la regarder, elle lui sourit en lui adressant un geste de la main. Ensuite, la gorge nouée d'appréhension, elle se remit à marcher en direction des adultes. Et si elle rebroussait chemin maintenant ? Personne n'en saurait rien ! Sauf que… Ryan dirait sûrement à son père qu'il l'avait aperçue. Donc, elle n'avait plus le choix.

— Liz ! Vous vous êtes libérée !

Carter s'avançait vers elle, souriant, les yeux brillants, visiblement content de la voir. Sur son pull vert sombre, il avait revêtu un grand tablier décoré d'un énorme grill pour protéger son jean. Il paraissait heureux, dynamique et très viril. Liz cligna des yeux, la tête et le cœur embrouillés par l'émotion.

— Oui, j'ai réussi à éviter d'être de garde aujourd'hui.

Une dame d'un certain âge s'avança vers Liz pour la débarrasser de son plat.

— Oh… Vous vous êtes fait couper les cheveux depuis notre dernière rencontre ?

— Oui, en effet.

— Bravo, c'est très réussi !

Liz inspira profondément. Elle ne regrettait plus le temps qu'elle avait passé à se faire belle puisque Carter venait de le remarquer. Melissa avait eu raison.

— Dis donc, Carter ! cria un homme dans leur dos. Viens un peu par ici me donner un coup de main.

Carter et Liz se rapprochèrent de l'endroit où plusieurs personnes s'affairaient autour des grillades en cours.

Mais plus que ces préparatifs culinaires, pourtant fort appétissants, Liz regardait avec attention les bâtiments anciens qui entouraient le parc. L'un d'eux retint particulièrement son regard car il était tout en bois et avait ses deux portes d'entrée décorées de houx et de branches de sapin.

— C'est la poste, expliqua Carter. Avec l'église qui se trouve à côté, c'est l'une des quatre constructions qui remontent à 1818.

Une certaine fierté perçait dans sa voix. Visiblement, il appréciait de vivre dans ce cadre chargé d'histoire. Avec un plaisir certain, il expliqua à Liz que la ville avait été construite tel un quadrillage avec deux grands parcs d'où partaient les rues principales, et l'invita à revenir pour une promenade qui lui permettrait de découvrir les différents quartiers de Mooresville. En attendant cette occasion, Liz se contenta du square et de son environnement qu'elle trouvait tout à fait attrayant et plein d'un charme un peu suranné enchanteur.

— Aïe…

Un cri de douleur la sortit de sa contemplation. D'un geste malencontreux, l'un des hommes en charge des grillades venait de se renverser sur le bras un récipient plein d'huile bouillante. Tandis qu'un cercle compatissant mais impuissant se formait autour de lui, il essayait de se débarrasser de son T-shirt et de sa chemise qui lui collaient à la peau.

— Non, arrêtez ! cria Liz. Surtout, ne faites pas ça !

Elle jeta un coup d'œil autour d'elle.

— Est-ce que quelqu'un à un canif ou une paire de ciseaux ?

On lui donna un petit couteau qu'elle tendit à Carter.

— Désolé, mon vieux, Karen ne va pas être contente, mais je suis obligé de mettre en lambeaux ta belle chemise ! dit-il.

Pendant que Carter découpait le tissu, Liz le tenait à distance du membre du malheureux.

— Je suis médecin moi aussi, expliqua-t-elle. Surtout, ne touchez pas votre bras pour ne pas endommager la peau qui vous protège d'une infection.

Avec un rictus de souffrance, l'homme suivit son conseil. Puis, à la demande de Carter, quelqu'un apporta un sac de glaçons que Liz posa sur la brûlure.

— Je sais que ce n'est pas confortable, mais c'est important de le maintenir sur votre bras.

Le malheureux, qui gémissait de douleur, pensa quand même à son épouse.

— Quelqu'un pourrait aller prévenir Karen ? Elle est encore à la maison en train de terminer la salade de légumes qu'elle veut apporter pour le buffet.

— Ryan, va vite lui dire que John s'est blessé, mais que ce n'est rien de très grave, ordonna Carter. Dis-lui que Liz, mon amie médecin, et moi amenons John chez nous pour le soigner correctement.

Ryan partit en courant, visiblement fier d'être chargé de cette mission importante.

Quand John, soutenu par Liz et Carter, arriva dans la cuisine de Carter, Liz prit la direction des opérations.

— Je vais nettoyer votre plaie, en m'efforçant de ne pas abîmer votre peau. Encore une fois, elle est votre meilleure protection contre les complications.

Elle tamponna délicatement la brûlure avec une serviette propre et sèche avant de laisser la plaie sécher à l'air libre. Ensuite, elle étala dessus la pommade antibiotique que Carter venait de lui apporter.

— C'est pour éviter que la gaze colle à votre blessure, expliqua-t-elle de sa voix calme et rassurante.

Carter venait de commencer à enrouler une bande protectrice autour du bras de John lorsque des pas précipités se firent entendre dans l'entrée. Une petite dame aux cheveux blancs surgit dans la cuisine, l'air bouleversé.

— John, qu'est-ce qui t'est arrivé ?

— Rien de grave, Karen, répondit Carter. John s'est brûlé l'avant-bras, mais il est bien soigné et la douleur va s'estomper peu à peu.

Après avoir observé son mari comme pour s'assurer qu'il n'avait pas d'autre blessure, Karen lui tendit une chemise et une veste.

— Mary m'a dit que tu avais besoin de nouveaux vêtements.

— En effet, intervint Carter. Désolé pour la jolie chemise de ce matin !

Karen ne parut pas affectée outre mesure par la nouvelle.

— Le mieux, c'est que tu l'aides à s'habiller en évitant le plus possible de toucher son bras, reprit Carter.

Puis il entraîna Liz dans la salle à manger.

— Laissons-les en tête à tête un moment, ils en ont besoin pour se remettre de leurs émotions. Ils sont mariés depuis quarante-cinq ans et ne vivent que l'un pour l'autre.

— Je comprends…, murmura Liz en se demandant quelle magie était à l'œuvre dans une si longue union.

Songeuse et triste, elle se dit que les astres ne paraissaient pas avoir prévu pour elle ce genre de bonheur …

Pressée de penser à autre chose, elle commença à remettre de l'ordre sur la table de la salle à manger encombrée de bandes et de désinfectants, mais Carter avait eu la même idée qu'elle. Leurs mains se rencontrèrent sur la boîte de gaze et, encore une fois, le frisson sensuel qu'elle avait déjà éprouvé en pareille circonstance la parcourut, fulgurant. Elle baissa la tête pour cacher le rouge qui lui était monté aux joues.

Heureusement, Karen et John vinrent les rejoindre à ce moment-là. Enlacés, ils paraissaient rassurés tous les deux et leur arrivée suffit à chasser le trouble de Liz, qui retrouva son rôle de médecin.

Son sang-froid revenu, elle reprit la direction des opérations en s'adressant aux deux vieux amoureux.

— John, je suggère que Carter vienne chez vous demain pour changer votre pansement. Il montrera à Karen comment s'y prendre pour qu'elle puisse ensuite le faire elle-même. Et bien, sûr, plus de grillade pendant quelque temps ! ajouta-t-elle avec un sourire malicieux.

— Voilà qui me paraît être une bonne feuille de route, intervint Carter en tendant à John une boîte d'antalgiques. Prends deux de ces comprimés tout de suite et deux autres en te couchant. Si tu as le moindre souci, n'hésite pas à me téléphoner.

— Quelle chance d'avoir des médecins aussi sympas pour s'occuper de toi ! déclara Karen, pleine de reconnaissance, qui ramassa ce qui restait de la chemise de John. Entre les brûlures et les coups de ciseaux, elle n'est vraiment pas récupérable, je vais de ce pas la mettre à la poubelle. Dommage, je l'aimais bien…

John lui adressa un petit clin d'œil.

— Ce sera l'occasion de m'en offrir une nouvelle pour mon anniversaire !

— Tu as raison. J'en ai déjà repéré une en vitrine avec de belles impressions hawaïennes, elle sera parfaite pour remplacer celle-ci.

Tous quittèrent ensemble la maison de Carter pour aller rejoindre le groupe réuni au square, et il en profita pour féliciter Liz pour son intervention.

— Bravo, docteur Poole, votre aide nous a été précieuse ! Je comprends pourquoi tout le monde apprécie tellement votre présence lors des événements publics.

Le cœur de Liz se mit à battre plus vite, mais il poursuivit :

— J'avoue que, jusqu'à aujourd'hui, je ne prêtais guère crédit à ce qui était remonté à mes oreilles.

— Ah bon ? Pour quelle raison tant de méfiance ?

Carter mit les mains dans ses poches en détournant le regard.

— C'est une vieille histoire… depuis la désastreuse relation que j'ai eue avec mon ex-épouse, même si c'est assez stupide de ma part, j'ai tendance à me méfier des femmes en général.

— Votre mariage a donc été si catastrophique ?

— Pire encore…

Puis il la prit par le bras.

— Allons rejoindre les autres. Je ne veux pas que Ryan s'inquiète de mon absence.

Tout en traversant le parc où plusieurs tables avaient été installées, Carter regrettait la confidence qu'il venait de faire à Liz. Restait à espérer qu'il ne l'avait pas trop choquée… Son blocage était vraiment idiot, mais il n'arrivait pas à le surmonter. En tout cas, il était vraiment heureux qu'elle soit venue aujourd'hui.

Quand ils rejoignirent l'assemblée, tout le monde les applaudit. Comme toujours, sa timidité fit que Liz rougit comme une pivoine car elle n'aimait pas attirer l'attention sur elle.

Carter comprit sa gêne et il s'efforça de la faire disparaître.

— Voyez, je ne suis pas le seul à trouver que vous avez été utile ! Et maintenant, allons de ce côté chercher quelque chose à manger.

Ils se rapprochèrent du buffet pour remplir leurs assiettes avant d'aller s'asseoir à la table de Ryan.

— Vous m'avez beaucoup attendri en piquant ce fard, tout à l'heure, au moment des applaudissements ! dit Carter.

— Arrêtez ou je vais recommencer ! répliqua Liz en riant.

— Tout le plaisir serait pour moi, murmura Carter sur un ton taquin.

Puis il s'adressa à son fils.

— Ryan, pendant que je vais nous chercher un pichet de thé glacé, je te laisse présenter Liz à M. et Mme Wilson.

À son retour, quand il s'assit à côté de Liz, sa jambe frôla la sienne, et une vague de chaleur le submergea au point de l'empêcher de trouver les mots pour féliciter Mme Wilson sur sa salade de pâtes. Il regarda Liz qui savourait la nourriture avec une délectation évidente, et, malgré lui, son imagination flamba. Elle savait apprécier les bonnes choses comme le font les femmes sensuelles. Comment réagirait-elle sous ses caresses ?

Avec un haussement d'épaule, il mit un terme à cet égarement. D'où lui venaient pareilles idées ? Maintenant qu'il était sorti de son désastreux mariage, il était seulement à la recherche d'amitié. D'ailleurs, Liz ne paraissait pas du tout être du genre à chercher une aventure. Tant mieux ! Pas question de mettre en danger l'équilibre qu'il avait construit avec Ryan. Et pourtant... il ne pouvait s'empêcher de penser combien il aimerait embrasser Liz.

Comme le repas touchait à sa fin, il repoussa son assiette.

— Je pense que le moment est venu de commencer à ranger. Il nous faut laisser le parc impeccable !

— Je vais vous aider à plier les tables et les chaises avant de rentrer chez moi, répliqua Liz.

Carter posa sa main sur la sienne.

— Non, Liz, je vous en prie, ne partez pas tout de suite. Les festivités ne font que commencer. Ryan et moi vous avons préparé une surprise. Attendez-nous ici, nous allons changer de vêtements. Ça ne prendra que quelques minutes.

Liz adressa un regard surpris aux Wilson.

— Carter ne vous a rien dit ? demanda Mme Wilson. Ils ont prévu une petite pièce dans laquelle il va jouer Robert Moore, le fondateur de Mooresville, et Ryan va tenir le rôle de son fils.

Liz se tourna vers Carter.

— C'est vrai ?

— Tout à fait. Vous comprenez pourquoi, même si mes talents d'acteur sont limités, je tiens à ce que vous assistiez à ce morceau de bravoure !

3.

Comme Liz se levait pour rassembler les assiettes et les couverts en carton, Mme Wilson l'arrêta d'un geste.

— Laissez ça, Liz, il vaut mieux que nous prenions un peu de temps pour faire connaissance.

M. Wilson s'étant éloigné pour donner un coup de main de son côté, elles étaient tout à fait tranquilles pour bavarder.

— Est-ce que Carter vous a dit que mon mari, Leroy, et moi-même sommes les meilleurs amis de ses grands-parents ? Nous sommes aussi ses voisins les plus proches, déclara Mme Wilson.

— Non, je ne le savais pas.

— Ce sont des personnes adorables avec lesquelles nous sommes toujours en contact. Malgré l'éloignement, notre amitié est bien vivante.

Le sourire plein de bienveillance de la vieille dame mit Liz à son aise.

— Alors, comment avez-vous fait la connaissance de Carter ? poursuivit Mme Wilson.

— Tout récemment, à la soirée de remerciements organisée par la mairie pour les bénévoles. Au moment de rentrer, ma voiture a refusé de démarrer, et Carter a eu la galanterie de me reconduire chez moi.

— Voilà qui ne m'étonne pas de lui, il est la gentillesse incarnée. Et si vous saviez quel père modèle il est ! ajouta-t-elle en jetant un coup d'œil vers Carter et Ryan qui s'éloignaient.

Elle soupira, l'air un peu contrarié.

— Parfois d'ailleurs, je trouve qu'il a tendance à trop couver son fils… Mais en même temps, on peut le comprendre puisqu'il s'applique à tenir le double rôle de père et de mère. Tellement d'horreurs circulent au sujet de la mère de Ryan...

— Mary, ça suffit ! coupa M. Wilson qui venait de les rejoindre.

Il posa une main sur l'épaule de son épouse.

— Carter n'aimerait pas que tu racontes tout ça !

Gênée tout à coup, Liz se hâta de passer à un autre sujet.

— Carter m'a invitée en tant que simple amie et collègue pour que je lui donne mon avis sur le déroulement de la journée.

— Simple amie ? répéta Mme Wilson d'un air dubitatif et avec un petit sourire amusé, mais sans insister néanmoins.

Liz non plus. Elle se détourna pour ranger les restes du repas dans des boîtes que les invités se partageraient. Alors qu'elle était ainsi affairée, elle aperçut Carter et Ryan venir vers elle, et elle éclata de rire. Carter avait revêtu une chemise blanche et un grand manteau bleu marine qui mettait sa large carrure en valeur. Un pantalon en flanelle gris foncé coupé sous les genoux, des bas blancs et des chaussures à boucle parachevaient son costume. Il avait vraiment l'air d'un gentilhomme du siècle dernier.

Mis à part une veste en cuir ceinturée à la taille, qui remplaçait le manteau, Ryan était habillé de la même façon que son père. Ils étaient superbes. Surtout le père.

— Je n'arrive pas à nouer correctement mon foulard, dit Carter.

— Liz, il vous faut l'aider ! suggéra Mme Wilson.

Comment refuser ? Liz entreprit donc d'enrouler autour du cou de Carter les deux pans du foulard, grisée par le parfum boisé qui émanait de lui. Lorsqu'elle fit le nœud, leurs regards se rencontrèrent et ils se figèrent tous les deux, plongés dans une fascination réciproque.

Enfin, l'enchantement fut rompu par la voix de Mme Wilson.

— Parfait ! Vous voilà fin prêt pour guider notre déambulation dans les rues de la ville.

— Papa, j'ai peur que mes copains se moquent de moi ! protesta Ryan.

Liz s'accroupit pour se mettre à la hauteur du petit garçon.

— Je vais te dire un secret, Ryan. S'ils se moquent de toi, c'est parce qu'ils sont un peu jaloux et aimeraient bien être à ta place.

— Tu crois ?

— J'en suis persuadée.

À cet instant, une femme se précipita vers eux en courant.

— Pam vient de prévenir qu'elle ne pourra pas arriver à temps. Elle est coincée sur le pont dans un embouteillage monstre causé par un accident.

— Vite, il nous faut tout de suite trouver une remplaçante ! dit Mme Wilson.

Elle jeta un regard affolé autour d'elle. Puis elle se tourna vers Liz et la considéra un instant.

— Liz, vous êtes de la même taille que Pam. Je suis sûre que son costume vous ira très bien !

— Mais… je…

— S'il vous plaît, Liz…, intervint Carter. Vous n'aurez rien à dire. Il vous suffit de vous costumer et de nous accompagner dans notre promenade. Nous allons chanter des chants de Noël, mais vous n'êtes pas du tout obligée de participer. Faites vraiment comme bon vous semblera.

Accompagnés de nombreuses personnes arrivées après le repas, le groupe commença à défiler dans les rues de la ville en chantant. Assez rapidement, entraînée par la bonne humeur du groupe, Liz dépassa sa timidité et se joignit à leur chœur, toute à l'émotion de découvrir la belle voix de baryton de Carter et de retrouver des paroles qu'elle croyait avoir oubliées depuis longtemps.

À la fin de la soirée, Carter la remercia et la félicita chaleureusement pour sa participation.

— C'est moi qui vous remercie, répondit Liz. Grâce à vous, j'ai découvert une tradition que je ne connaissais pas et qui m'a enchantée.

Tout en parlant, elle prenait conscience à quel point elle était sortie de sa zone de confort aujourd'hui. Et de bien des manières !

— Maintenant, je vous propose de venir vous changer chez moi. Je me chargerai de remettre les costumes à la responsable.

Autour d'eux, les lumières des maisons s'éclairaient peu à peu, et certaines avaient placé des bougies sur le rebord de leurs fenêtres. Liz avait l'impression d'avoir remonté le temps, retrouvé un rythme plus lent, plus paisible.

— Ce quartier a quelque chose de magique !

— C'est vrai. Je suis heureux que vous y soyez sensible. À vrai dire, j'étais persuadé que cette journée vous plairait.

— Ah bon… Pour quelle raison ?

— Parce que quand vous êtes venue l'autre jour, pour la première fois, vous avez regardé partout autour de vous avec l'air d'une petite fille émerveillée qui meurt d'envie de profiter du jouet qu'on lui montre.

Liz ne put s'empêcher de rosir en se voyant si aisément décryptée.

— C'est vrai que j'aime les vieux bâtiments, les traditions, tout ce qui fait partie de notre histoire.

Tout à coup, un petit détail très matériel lui vint à l'esprit.

— J'ai oublié mon plat à tarte !

Carter la prit par le bras.

— Pas de souci. Quelqu'un me le rapportera et je vous le restituerai. Au fait, je n'ai même pas eu un morceau de votre gâteau… C'est très contrariant !

Il lui adressa un regard suppliant.

— Voyez-vous un moyen de me permettre de rattraper ça un autre jour ?

Liz frissonna de plaisir à l'idée que Carter souhaitait la revoir, mais elle ne put s'empêcher de le taquiner.

— Vous ne savez même pas s'il était bon !

— J'imagine que si vous l'avez apporté, c'est parce que vous avez utilisé votre meilleure recette ?

Bien sûr ! Il avait encore mis dans le mille. C'était effectivement celle-là qu'elle avait choisie.

— Décidément, vous lisez en moi comme dans un livre ouvert ! Ne seriez-vous pas un peu extra-lucide ?

— Je ne sais pas, mais je vais creuser la question. Ça peut être intéressant de savoir ce que vous avez dans la tête !

Puis ils se hâtèrent de rentrer chez Carter. Liz remit ses vêtements habituels et abandonna à regret son costume du XIIIe siècle dans lequel elle avait passé de si bons moments.

La fête était terminée.

Après de longues hésitations, Carter avait invité Liz à déjeuner le mercredi suivant. Il n'avait cessé de penser à elle au cours des derniers jours. La facilité avec laquelle elle avait accepté de participer aux diverses activités de la fête de quartier la lui avait rendue encore plus attirante. Malgré tout, depuis qu'il s'était si lourdement trompé au sujet de son ex-épouse, il restait sur ses gardes et refusait de faire confiance à son intuition. Quelle que soit l'attirance qu'il éprouvait pour une femme, il était paralysé par la crainte de se tromper une seconde fois. Le bonheur de Ryan était devenu sa priorité, point final.

Pourtant, après avoir longuement réfléchi, il avait fini par reconnaître qu'il se cassait bien trop la tête pour une anodine invitation à déjeuner. Que diable, il ne s'agissait pas d'une demande en mariage, mais d'un simple repas avec une amie ! Il avait donc cédé à son envie et attendait Liz devant le petit restaurant où il avait ses habitudes.

Lorsqu'elle descendit de sa voiture et qu'il aperçut ses longues jambes par l'entrebâillement de son manteau, il dut toutefois s'avouer que les pensées qui lui vinrent à l'esprit n'avaient rien à voir avec une platonique amitié. Il s'efforça de les balayer le plus vite possible et proposa à Liz de s'installer à une table placée près d'une grande fenêtre par laquelle la lumière entrait à flots. Il se sentait détendu, de bonne humeur.

— Alors, Liz, comment allez-vous depuis samedi ?

— Tout à fait bien. J'ai repris mon travail avec la joie au cœur après le bon moment passé en votre compagnie.

— Laissez-moi vous redire à quel point j'ai été heureux que vous veniez participer à notre petite fête.

— Plaisir partagé ! Et maintenant, donnez-moi des nouvelles de notre malheureux brûlé.

— En lui changeant le pansement, j'ai pu constater que la cicatrisation est en bonne voie. Karen a pris le relai et je sais qu'il est ainsi entre de bonnes mains. Votre intervention rapide a été précieuse.

Carter terminait à peins sa phrase qu'un monstrueux bruit de casseroles se fit entendre. On aurait dit que toute la batterie de cuisine du restaurant venait d'atterrir sur le sol. Ils se regardèrent, éberlués, puis Liz sourit.

— À votre avis, faut-il que je me précipite avec ma trousse de premier secours ?

À cet instant, ils éclatèrent de rire en même temps. De si bon cœur que les autres clients se tournèrent vers eux d'un air surpris et, pour certains, avec un regard de reproche, comme si rire de si bon cœur avait quelque chose d'inconvenant. Ce qui, bien sûr, ne fit qu'aggraver leur hilarité. Carter était complètement sous le charme du rire de Liz. De séduisante, elle devenait ensorcelante. Heureusement, la serveuse s'approcha de leur table, ce qui les calma un peu.

Ils s'efforcèrent de retrouver un peu de sérieux pour passer leur commande, puis recommencèrent à rire.

— Il y a si longtemps que je n'ai pas ri comme ça ! déclara Carter entre deux hoquets.

— Pourtant, il paraît que le rire est le meilleur des médicaments.

— J'en suis persuadé, mais si nous continuons comme ça, on va nous mettre à la porte parce que nous empêchons les gens de manger tranquillement !

Liz hocha la tête d'un air pensif.

— C'est quand même amusant de penser que je nous fais

courir ce risque alors qu'on m'a toujours reproché d'être trop effacée.

Carter eut un petit sursaut de surprise.

— Vous ? Effacée ?

— J'entends cette critique depuis toujours.

— J'ai du mal à le croire. Chaque fois que je vous rencontre, il se passe quelque chose d'intéressant. Une panne de voiture, un accident de pique-nique, une dégringolade de casseroles… Bref, autour de vous, la vie devient passionnante.

— Vous trouvez ?

Devant la mine déconcertée de Liz, Carter préféra changer de sujet.

— Au fait, j'ai vu que vous venez assurer la garde au festival Trees of the River, c'est bien ça ?

— Oui, en effet.

— C'est surprenant que vous soyez médecin ORL alors que vous êtes si efficace dans les urgences. Comment en êtes-vous arrivée là ?

Liz prit une bouchée de sa salade de poulet qu'elle mâcha longuement avant de répondre.

— C'était ce que souhaitait ma sœur. Elle avait du mal à supporter la vue du sang.

— Elle est médecin elle aussi ? Vous êtes associées ?

Liz reposa sa fourchette.

— Non. Elle est morte l'an dernier au mois d'août. C'était ma sœur jumelle.

— Oh… comme c'est triste ! Je suis désolé pour vous.

— La plupart du temps, je n'en parle pas, c'est trop douloureux. Louisa était ma sœur, mon associée et ma meilleure amie.

— Si vous souhaitez continuer, je serai heureux d'en apprendre un peu plus sur elle.

— Louisa et moi étions de fausses jumelles. Nous ne nous ressemblions pas plus que deux sœurs classiques, mais nous avions tout de même un air de famille. Par contre, au niveau de nos caractères, nous étions très différentes. Elle était très boute-en-train, et tout le monde l'adorait.

Un moment de silence suivit cette déclaration. Puis Liz reprit d'une voix apaisée.

— Et vous, vous avez des frères et sœurs ?

— J'ai un frère qui vit à l'étranger avec sa famille. Il est dans l'armée.

— Vos parents habitent loin ?

— À trois heures de route.

— Quelle chance ! Ryan a sûrement l'occasion de les voir souvent.

Carter soupira. Hélas, ce n'était pas le cas. Il trouvait toujours une excuse pour espacer leurs visites parce que leur présence le renvoyait immanquablement à la faillite de son mariage, qui n'avait même pas duré trois ans. Pour eux qui vivaient depuis trente-huit ans une union sans nuage, son divorce avait été une déception immense. Chaque fois qu'il les retrouvait, il se sentait renvoyé à cet échec et cela lui était quasiment insupportable.

— En fait, nous ne les voyons pas aussi souvent qu'ils le souhaiteraient, tout comme Ryan.

— Et vous ? Vous n'avez pas envie de les voir ?

— Si, bien sûr.

Liz n'insista pas. Elle termina sa salade pendant que Carter avalait la dernière bouchée de son sandwich.

Au moment de payer, il tint à régler l'addition malgré les protestations de Liz.

— C'est vous qui m'inviterez la prochaine fois ! dit-il.

Cet argument fut décisif, et Liz alla l'attendre dehors en se disant que, de façon très inattendue, leur repas avait soulevé des questions graves, troublantes pour chacun. Qu'il s'agisse de l'évocation de Louisa ou de celle des parents de Carter, ils étaient bouleversés tous les deux.

Quand il la rejoignit, Carter avait recouvré sa sérénité. Il prit la main de Liz.

— J'ai été très heureux de vous retrouver, Liz.

— Moi aussi. Merci pour cet agréable déjeuner.

— Pourquoi ne pas dîner ensemble vendredi soir ?

— Désolée ! J'ai déjà promis d'assurer la garde médicale au festival Trees on the River.

— C'est vrai, j'avais oublié … Alors remettons cela à une prochaine fois. Je viendrai sans doute y faire un tour en tant que spectateur. De toute façon, je vous appellerai. À bientôt, Liz.

Puis il l'embrassa sur la joue et la regarda s'éloigner.

Quand il la vit porter la main sur l'endroit où ses lèvres s'étaient posées, un sourire étira ses lèvres.

4.

Debout sous la grande tente qui servait de base à l'équipe médicale, Liz regardait la foule qui avait été attirée par le festival Trees on the River. Déjà, avec l'aide de Ricky, son assistant, elle s'était occupée d'un petit garçon qui saignait du nez, puis d'une fillette qui s'était écorché les genoux en tombant, d'une femme blessée par le caillou lancé par un gamin insouciant. Il ne s'agissait que de vétilles, mais cela n'avait pas arrêté.

Comme elle levait le nez de sa trousse de première urgence, elle aperçut Carter et Ryan qui s'avançaient vers la tente.

— Ah, je suis contente que vous ayez pu venir ! Je crois que, cette année, la parade sera encore plus belle que d'habitude.

— Nos amis Wilson nous ont accompagnés. Nous passerons la journée avec eux, mais nous avons voulu vous dire bonjour avant le défilé des bateaux.

— Vous y avez déjà assisté ?

— Non.

Elle se tourna vers Ryan.

— Tu vas adorer ! Chaque année, ma sœur jumelle Louisa et moi suppliions nos parents de nous y amener.

Sur ces entrefaites, les haut-parleurs commencèrent à diffuser des chants de Noël.

— Allez, papa, on y va ! déclara Ryan en tirant son père par la main. Mike est déjà installé sur la rive.

— Venez nous y rejoindre si vous avez un moment, dit Carter.

— J'en doute…

Comme pour lui donner raison, un homme se dirigeait vers la tente, la main entortillée dans un mouchoir ensanglanté. Il s'était blessé avec un couteau, et la coupure était suffisamment importante pour que Liz fasse quelques points de suture.

Elle venait à peine de terminer qu'un adolescent arriva vers la tente, hors d'haleine, en criant.

— Vite, vite, de l'aide !

— Qu'est-ce qu'il se passe ?

— En se penchant vers l'eau, un homme a coincé son bras dans le moteur de son bateau …

— J'arrive ! Va vite lui dire de ne surtout pas bouger.

Elle accrocha à son épaule sa sacoche de premiers secours, puis, avant de se précipiter à la suite du jeune garçon, elle demanda à Ricky de rester en liaison radio avec elle au cas où elle lui adresserait un message.

Le bateau en question était décoré de guirlandes lumineuses, et un grand arbre de Noël se dressait sur le pont, mais le cœur de Liz battit plus fort quand elle aperçut le corps du blessé allongé à plat ventre à moitié sur le bateau et penché de façon inquiétante vers le fleuve. Agenouillée près de lui, une femme lui maintenait la tête hors de l'eau.

— Je suis le Dr Poole, dit Liz. Vite, il faut faire contrepoids pour permettre au moteur de se soulever hors de l'eau. Allez tous vous placer à l'autre bout du pont.

Elle s'avança près de la femme qui soutenait le visage de l'homme. Celui-ci était livide, ce dont elle se rendit parfaitement compte quand Carter dirigea vers eux le faisceau d'une puissante torche. Le bras du malheureux était pris entre les pales du moteur, et il aurait bien de la chance s'il évitait l'amputation.

Liz s'accroupit à côté d'eux avant de s'adresser à l'homme d'une voix aussi rassurante que possible.

— Nous allons vous dégager de là et vous transporter à l'hôpital le plus vite possible. Est-ce que vous pouvez me dire ce qui s'est passé ?

— Quelque chose s'est coincé dans le moteur, et je me suis penché pour le dégager, mais la sécurité qui le maintenait relevé a cédé. Il est retombé sur mon bras avant que j'aie eu le temps de m'écarter.

Carter arriva à ce moment-là avec des couvertures qu'ils déposèrent sur le corps du blessé.

— Carter, prenez l'attelle qui se trouve dans mon sac et apportez-la-moi, dit Liz.

Le déplacement de Carter fit basculer dans la rivière la partie du bateau où se trouvaient Liz et le blessé. Le visage de ce dernier plongea brusquement dans l'eau glacée tandis que Liz se retrouvait trempée. Avec précaution, elle fit émerger le malheureux en s'efforçant de ne pas claquer des dents. Puis elle décida de passer à l'étape suivante.

— Vous pouvez maintenant effectuer la manœuvre manuelle qui relèvera le moteur, et je vais dégager le corps du blessé.

Quand elle sentit le corps de ce dernier devenir inerte dans ses bras, elle comprit qu'il venait de perdre conscience. De toutes ses forces, elle l'attira contre elle pendant que Carter positionnait l'attelle tout en épongeant de son mieux le sang qui coulait de la blessure. Cela fait, il enroula une large bande autour du bras afin de maintenir l'attelle et le pansement. Pendant ce temps, Liz grelottait de plus belle.

— Il nous faut une ambulance..., déclara Carter.

Liz resserra son chandail mouillé autour d'elle.

— Oui, elle est déjà en route. J'ai envoyé un message à Ricky tout à l'heure dès que j'ai pris la mesure de la situation.

— Bravo pour votre présence d'esprit ! Nous allons donc évacuer le blessé en prenant garde d'éviter un mouvement de bascule du bateau.

Il se tourna vers les passagers qui étaient demeurés immobiles de peur d'aggraver la situation.

— Pour cela, il suffit que chacun d'entre vous reste exactement à l'endroit où il se trouve et tout ira bien.

Chacun s'appliqua à respecter la consigne.

— Liz, je vais faire rouler le blessé vers moi, reprit Carter. Essayez de vous dégager pendant ce temps.

Liz repoussa doucement le dos de l'homme en ayant soin de ne pas peser sur l'épaule atteinte. Enfin, elle fut libérée du poids qui la plaquait depuis un moment contre la coque et réussit à aspirer l'air à pleins poumons. Puis, toujours sur les genoux, elle aida Carter à remettre le corps tout entier de l'homme sur le pont et ce fut à ce moment-là que la sirène de l'ambulance se fit entendre. Puis Liz vérifia la tension du blessé et fut inquiète en la voyant si basse. Heureusement, l'examen du corps ne révéla pas d'autres blessures, mais la situation était grave.

Lorsqu'elle put enfin se mettre debout, ses jambes ankylosées par sa longue station accroupie refusèrent de la porter. Carter la prit alors par le coude et l'aida à s'avancer vers l'ambulance. Pendant ce temps, les urgentistes transportèrent le blessé dans leur véhicule. Tout en claquant des dents, elle leur fit rapidement son rapport et l'ambulance partit aussitôt en direction de l'hôpital.

— Vous êtes gelée et trempée jusqu'aux os, dit Carter en déposant une couverture sur ses épaules. Retournons vite vers la tente. Vous y trouverez quelque chose de chaud à boire et sans doute de quoi vous changer.

— Bonne idée, en effet… Mais où est Ryan ?

— Nous étions avec nos amis quand je vous ai vue courir vers le bateau. Je le leur ai confié et je me suis dépêché de vous rejoindre en pensant que je pourrais peut-être vous donner un coup de main.

— C'était une bonne idée, votre aide a été précieuse. Par contre, je suis désolée que vous ayez raté le défilé des bateaux avec Ryan.

— Je le verrai l'an prochain !

Liz resserra la couverture plus étroitement autour d'elle.

— Vous êtes vraiment une personne extrêmement serviable, Carter…

Il haussa les épaules d'un air désinvolte.

— Disons que, peut-être, vous ne me laissez pas indifférent ?

Une soudaine vague de chaleur qui n'avait rien à voir avec le plaid jeté sur ses épaules déferla en Liz.

— Il ne faut pas me dire des choses pareilles !

— Et pourquoi donc ?

— Parce que je ne veux pas. Parce que ce n'est pas possible.

— Pas possible ? Quelle idée étrange !

— Depuis toujours, la plupart des garçons m'ont dit que j'étais trop intello pour être rigolote. Mon dernier copain m'a laissée tomber parce qu'il me trouvait ennuyeuse. Donc, je ne veux pas entendre de gentillesses parce que je ne les crois pas, et elles me dérangent.

Carter posa une main sur le bras de Liz.

— Vous, ennuyeuse ? Ce n'est pas du tout mon avis. J'en veux pour preuve la dernière heure que nous venons de passer ensemble. Nous avons vécu une véritable aventure que vous avez dirigée de main de maître. Arrêtez de vous faire passer pour ce que vous n'êtes pas ! Je vous en prie, Liz.

La réponse de Liz le laissa profondément perplexe. Qu'est-ce que cet ex-copain de Liz pouvait bien avoir dans la tête pour l'avoir trouvée ennuyeuse ? se demandait-il en remontant vers la tente avec elle. C'était complètement faux. Liz était intelligente, ce qui rendait les conversations avec elle stimulantes, capable de prendre des initiatives dans la plus grande urgence, et belle, ce qui ne gâtait rien. Alors que, depuis son divorce, il avait maintenu une distance de sécurité entre les femmes et lui, il était attiré par quelque chose que Liz possédait. Si lors de leur première rencontre elle lui était apparue comme une pauvre jeune femme en détresse, très vite il l'avait vue se transformer en médecin super efficace dès que l'occasion s'était présentée. Quelle nouvelle facette de sa personnalité lui restait-il à découvrir ? Sa curiosité était piquée.

Ricky les attendait, deux tasses de thé à la main.

— Si vous preniez un moment pour vous détendre ? Le défilé n'est pas terminé. Si vous descendez en contrebas de la tente, vous pourrez en apercevoir la dernière partie.

Liz secoua la tête.

— Impossible. Je dois rester avec vous. Dieu sait ce qui peut encore arriver !

— S'il se passe quoi que ce soit, je vous promets de vous prévenir tout de suite, dit Ricky. Vous serez de retour ici en trois enjambées.

Comme elle hésitait, visiblement très tentée, Carter la prit par la main.

— Dépêchez-vous d'enfiler des vêtements secs, je vous attends.

Liz n'hésita plus. Prenant ses clés de voiture, elle partit vers le parking. Quelques instants plus tard, elle revenait après avoir enfilé un jean et un gros pull-over beige qu'elle laissait toujours dans le coffre.

— Allez, on y va ! dit Carter.

Un dernier scrupule retint Liz.

— Ricky, vous m'appelez tout de suite si nécessaire, d'accord ?

— Pas de problème !

Carter la guida vers les amis avec lesquels il avait commencé la soirée. Ryan se trouvait avec eux, fasciné par le défilé des bateaux décorés de guirlandes lumineuses.

Son plaisir évident fit chaud au cœur de Liz.

— Tu es content, Ryan ? Ce spectacle te plaît ?

— Oui, oui …, répondit le gamin sans se retourner.

— Tu veux que je te prenne sur mes épaules ? demanda Carter. Tu verras mieux.

Son fils bien calé sur ses épaules, Liz tout près de lui, Carter se laissa pousser par la foule qui se pressait sur le bord de la rive. À un moment donné, il reprit la main de la jeune femme et entrecroisa ses doigts aux siens.

— Je ne veux pas vous perdre, expliqua-t-il en voyant qu'elle le regardait d'un air surpris.

C'était vrai. Et de plus d'une manière, mais cela, elle ne le savait pas.

Troublée, elle le laissa faire et contempla de nouveau la flottille.

Tout heureux de voir qu'elle ne l'avait pas repoussé, Carter resserra la pression de ses doigts, mais ce qui lui fit aussi un immense plaisir fut de découvrir que Liz assistait au spectacle avec un plaisir non feint. Quelle différence avec son ex-femme que rien ne pouvait contenter et qui souhaitait sans cesse autre chose que ce qu'elle avait ! Liz était capable de profiter pleinement du moment présent et des plaisirs les plus simples.

Le défilé terminé, Liz libéra ses doigts.

— Maintenant, il faut que je retourne à la tente pour aider Ricky à tout ranger. Je suis contente que vous soyez venus, ce soir. Et merci pour votre aide ! Elle m'a été plus que précieuse.

Elle s'apprêtait à partir quand Carter la retint par le poignet.

— Ryan et moi allons manger une pizza. Pourquoi ne pas nous accompagner ?

Liz hésita.

— Je ne sais pas combien de temps nous mettrons pour tout ranger.

— Vous savez quoi ? Dès que nous serons installés, je vous dirai dans quelle pizzéria nous nous trouvons. Vous pourrez nous rejoindre si vous en avez envie, et j'espère vraiment que ce sera le cas !

Carter ne pouvait être plus sincère. Il désirait réellement faire davantage connaissance avec Liz. Il avait envie de lui prendre la main. Et bien plus encore…

Pendant tout le temps où, avec l'aide de Ricky, Liz rangea le matériel qui se trouvait sous la tente aménagée en dispensaire de campagne, son excitation à l'idée d'aller retrouver Carter et Ryan ne fit que croître. Un homme beau, intelligent et spirituel l'attendait ! Un homme qui lui plaisait. Un peu trop, d'ailleurs… Elle finirait par en souffrir, c'était sûr, mais, en attendant, elle était bien décidée à en profiter autant qu'il lui serait possible.

Elle finissait de transporter le lit pliant dans le camion lorsqu'un message apparut sur l'écran de son téléphone.

Nous sommes chez Pizza Joe. À tout à l'heure ?

En un rien de temps, le rangement fut terminé. Prenant son sac, elle regagna sa voiture pour se rendre à la pizzéria. Vingt minutes plus tard, elle y pénétrait, un peu essoufflée mais ravie de sa décision.

Comme guidée par un instinct qu'elle ne se connaissait

pas, mais qui fonctionnait de manière infaillible, elle aperçut immédiatement Carter et Ryan au milieu des clients attablés.

— Ryan a décidé de rester seul sur sa banquette, ce qui fait que vous allez devoir partager la mienne..., annonça Carter lorsqu'elle arriva près de lui.

Pourquoi pas ? Elle tentait le diable, mais tant pis ! Elle s'installa donc à côté de lui, sa jambe et celle de Carter se touchant de la hanche au genou. Une douce chaleur s'insinua en elle qu'elle accueillit en refusant d'y réfléchir.

Carter passa la commande et, en attendant de voir arriver leurs margaritas, Liz eut envie de poser quelques questions à Ryan à propos du spectacle auquel il venait d'assister.

— J'aimerais bien que tu me dises quel est le bateau que tu as préféré de toute la flottille...

— Celui qui transportait le Père Noël ! répondit Ryan sans l'ombre d'une hésitation.

— Et quel est celui que tu classes en second ?

— Celui qui promenait un énorme poisson bleu. Et toi, Liz, lequel tu as préféré ?

— Comme chaque année, ma préférence va vers celui où dansaient les jeunes filles dans leurs longs tutus en tulle bleu et vert.

— Oh ! celui-là, c'est un truc de filles ! commenta Ryan en riant.

— Et alors ? Tu n'as pas remarqué que je suis une fille ?

— Moi, en tout cas, j'ai remarqué ! intervint Carter sur un ton qui fit rosir Liz d'embarras.

D'une main qui tremblait un peu, elle saisit son verre d'eau pour se donner une contenance tandis que la délicieuse odeur des pizzas qu'on venait de leur apporter montait à ses narines. Carter et Ryan poursuivaient leur discussion au sujet des mérites comparés des divers éléments de la flottille. Quel père fabuleux il était ! Qu'est-ce qui avait pu faire échouer son mariage ? Liz ne pouvait imaginer quelle femme refuserait de vivre en compagnie de cet homme et de son enfant.

Carter lui adressa un sourire, et comme par magie, toute

tension la quitta. Depuis quand n'avait-elle pas passé un aussi bon moment ? Aujourd'hui, elle sentait qu'elle n'avait pas été invitée par politesse comme autrefois, quand Louisa insistait pour qu'elle l'accompagne dans ses sorties.

Elle trouvait Ryan adorable avec sa frimousse malicieuse et ses cheveux du même blond que ceux de son père.

— Au fait, Ryan, qu'est-ce que tu demandes comme cadeau de Noël ?

— Je veux un petit chien !

Carter se mit à rire.

— Ryan prépare le terrain depuis des mois !

— Ah… Et où en êtes-vous ?

Carter n'eut pas le temps d'ouvrir la bouche car Ryan répondait déjà sur un ton tristounet.

— Papa dit qu'il faut attendre que je sois assez grand pour pouvoir m'en occuper moi-même.

Liz resta pensive un instant.

— C'est une grosse responsabilité, en effet. Un chien donne beaucoup d'affection, mais il demande beaucoup d'attention et de soins.

Louisa et elle-même avaient eu un caniche quand elles étaient enfants. Le petit chien venait toujours dormir au pied du lit de Liz et Louisa n'appréciait pas du tout. En fait, elle voulait être la préférée de tout le monde, y compris du chien de la maison, et Liz l'avait compris à cette occasion.

Comme sa rêverie se prolongeait, Carter la ramena à l'instant présent.

— Liz, vous êtes toujours avec nous ?

— Oui, bien sûr. Je pense au petit caniche que j'avais quand j'étais enfant et je suis en train de réaliser à quel point l'affection d'un chien me manque.

— Tu vois, papa ? intervint Ryan. Liz pense que c'est bien d'avoir un chien.

— Attention, ce n'est pas ce que j'ai dit, Ryan, ne déforme pas mes paroles. Je refuse de faire l'arbitre dans votre discussion.

Carter se mit à rire de bon cœur.

— Bienvenue dans le monde de la parentalité ! Chacun de vos mots, le moindre de vos lapsus sera utilisé contre vous.

— Pas question, je reste définitivement en dehors de votre négociation !

Comme pour donner plus de poids à sa réplique, elle mit un gros morceau de pizza dans sa bouche.

Ce que voyant, les deux autres en firent autant.

Ensuite, ce fut Ryan qui reprit la conversation.

— Papa, quand est-ce que nous allons installer l'arbre de Noël ?

— Hé bien… il vaudrait mieux faire ça ce week-end parce que je suis de garde le suivant.

— Tu sais, cette année, j'aimerais bien qu'on le décore avec des ampoules de différentes couleurs…

— Tu crois que c'est vraiment nécessaire ?

— Oui. Mike et Joey en avaient chez eux, l'an dernier. En plus, quand elles clignotent, c'est vraiment chouette.

— On verra ça. Il faudrait d'abord avoir le temps d'aller en acheter parce que nous n'en avons pas.

Liz qui écoutait cet échange avec intérêt estima qu'elle pouvait intervenir à ce moment-là.

— J'en avais fait une trop grande provision, l'année dernière, et je sais que je ne vais pas les utiliser toutes cette année. Je serais heureuse qu'elles vous dépannent. Si vous êtes d'accord, je peux très facilement passer les déposer à votre cabinet de consultation.

Carter secoua la tête.

— Non, Liz, nous n'allons pas vous dépouiller de vos décorations ! Vous serez contente de les retrouver un jour ou l'autre.

— Non, j'en suis tout à fait sûre.

Ryan leva le nez de son assiette.

— Je sais ce qu'il faut faire. Liz vient nous aider à décorer notre arbre, et voilà !

— Voyons, Ryan, Liz a peut-être d'autres projets, répliqua Carter. Nous ne pouvons pas lui prendre ses guirlandes et lui demander en plus de venir les accrocher chez nous ! Ce serait vraiment abuser de sa gentillesse.

En voyant Ryan arborer une mine désolée, Liz parla sans réfléchir.

— Pas du tout ! Décorer le sapin est ce que je préfère dans les fêtes de Noël.

Surprise elle-même par sa réaction imprévue, elle se tourna vers Carter, un peu inquiète. Peut-être allait-il estimer qu'elle s'imposait dans sa vie ?

Mais il se carra dans son siège avec l'air d'approuver l'idée de son fils.

— Dans le fond, pourquoi ne pas suivre la suggestion de Ryan ? Vous nous apportez vos décorations, vous nous aidez à les installer sur notre sapin et, ensuite, vous restez dîner avec nous.

— Vous n'êtes pas du tout obligé de m'inviter en échange de mes décorations !

— Ryan et moi sommes heureux d'avoir une invitée pour une fois, tout simplement.

Cette réponse ne fut pas sans surprendre Liz. Elle aurait volontiers imaginé au contraire qu'un homme aussi séduisant que Carter recevait souvent de la compagnie féminine.

Il se leva, paraissant considérer la question comme réglée.

— Vous êtes d'accord pour qu'on se retrouve chez moi dimanche après-midi vers 16 heures ? D'ici là, Ryan et moi aurons eu le temps de trouver le sapin de nos rêves.

Ryan avait à peine écouté. Il bâillait comme le font les petits garçons après une journée passée en plein air.

Carter posa sa serviette sur la table.

— Je crois qu'il est temps de ramener ce jeune homme à la maison !

Quelques instants plus tard, ils se trouvaient tous les trois dans le parking.

— Vous êtes sûre de pouvoir rentrer chez vous sans souci ? Si vous préférez, je peux facilement vous escorter jusque devant votre maison.

Liz retint un petit soupir de gratitude.

Depuis quand quelqu'un s'était-il soucié de sa sécurité ? Depuis une semaine exactement. Lorsque Carter lui-même l'avait ramenée chez elle à cause de la panne de sa voiture. Bien sûr, elle était capable de rentrer chez elle toute seule, mais c'était tellement agréable de savoir que quelqu'un s'inquiétait pour elle !

— Je vous remercie, mais c'est inutile.

— Alors, on se voit dimanche ?

— D'accord. À dimanche.

— N'oublie pas les lumières ! dit Ryan, tout à coup bien réveillé.

Elle s'accroupit pour se mettre au niveau du regard du petit garçon.

— Je vais les préparer tout de suite en rentrant, ne t'inquiète pas. Elles sont déjà dans un grand carton, et je n'ai qu'à le sortir de l'armoire.

Quand elle se releva, Carter lui tendit la main.

— Je suis très heureux que vous nous ayez rejoints.

— Et moi, heureuse de l'avoir fait.

Oui, très heureuse. Sans doute trop…

5.

Carter se demandait ce qui était en train de lui arriver. Par un enchaînement de circonstances, son intervention sur le parking du Country Club l'avait amené à passer de plus en plus de temps avec Liz. Elle lui plaisait. Le fait qu'elle soit aussi à son aise avec Ryan jouait pour beaucoup, mais cela ne suffisait pas à expliquer le violent désir qu'il éprouvait de la revoir le plus souvent possible. À plusieurs reprises, il avait eu l'occasion de constater son talent pour se mettre à la portée des gens et les écouter avec une bienveillance attentive. Ryan y était évidemment très sensible. Tout cela faisait que maintenir envers elle les distances qu'il estimait souhaitables pour sa sécurité affective devenait de plus en plus compliqué.

Depuis des années, étant donné qu'il n'avait nullement l'intention de les garder dans sa vie, Carter avait veillé à ne pas amener chez lui les femmes qu'il fréquentait de loin en loin, de peur que son fils ne s'attache à elles. Sans qu'il sache très bien comment, Liz avait éliminé cette précaution, mais ce n'était pas pour autant qu'il devait l'oublier. Même si elle lui plaisait. Beaucoup…

Au début, il l'avait trouvée assez distante. Maintenant qu'il la connaissait un peu mieux, il pensait que cette attitude dissimulait une blessure profonde. La découvrirait-il un jour ? L'avenir seul le lui dirait, mais chaque fois qu'un voile de tristesse passait dans le regard de Liz, il avait envie de le chasser. Travailler avec elle avait aussi été une découverte passionnante. Autant elle était réservée dans la vie courante, autant, lorsque les circonstances l'exigeaient, elle savait prendre les choses en main avec une efficacité remarquable et une humilité qui ne l'était pas moins.

Néanmoins, encore persuadé que faire confiance à une femme était un pari trop risqué, Carter persistait dans son projet initial : veiller à ce que sa relation avec Liz, aussi agréable soit-elle, n'aille pas au-delà de l'amitié. Malgré cette ferme décision, il ne pouvait ignorer l'attirance sexuelle qui le poussait vers elle et, honnêtement, l'amitié n'avait rien à voir là-dedans. Les lèvres pulpeuses de Liz occupaient bien plus de place dans son esprit qu'elles n'auraient dû.

Par conséquent, il devait augmenter sa vigilance d'un cran. Introduire Liz ou n'importe quelle autre femme dans la vie qu'il avait réussi à bâtir pour Ryan et lui-même représentait un danger qu'il n'avait pas envie de courir. L'équilibre qu'ils avaient atteint risquait brusquement de basculer dans un sens qui les déstabiliserait tous les deux. Pourquoi tenter le diable ? Le jeu n'en valait pas la chandelle, et tant pis pour l'attirance qu'il éprouvait pour Liz !

Cela dit, même s'il refusait de l'admettre, il attendait avec impatience toute occasion de la revoir. Sa présence l'apaisait. Il se sentait mieux quand il était près d'elle.

Ce dimanche après-midi, il guettait donc l'arrivée de Liz depuis la fenêtre de son salon avec une nervosité qu'il avait du mal à se dissimuler. Dès qu'il entendit sa voiture se garer devant sa maison, il s'avança à sa rencontre en s'efforçant de ne pas courir. Le sourire éclatant qu'elle lui adressa en l'apercevant lui alla droit au cœur. En dépit de toutes les promesses qu'il s'était faites et de son intention de rester prudent, il se sentit bouleversé.

Ryan déboula à son tour, sans manteau et même sans chaussures. Son visage pétillait d'excitation. Il s'avança pour inspecter le véhicule d'un air préoccupé.

— Tu as apporté les guirlandes ?

— Ryan ! intervint Carter. Quelle idée de sortir dans cette tenue avec le froid qu'il fait ? Et tu pourrais commencer par dire bonjour !

— Je voulais juste voir si Liz a pensé…

Elle se hâta de le rassurer.

— Bien sûr, Ryan.

— Super ! L'arbre est prêt dans le salon. Tu me les montres ?

Elle arbora un air faussement grondeur.

— Pas question de ça dans la rue ! Dépêche-toi de rentrer au chaud. Nous te rejoignons tout de suite.

Tout en vérifiant que son fils lui obéissait, Carter rejoignit Liz qui venait de sortir une petite boîte en carton toute plate posée sur le siège arrière.

Carter fut surpris. Comment pouvait-elle contenir les guirlandes espérées par son fils ?

Craignant la déception de son fils, il prit les devants.

— Tu es bien sûre que c'est la boîte des guirlandes ?

— Mais non, voyons ! C'est une tarte aux pommes pour le dessert. Et j'ai aussi apporté de la glace à la vanille pour l'accompagner.

Carter éclata de rire.

— Impossible de trouver meilleurs arguments pour faire ma conquête !

À ces mots, un court moment de gêne s'installa entre eux. Liz avait froncé les sourcils, et Carter se mordit la langue, mais trop tard. Il venait de réaliser à quel point sa repartie était maladroite.

— Heu… excusez-moi, c'était juste une façon de parler…

Liz sourit.

— C'est bien comme ça que je l'ai compris !

Soulagé par le ton amical sur lequel elle lui avait répondu, Carter tendit la main vers la boîte.

— Je me charge de transporter le dessert pendant que vous récupérez les guirlandes, puis dépêchons-nous d'aller nous mettre au chaud !

Chacun chargé de son paquet, ils s'avancèrent vers la porte d'entrée.

— Au fait, il faut que je vous rendre le plat de dimanche dernier, reprit Carter. Il vous attend dans la cuisine.

— Je l'avais complètement oublié jusqu'au moment où j'en ai eu besoin pour transporter la tarte d'aujourd'hui. Heureusement, j'avais conservé cette boîte…

Comme ils arrivaient dans la cuisine, Liz regarda autour d'elle avec admiration.

— Je n'ai pas osé vous dire l'autre jour à quel point votre cuisine me plaît. D'ailleurs, votre maison tout entière est exceptionnelle. Elle ne ressemble à aucune autre et vous avez complètement réussi sa restauration.

— Mes grands-parents avaient déjà bien commencé avant de la quitter. Depuis que je suis ici, j'ai continué, mais c'est difficile d'être efficace en s'occupant d'un petit garçon plein de vitalité.

— Je comprends ça facilement !

— J'ai deux ou trois bricoles à revoir à l'extérieur, mais elles vont attendre encore un peu que je trouve de l'aide.

— C'est compliqué ? Dangereux ?

— Non, simplement Ryan est trop petit pour tenir l'échelle pendant que je grimpe dessus.

— S'il ne s'agit que de cela, je vous donnerai volontiers le coup de main dont vous avez besoin dès que nous aurons décoré le sapin.

Carter réfléchit un instant puis il se mit à rire.

— J'ai surtout besoin de quelqu'un capable d'appeler les urgences en cas de chute !

Liz hocha la tête en souriant.

— Pas de problème ! Ce genre d'interventions est tout à fait dans mes cordes.

La voix impatiente de Ryan leur parvint depuis le salon.

— Papa, tu viens ? Je vous attends depuis une heure…

— Un peu de patience, j'arrive !

Carter posa la tarte sur la table de la cuisine et la glace dans le congélateur puis ils allèrent rejoindre le petit garçon qui trépignait sur place.

— Je peux voir la guirlande ?

— Bien sûr ! répondit Liz en lui tendant la grosse boîte

en carton. Tu peux l'ouvrir pour regarder, mais attends-nous pour la disposer.

L'impatience et le plaisir manifestés par le petit garçon était si attendrissant que Liz se mit à rire. Aux oreilles de Carter qui se tenait un peu en retrait, ce rire résonna comme un tintement de clochettes annonciatrices de bonheur. Mais cette pensée le figea sur place. S'il commençait à faire de la poésie sur un simple éclat de rire, il avait réellement perdu la tête ! Autrement dit, il devait réagir vite. Tout de suite, en fait.

Ils s'affairèrent donc tous les trois autour du sapin pour mettre en place la guirlande lumineuse apportée par Liz ainsi que celles qui restaient à Carter des années précédentes. Puis ils durent se rendre à une évidence qu'il formula pour eux trois.

— Étant donné la taille du sapin, on dirait que nous sommes un peu justes en matière de décoration…

Depuis son divorce, il avait complètement négligé de compléter et de renouveler leur stock. Toute son énergie était passée dans son combat pour s'adapter à la garde de Ryan. Maintenant qu'ils avaient atteint leur vitesse de croisière, il pouvait enfin se permettre de penser à tout ce qui fait les petits agréments du quotidien.

— Ryan, la semaine prochaine, il nous faudra trouver un moment pour aller acheter des boules de Noël et quelques ornements supplémentaires.

Liz secoua la tête.

— Pourquoi donc ? Ce n'est pas nécessaire. J'ai toujours pensé que les meilleures décorations sont celles qu'on fait soi-même, vous n'êtes pas d'accord ?

Au moment où elle achevait sa phrase, son visage devint brusquement livide. À tel point que Carter envoya Ryan dans sa chambre un instant.

— Vous vous sentez bien, Liz ? Que se passe-t-il ?

— Heu… rien. Enfin, pas grand-chose.

Fort inquiet de ce malaise inattendu, Carter se rapprocha d'elle.

— Si vous me racontiez ce qui vous a troublée aussi violemment ?

Liz hésita un instant puis, vaincue par la voix chaleureuse de Carter, elle osa exprimer le souvenir qui venait de lui revenir à la mémoire.

— Eh bien … je viens de me rappeler quelque chose qui s'est passé une fois à Noël dans ma famille.

Immobile, attentif, Carter lui laissa le temps de rassembler ses idées.

D'une voix blanche, Liz reprit :

— Chaque année, à Noël, nous avions l'habitude de décorer le sapin en famille. À cette occasion, ma sœur Louisa et moi fabriquions chacune un nouvel ornement. Sans doute parce que nous étions habituées à tout faire ensemble, nous fabriquions toujours le même toutes les deux. L'année de nos douze ans, probablement pour nous obliger à nous épanouir individuellement, ma mère nous suggéra d'en faire chacune un sans nous le montrer et de nous faire la surprise de le découvrir au cours de la soirée consacrée à l'arbre.

Liz, qui avait gardé le regard fixé sur le sapin, le tourna vers Carter, toujours attentif.

— Comme je vous l'ai déjà dit, je dépendais beaucoup de Louisa, à qui je laissais toujours le soin de prendre les initiatives. Pourtant, cette fois, je me suis prise au jeu et j'ai passé beaucoup de temps à construire en cachette mon petit traîneau en carton. Moins motivée que moi, Louisa attacha moins d'importance à son travail et se contenta de découper une étoile dans du papier doré. Lorsque nous leur montrâmes nos créations, mes parents me firent beaucoup de compliments et accrochèrent mon œuvre en bonne place.

— Voilà qui a dû vous faire plaisir ?

— Oui, énormément. Le soir, avant d'aller me coucher, j'étais tellement contente que j'ai voulu le revoir. Il avait disparu.

— Que s'était-il passé ?

— Je ne comprenais pas. Très déçue, je suis allée dans la cuisine boire un verre d'eau, et là, j'ai trouvé Louisa en train de le couper en morceaux qu'elle jetait dans la poubelle. Elle ne s'est pas aperçue que je la voyais, et je suis repartie en silence sans jamais en parler à quiconque. Jusqu'à aujourd'hui.

Comme Carter lui passait un bras affectueux autour des épaules, elle laissa échapper un soupir plein de tristesse.

— Comment a-t-elle pu faire une chose pareille ? À part cette fois-là, c'était toujours elle qui recevait le plus de félicitations.

Carter hocha la tête. Pour lui, c'était tout à fait clair. Louisa avait été jalouse de ne pas être la vedette de la journée comme elle en avait l'habitude. L'affection que Liz portait à sa sœur l'empêchait d'interpréter cet épisode au désavantage de cette dernière.

Comme Ryan revenait vers eux, il s'écarta prudemment de Liz.

— Liz, si on faisait les décorations comme quand tu étais petite ? demanda le petit garçon.

Gêné par cette proposition qui faisait suite à ce qu'il venait d'entendre, Carter se hâta d'intervenir.

— Non, Ryan, pas aujourd'hui.

Mais Liz lui sourit.

— Pourquoi pas ? Si vous êtes d'accord, on peut s'y mettre tout de suite !

Le ton ferme avec lequel elle s'était exprimée surprit Carter. Il découvrait un nouvel aspect de la personnalité de son invitée. Liz était une femme résolue, capable de chasser sa tristesse pour laisser place au présent.

Elle s'était tournée vers Ryan.

— Tu as du papier, de la colle, des ciseaux ? Va vite me chercher tout ça et on attaque !

Ryan tourna aussitôt les talons.

— Vous êtes une personne courageuse, Liz…, murmura Carter en se rapprochant d'elle.

Impulsivement, il déposa un baiser rapide sur ses lèvres. La surprise la fit rosir, ce qui la lui rendit encore plus émouvante et lui donna l'envie de recommencer. En mieux, en plus long, en plus savant…

— Heu… merci, bredouilla Liz.

De quoi le remerciait-elle ? Du compliment ? Du baiser ? Dans le fond, peu importait.

Le contact de la bouche de Carter sur la sienne fit bouillir le sang de Liz. Il lui semblait le sentir brûler dans ses veines, aussi violemment que si elle s'était trouvée exposée au grand soleil du plein été. À ce trouble bouleversant s'ajoutait la confusion causée par l'aveu qu'elle lui avait fait. Elle avait l'impression de perdre la tête. Si son désarroi se lisait sur son visage, Carter allait la prendre pour une folle !

Heureusement, Ryan avait déposé sur la table plusieurs feuilles de carton, des crayons de couleur et des ciseaux. Elle étala tout ce matériel sur la table de la cuisine.

— Regarde, nous allons fabriquer une étoile ! dit-elle en prenant un crayon feutre.

D'une main sûre, elle dessina une belle étoile à six branches sur le morceau de carton le plus épais, puis la découpa avec soin.

— Voici notre gabarit qui va nous servir de modèle pour toutes les autres. Tu vas voir, c'est tout simple, il suffit de le poser sur un carton de la couleur qui te plaît.

Ryan s'exécuta en tirant la langue d'application.

— Maintenant, appuie l'index de ta main gauche bien au milieu et avec le feutre que tu tiens dans ta main droite, tu vas tracer les contours.

Ryan exécuta sa tâche avec un sérieux impressionnant.

— Bravo ! s'exclama Liz. Tu as très bien réussi. Tu peux la découper tout de suite ou attendre d'en avoir fabriqué d'autres pour t'y mettre. En tout cas, il suffit de recommencer avec un carton d'une autre couleur, ou avec la même si tu préfères, et nous aurons un superbe sapin de Noël.

— Passez-moi les ciseaux, je me porte volontaire pour le découpage ! intervint Carter.

Comme Liz poussait vers lui l'étoile et la paire de ciseaux, leurs regards se rencontrèrent et leurs doigts se frôlèrent. Une fois de plus, une dangereuse étincelle de sensualité jaillit entre eux.

— À quand remonte la dernière fois que vous avez fait ce genre de travaux manuels ? demanda Carter afin de dissiper le trouble qui s'était emparé d'eux.

Liz baissa les yeux.

— Au Noël de mes douze ans.

— Ah…, murmura-t-il, assez gêné d'avoir fait remonter le souvenir douloureux.

Puis, comme Liz relevait son visage vers lui, des mots apaisants lui vinrent spontanément à la bouche.

— Le moment est venu de vous fabriquer un souvenir agréable pour remplacer l'ancien.

Le sourire que Liz lui adressa lui fit comprendre que le message était passé et qu'elle lui en était reconnaissante.

Au bout d'un moment, ils commençaient à avoir une jolie pile d'étoiles devant eux.

— Nous formons une super équipe ! commenta Carter.

Ryan leva le nez de ses dessins.

— Le Père Noël a ses elfes pour l'aider, nous, nous sommes les elfes de Liz ! décréta Ryan.

— C'est un peu ça, en effet, commenta Carter.

Liz se mit à rire avec eux. L'amour qui unissait le père et le fils lui faisait chaud au cœur. Et plus encore le fait de partager avec eux ce moment si spécial. Ils avaient besoin d'elle, n'était-ce pas merveilleux ?

— Regarde, Ryan, maintenant, je vais t'apprendre à faire une guirlande. Il suffit de faire un anneau en collant les deux bouts d'une bande de papier. Après ça, tu en glisses une autre au milieu, tu colles, et tu recommences autant de fois que tu veux.

— Super !

— Allez, je découpe les bandes et tu fais le reste.

À ce moment-là, malheureusement, le téléphone de Liz se mit à sonner. L'appel provenait des urgences. Après avoir écouté le rapport du secouriste, elle donna ses consignes.

— Faites faire une radio du bras et de la jambe côté droit

pour que je puisse la lire dès mon arrivée. Un accident de voiture vient de se produire, ajouta-t-elle pour Carter.

— Apparemment, vous êtes de garde ?

— Oui. C'est exaspérant ! Quand je n'ai rien à faire de spécial, il ne se passe rien, et aujourd'hui …

Elle n'acheva pas sa phrase.

— Il faut que tu partes ? demanda Ryan, son petit visage manifestant la plus vive contrariété.

— Oui, mais tu vas continuer avec ton père, et dès que je serai libre, je reviendrai pour voir comme ton sapin est devenu beau.

Déjà, elle avait attrapé son manteau.

— Je suis vraiment désolée. J'essayerai de repasser tout à l'heure avant le coucher de Ryan, sinon ce sera demain en fin de journée.

— Quand vous pourrez, Liz, le sapin ne bougera pas ! Et nous, nous vous attendrons.

Nous vous attendrons...

Comme ces quelques mots sonnaient agréablement aux oreilles de Liz !

— Nous garderons la tarte aux pommes pour la manger avec vous ! ajouta Carter en lui ouvrant la porte.

Un peu moins de deux heures plus tard, une fois son patient pris en charge en fonction de ses consignes, elle s'apprêta à quitter l'hôpital. Il était encore trop tôt pour que Ryan soit au lit. Pouvait-elle aller les retrouver ? Elle adressa un message à Carter.

Ça ne vous dérange pas si je passe maintenant ?

Trois secondes plus tard, elle lisait la réponse :

Quelle question ! Nous vous attendons !

Cet empressement la fit sourire de bonheur.

En arrivant devant la maison de Carter, elle aperçut la lumière éclairée sous le porche et, par la fenêtre du salon, le feu qui brûlait dans la cheminée. Comme elle aimerait être ainsi accueillie tous les soirs ! Très vite, pourtant, elle se ressaisit. Non, elle n'allait pas tomber dans ce piège ! Trop de souffrance en découlerait. Certes… Mais est-ce que la solitude n'était pas tout aussi cruelle ?

Elle n'eut pas le temps de réfléchir davantage car, aussitôt la porte poussée, Ryan se précipita vers elle et l'attrapa par la main.

— Viens vite voir comme le sapin est joli !

Déjà, il le lui montrait à travers la vitre. La guirlande lumineuse clignotait gaiement, et les décorations fabriquées dans l'après-midi avaient été suspendues.

— C'est le plus beau que j'aie jamais vu !

— Rentrons vite, dit Carter. Je vais réchauffer votre assiette et vous dînerez tranquillement pendant que Ryan prendra son bain.

— Je ne veux pas vous déranger…

— Vous ne nous dérangez pas du tout ! Au contraire, nous sommes très heureux que vous soyez revenue.

Elle venait de terminer son repas lorsque Ryan réapparut en pyjama.

— Papa, est-ce que je peux avoir encore un morceau de tarte ?

— Non, fiston. Tu as déjà été très généreusement servi tout à l'heure. Par contre, Liz va me dire si elle préfère sa part tiède ou froide, avec ou sans glace à la vanille ?

— Tiède et avec la glace !

— Excellent choix. Je fais le même !

Il plaça les assiettes dans le four et revint vers elle.

— Comment ça s'est passé à l'hôpital ?

— Pas trop mal. Une fracture sans déplacement. Ce sera difficile pour ce monsieur de danser au réveillon, mais il s'en tire bien.

Un moment plus tard, après avoir déposé sur la tarte une généreuse portion de glace, Carter disposait les deux assiettes à dessert sur un plateau.

— Allons manger notre dessert devant la cheminée !

Ils s'installèrent donc devant l'âtre, près l'un de l'autre. Mais pas trop près tout de même.

— En tout cas, si jamais vous décidez un jour d'abandonner

la médecine, je vous conseille de vous reconvertir dans la pâtisserie, dit Carter, fourchette en l'air.

— Pour l'instant, il n'en est pas question mais je garde l'idée en réserve, on ne sait jamais ! répliqua Liz en riant.

— Vous avez été sensationnelle avec Ryan, aujourd'hui, alors que ce devait être assez difficile pour vous. J'apprécie réellement.

— En fait, ce moment a eu un effet cathartique. Vous avez raison, rien de mieux que de se fabriquer de bons souvenirs pour effacer les moins bons ! Ryan est un petit garçon adorable. Vous vous débrouillez vraiment très bien avec lui.

— Hélas, ce n'est pas ce que je peux me dire chaque soir quand je me couche…

— Je le trouve très déterminé.

— Avec la mère qu'il a, il vaut mieux.

En prononçant ces mots, le visage de Carter s'était durci.

— Vraiment ?

Au lieu de regarder son invitée, Carter détourna son regard vers la cheminée.

— Disons que… qu'elle n'avait pas grand-chose d'une mère digne de ce nom. Elle préférait ses amants à son fils.

Le cœur de Liz se serra. Que de souffrances cet homme et Ryan avaient dû supporter !

— Je suis désolée, Carter. Cela paraît si injuste.

Carter continua à parler comme s'il était seul.

— Le pire, c'est que je ne me doutais de rien jusqu'au jour où je suis rentré à la maison plus tôt que prévu. Ryan était encore un bébé, et je l'ai trouvé tout seul en train de hurler dans son parc. Il avait besoin d'être changé, c'était l'heure de son biberon. Très inquiet, j'ai appelé Diana. Comme je n'obtenais pas de réponse, je l'ai cherchée partout dans la maison et je l'ai découverte au lit avec le voisin. Inutile de demander des explications…

Désolée, Liz posa une main sur celle de Carter. Il entrelaça ses doigts aux siens avant de répondre.

— Je suis très heureux d'avoir tourné cette triste page

de ma vie. En fait, Diana n'était vraiment pas faite pour être mère. Quand j'ai demandé la garde de Ryan, elle n'a même pas essayé de le contester.

À court de mots face à une telle blessure, Liz se tut puis l'évidence s'imposa à elle.

— Elle ne sait pas tout ce qu'elle a perdu. Ryan est un petit garçon adorable, amusant, plein de vie. Vous êtes un bon père et il le ressent, c'est certain.

— Merci, Liz.

— Je le pense du fond du cœur. Et maintenant, il faut que je rentre chez moi.

— Attendez que j'aie couché Ryan, il a dû s'endormir devant la télé.

Liz lui emboîta le pas et le suivit dans une petite pièce aux murs tapissés d'étagères chargées de livres. Un bureau se trouvait devant la fenêtre et un canapé bien rembourré occupait l'espace face à la télévision. Visiblement, c'était dans cette pièce que Carter et Ryan passaient le plus clair de leur temps.

Carter prit dans ses bras le petit qui dormait à poings fermés et le cala contre sa poitrine. Autant de gestes qui inspiraient le calme et la sécurité. Autant de traits de caractère qu'elle rêvait de trouver chez un homme…

Mais ce n'était pas pour autant qu'elle allait demander à Carter plus qu'il ne voulait lui offrir.

Certes… Et pourtant, il ne lui était pas interdit de rêver au bonheur que ce serait de se trouver sous la protection d'un homme comme lui.

6.

Lorsque Carter redescendit de la chambre de Ryan, il trouva Liz en train de ranger les restes du matériel utilisé pour fabriquer les décorations. Leurs assiettes déjà lavées étaient rangées sur l'égouttoir.

— Liz ! Il ne fallait pas vous donner cette peine !

— J'aime bien mettre de l'ordre. Surtout quand j'ai moi-même participé à créer le désordre, ajouta-t-elle en jetant à la poubelle les restes de papier et de carton.

Carter remplit un verre d'eau avant de retourner au salon.

— Je vais m'assurer que le feu est bien éteint.

Comme Liz empilait les sets de table, il la prit par la main et la ramena devant la cheminée où rougeoyaient les dernières braises. À part la guirlande qui clignotait sur le sapin, toutes les lumières étaient éteintes.

— Profitons encore un peu de ce beau dimanche, dit-il.

Puis il lui jeta un coup d'œil malicieux.

— J'aimerais bien savoir à quoi vous pensez, en ce moment !

— À rien du tout.

— Impossible. Une femme aussi intelligente que vous a forcément une idée en tête.

Pareille question le surprit lui-même. Pourquoi insistait-il autant ? Quelque chose chez cette jeune femme lui donnait la certitude qu'elle recherchait l'amitié, qu'elle souhaitait pouvoir échanger ses pensées avec quelqu'un. De là à croire qu'il pouvait être cette personne, c'était peut-être se donner un rôle qui n'était pas le sien… Néanmoins, il était persuadé de ne pas se tromper.

— J'aimerais que vous me disiez pour quelle raison vos yeux se sont remplis de larmes quand vous avez découvert le sapin.

— Carter, vous avez besoin d'une consultation chez l'ophtalmo !

Il se pencha vers elle et lui prit le menton pour l'obliger à le regarder.

— Liz, vous mentez très mal !

Elle ne put retenir un soupir.

— C'est difficile à expliquer. Disons que, pour moi, préparer le sapin avec vous et Ryan a été un vrai bonheur. En fait, c'est mon cadeau de Noël. Je me suis sentie utile, je faisais partie de votre fête.

— Vous n'aimez pas vous sentir à l'écart, c'est ça ?

— Qui aime ça ?

— Personne, c'est vrai, mais j'ai le sentiment que, sur ce point, vous êtes plus sensible que la moyenne des gens. Je me trompe ?

Elle haussa les épaules.

— C'est un problème que j'ai réglé il y a longtemps.

Malgré le ton assuré de sa voix, Carter n'en crut pas un mot.

— Vraiment ?

Après un instant de silence, Liz hocha la tête.

— Disons… disons que je n'ai jamais été le genre de filles à me jeter au cou des gens. Si ma sœur n'avait pas été là pour me faire inviter en même temps qu'elle, je crois que je ne serais jamais sortie.

— C'était sympa de sa part de vous faire participer.

— Oui, en effet. Nous aimions être ensemble.

— Si vous me racontiez ce qui lui est arrivé ?

Il vit Liz se raidir. Apparemment, elle n'aimait pas parler de sa sœur, et, pourtant, elle l'avait évoquée à de nombreuses reprises.

— Elle est morte dans un accident de voiture en revenant d'une fête à laquelle elle était allée seule parce que j'étais malade ce jour-là. Elle a pris un virage trop vite, et voilà…

Les derniers mots furent noyés dans un soupir plein de tristesse.

— Je suis désolé, Liz. Quand je pense que, aujourd'hui même, vous avez dû vous rendre sur le lieu d'un accident de ce genre… ce doit être bien difficile pour vous.

Elle contemplait leurs mains réunies comme elle l'aurait fait pour une nature morte, sans émotion aucune. Son esprit était ailleurs.

— C'est vrai, mais c'est ce que je dois faire.

— Je comprends, mais la perte d'une sœur jumelle doit être un deuil difficile à faire.

— Peut-être même impossible… La mort de Louisa a complètement changé ma vie. Vous comprenez, elle était toujours le boute-en-train du groupe où elle se trouvait, avec sa fantaisie, son humour, sa joie de vivre. Elle rayonnait et elle m'entraînait dans ce tourbillon.

— Sa disparition a dû être bien cruelle pour vous.

— Oui, et d'autant plus que moi, j'étais exactement le contraire, complètement inadaptée aux relations humaines, invisible. Personne ne me remarquait, alors que Louisa attirait tous les regards et tout le monde l'adorait. À sa mort, j'ai perdu toute vie sociale, à part mon club d'échecs et celui de lecture. Pour ma sœur, ces activités étaient synonymes d'ennui, mais sans elle, je n'avais plus de place nulle part ailleurs.

Au fur et à mesure que Liz se livrait, Carter devenait de plus en plus attentif. Il souffrait pour elle en découvrant que la brillante Louisa ne lui avait jamais laissé la place de s'épanouir. La seule fois où Liz avait réussi à se faire remarquer, elle en avait été jalouse au point de détruire le petit traîneau si patiemment construit et de le jeter à la poubelle.

Le regard fixé sur les flammèches qui brûlaient encore, Liz continua d'une voix monotone.

— C'est Louisa qui voulait devenir ORL. Moi, pas du tout, j'étais plutôt attirée par la stimulation perpétuelle que procure la médecine d'urgence. J'aime devoir travailler vite, prendre des décisions rapidement, me sentir efficace tout de suite, mais elle m'a supplié de choisir la même spécialité qu'elle pour que nous puissions nous associer et continuer à travailler ensemble.

Liz laissa échapper un petit rire : *« Dr L. Poole et Dr L. Poole, au service de votre nez, de votre gorge et de vos oreilles. »* Nous trouvions cela amusant.

— En fait, vous êtes devenue ORL pour faire plaisir à Louisa, mais vous assurez bénévolement les urgences parce que c'est là que se trouve votre vocation, conclut Carter.

En entendant résumé ainsi le parcours de ses études et de sa vie, Liz parut s'affaler sur son siège.

— On peut dire les choses comme ça, en effet. Louisa m'a toujours reproché d'aller perdre mon temps libre à recoudre des plaies sanglantes ou remettre en place des os disloqués. Elle ne voyait que le côté dérangeant de cette pratique, alors que pour moi, c'était justement à ce niveau que je trouvais mon travail gratifiant.

— Vous n'aviez pas la même vision des choses, c'est sûr, commenta Carter.

— Oui, et à tel point que, même avant sa mort, j'avais envisagé de mettre fin à notre association pour me reconvertir.

— Pourquoi y avez-vous renoncé ?

— Pour ne pas lui faire de peine.

— Ce scrupule n'a plus lieu d'être, désormais. Vous êtes libre, dit Carter.

Liz haussa les épaules.

— Pas vraiment, parce qu'il a laissé la place à un autre, tout aussi pesant.

— Vous pouvez m'en parler ?

— Oui, vous le comprendrez sans peine. Si je changeais de spécialité maintenant, il me semble que je trahirais Louisa, que je serais malhonnête envers elle. C'est une idée que je ne supporte pas.

Quel dommage ! pensa Carter. Il alla même jusqu'à imaginer que Louisa était contente de continuer à maintenir Liz en son pouvoir par-delà la tombe. Évidemment, il garda pour lui cette pensée dérangeante, mais elle lui paraissait tout à fait compatible avec le personnage de Louisa. Sagement, il se contenta de faire une remarque moins acrimonieuse envers la sœur chérie et toute-puissante de son invitée.

— Vous savez, Liz, la vie est courte. Êtes-vous sûre d'avoir bien réfléchi ? En ce qui me concerne, je préfère exercer un métier qui me plaît.

— Bien sûr, je vous comprends parfaitement, mais… si j'abandonne notre spécialité commune, à Louisa et à moi, cela signifiera qu'elle est réellement morte, disparue pour toujours, par ma faute. Je suis incapable de faire une chose pareille.

Il y avait tant de détresse dans la voix de Liz que Carter ne put résister à l'envie de la prendre dans ses bras. Il lui embrassa les cheveux, puis murmura à son oreille d'une voix apaisante :

— Heureusement, vous n'avez pas à prendre de décision ce soir !

Elle releva son visage vers lui.

— Je suis désolée de vous avoir raconté tout ça… C'est une conclusion bien triste pour une journée si agréable.

S'écartant de Liz, il plongea son regard dans le sien.

— Nous sommes amis, non ?

— Vraiment ?

— Oui, vraiment.

Comme elle lui souriait, il profita de ce moment privilégié pour bien marquer leur complicité.

— D'ailleurs, en tant qu'amis, je pense que nous pourrions nous parler avec plus de simplicité. Docteur Poole, est-ce que tu es d'accord pour que nous nous tutoyons à partir de maintenant ?

— Oui, avec plaisir.

Cette décision fit chaud au cœur de Liz, qui poursuivit :

— Alors, puisque nous sommes amis, tu vas me raconter tes projets pour Noël. Est-ce que tu prévois une réunion familiale ?

Une ombre passa sur le visage de Carter.

— Tu sais déjà que mon frère vit à l'étranger. Comme il ne rentrera qu'au mois de juin, nous ne pourrons donc pas passer ensemble les fêtes de fin d'année.

— Et tes parents ? Ils viennent te voir ? Tu vas chez eux avec Ryan ?

Carter baissa les yeux. Il fallait bien en arriver là… Liz venait de poser la question à laquelle il évitait de répondre depuis des mois. C'était là un aspect de sa vie qu'il préférait laisser dans l'ombre. Pourquoi ? Parce qu'il en avait honte. Et d'autant plus que c'était assez irrationnel. Mais étant donné tout ce que Liz venait de lui confier, comment pouvait-il ne pas lui faire part de sa gêne ? Continuer à lui cacher ce qui faisait le tourment de ses jours et, parfois, de ses nuits ? Non, elle méritait une réponse honnête.

— Je vois très peu mes parents.

Liz fronça les sourcils.

— Pourtant, ils ne vivent pas loin…

— C'est vrai.

— Tu ne les vois même pas pour Noël ?

— Non.

— Mais… pour quelle raison ?

Elle avait parlé à voix basse, comme par peur d'outrepasser les bornes de la discrétion, mais sa curiosité était la plus forte.

Carter croisa les mains sur ses genoux en laissant échapper un gros soupir.

— Je leur ai causé une énorme déception en divorçant. Chaque fois que je les vois, je le lis dans leurs yeux, et j'en souffre terriblement, au point que je n'arrive même pas à les regarder en face. Tu comprends, ils ont réussi un mariage parfait, alors ils attendaient la même chose de moi.

— Tu es peut-être un peu sévère avec toi-même, tu ne crois pas ?

— Non. En plus, ils s'inquiètent énormément pour Ryan, et cela me blesse car c'est comme s'ils manquaient de confiance en moi. Ils ne supportent pas que je gère seul ma paternité. Alors au bout du compte, je préfère ne pas jouer la comédie de la famille unie et heureuse. Je ne peux pas le supporter.

Liz ne s'attendait pas à pareil aveu. Que de souffrance pour les uns et pour les autres…

— Pourtant, je suis sûre qu'ils ne ressentent pas la situation comme tu l'exposes.

— Peut-être, mais c'est comme ça pour moi. Je n'arrive pas à passer outre.

Elle posa une main sur la jambe de Carter.

— Tes sentiments t'appartiennent, c'est sûr. Je comprends.

Au bout d'un moment de silence, elle formula tout de même la question qui lui paraissait essentielle.

— Est-ce que Ryan verra sa mère ?

Carter laissa échapper un petit rire amer.

— Sa mère ? Elle n'a jamais fait le moindre effort pour venir le voir, ni à Noël ni pendant les vacances.

Dans le fond, il préférait qu'il en soit ainsi. Sa vie en était réellement simplifiée.

Liz hocha la tête.

— Comme c'est triste ! Elle ne sait pas tout ce qu'elle manque.

— Diana n'a jamais manifesté le moindre intérêt pour la maternité ni pour le rôle de femme mariée.

— Vous vous êtes mariés sur un coup de tête sans doute ?

— Non, nous nous connaissions bien avant, mais la sincérité n'était pas le point fort de Diana. À l'époque, elle m'avait dit qu'elle désirait avoir des enfants. J'ai découvert plus tard que ce qui l'intéressait vraiment, c'était de devenir l'épouse d'un médecin. Après la naissance de Ryan, je l'ai découverte sous un jour nouveau, mais il était trop tard. La seule bonne chose qu'elle ait jamais faite a été de me donner Ryan.

Liz paraissait stupéfaite.

— Son attitude me paraît incroyable. Comment peut-on abandonner son enfant ? C'est quelque chose que je serais incapable de faire.

— En effet, je ne te vois pas dans ce rôle-là ! Ton cœur est trop grand pour ce genre de désistements et tu as bien trop de compassion pour les gens.

Comme pour chasser le voile de tristesse qui était tombé sur eux avec cette conversation, Liz considéra une nouvelle fois le sapin.

— C'est le plus beau que j'aie jamais vu …

— Grâce à toi !

— Non, j'ai fait bien peu, mais, par contre, j'ai profité de chaque minute de cette journée. Merci du fond du cœur !

Elle se leva.

— Et maintenant, il faut que je rentre chez moi.

— Je t'accompagne !

Il se leva et lui tendit la main pour l'aider à se mettre debout. Puis il laissa ses mains sur la taille de la jeune femme qu'il regarda droit dans les yeux.

— Liz, j'ai envie de t'embrasser…

Sans attendre sa réponse, il posa sa bouche sur les lèvres pulpeuses qui ne se dérobèrent pas. Au contraire, Liz se rapprocha de lui pour se presser davantage contre son torse. Alors il n'hésita plus et tenta d'approfondir son baiser en caressant les lèvres encore fermées de la jeune femme de sa langue. Elle hésita un moment avant de les entrouvrir et lorsqu'elle le fit, un frisson délicieusement sensuel le parcourut. Liz avait un goût de douceur et de tendresse qui réveillait sa virilité trop longtemps endormie.

Enivré par la force de cette sensation, il enroula ses bras autour de la taille de la jeune femme et sentit qu'elle se plaquait contre lui, exactement comme s'ils avaient été faits l'un pour l'autre. Elle pressa davantage encore ses lèvres sur les siennes et glissa les doigts dans ses cheveux. On aurait dit qu'un feu s'était allumé en elle, un feu puissant dont il désirait s'approcher jusqu'à s'y consumer de plaisir. Mais tout à coup, brusquement, elle s'écarta de lui.

— Non, ce n'est pas possible… je ne peux pas faire ça !

— Pourquoi pas ? C'était très agréable pourtant.

— Oui, mais toi et moi, nous ne recherchons pas la même chose.

Elle passa sa langue sur ses lèvres.

— Nous sommes amis, et les amis ne s'embrassent pas de cette façon. Je ne veux pas souffrir !

— Je n'ai pas l'intention de te faire souffrir, Liz.

— Sans doute, mais la souffrance arrivera malgré tout.

Il la regarda d'un air surpris.

— Il me semble que tu compliques beaucoup ce qui est un simple baiser.

— Pour moi, aucun baiser n'est simple.

Avant qu'il puisse lui répondre, elle avait attrapé son sac et se dirigeait vers la porte.

— Liz…

— Bonsoir, Carter.

Le vendredi suivant, Liz travaillait à la rédaction d'un rapport concernant un patient en arrêt de travail. Elle n'avait reçu aucune nouvelle de Carter, mais ne s'en étonnait pas. Pourquoi aurait-il envie de la revoir après la façon cavalière qu'elle avait eue de le quitter le dimanche précédent ? Il devait penser qu'elle était bizarre et passablement coincée.

Ce qui était bizarre, en fait, c'est que, depuis sa mort, elle n'avait parlé de Louisa à personne, même pas à sa mère parce que c'était trop douloureux pour elles deux. Pourquoi l'avait-elle fait avec Carter ? Depuis qu'elle le connaissait, le nom de Louisa n'avait cessé de venir à ses lèvres, un peu comme si elle souhaitait qu'il sache qui était sa jumelle, cette moitié d'elle-même. À jamais une partie de ce qu'elle était et resterait. Quand elle lui avait expliqué pourquoi elle était devenue ORL, il lui avait semblé qu'une ombre de tristesse était passée dans le regard de Carter. Était-ce vraiment le cas ? Et si oui, pour quelle raison ?

Elle se replongea dans son dossier. À quoi bon se poser pareilles questions ? Cela n'avait aucune importance étant donné qu'elle ne le verrait probablement plus jamais.

Elle était en train d'envisager cette désagréable perspective lorsque Melissa vint la retrouver dans son bureau.

— Tu as eu des nouvelles de ton beau médecin ?

— Non.

Réponse lapidaire car Liz n'avait aucune envie de parler

de lui. Quelques jours plus tôt, elle avait raconté leur baiser à Melissa qui l'avait félicitée, tout heureuse de voir son amie commencer une vie amoureuse.

— D'ailleurs, je ne pense pas que nous nous reverrons après tout ce que je lui ai raconté de ma vie, reprit Liz. Trop de choses, trop vite… Encore une fois, je me suis prouvé à quel point je suis incapable de gérer une relation sentimentale.

— Arrête de te dévaluer ! marmonna Melissa.

— Peu importe… le baiser était délicieux.

Elle avait parlé sur un ton plein de regret. Carter avait éveillé sa sensualité comme aucun autre homme n'avait su le faire avant lui. Depuis, de jour comme de nuit, elle ne cessait de revivre ce baiser.

— Parfait ! commenta Melissa. Je vois avec plaisir que ce monsieur t'a remise sur le droit chemin !

— Droit chemin qui est une parfaite impasse puisque je lui ai dit que je ne voulais pas souffrir. C'est à peu près la même chose que si je l'avais demandé en mariage alors qu'il est à mille lieues d'envisager une chose pareille. Rien de tel pour lui faire prendre ses jambes à son cou !

Si seulement elle n'avait pas une telle envie de l'embrasser encore. Et encore…

Melissa lui adressa un sourire entendu.

— Écoute, le week-end n'est pas encore là, garde le moral. On se retrouve lundi. Je suis sûre qu'il t'aura appelée d'ici là.

Liz n'essaya même pas de la contredire. Elle s'était déjà préparée à passer comme autrefois ses fins de semaine en solitaire dans son appartement. Toutefois, elle regrettait de s'être si vite laissé impliquer dans la vie de Carter et Ryan. Comme la sienne lui paraissait ennuyeuse par comparaison ! Reprendre sa vie de recluse n'allait pas être facile. D'autant plus que les moments heureux qu'elle avait passés avec eux ne cessaient de tourner en boucle dans sa tête.

Pourtant, une heure plus tard, son téléphone sonnait et le nom de Carter apparaissait sur l'écran. Son cœur se mit à battre si fort qu'elle eut l'impression qu'il allait sortir de sa poitrine.

— Bonjour, Carter, répondit-elle en s'efforçant de maîtriser sa voix.

— Bonjour, Liz, comment vas-tu ? demanda la voix joyeuse de Carter, exactement comme si rien ne s'était passé.

— Très bien, et toi ?

— Super… Je suis désolé de ne pas t'avoir appelée pendant la semaine, mais Ryan m'a demandé de participer à de nombreuses activités à son l'école. Tu sais, chaque année, c'est un peu la folie au moment de préparer la fête de Noël.

Quel soulagement, pour Liz, d'entendre cela ! Carter n'avait vraiment pas besoin de présenter des excuses, mais elle les appréciait énormément. Voilà qui prouvait que son silence n'était pas dû à l'avalanche de confidences qu'elle lui avait faites.

— Je voulais t'inviter à dîner demain soir si tu es libre, poursuivit ce dernier. D'ailleurs, mon invitation est un peu intéressée car ce serait aussi l'occasion de tenir pour moi la fameuse échelle dont je t'ai parlé la semaine dernière. J'aurais bien demandé à l'un de mes voisins de me rendre ce service, mais John a toujours le bras en écharpe et les Wilson sont partis chez leur fille. Ce serait bien si je pouvais remettre cette gouttière en place parce qu'on annonce de la pluie en début de semaine.

Liz n'avait pas besoin de justifications ! Elle avait envie de le revoir, un point, c'est tout.

— Pas de problème ! À quoi servent les amis si ce n'est à donner un coup de main quand on en a besoin ?

La réponse de Carter sonna comme un couperet aux oreilles de Liz.

— Je te promets de m'en tenir à cela…

Néanmoins, elle ne laissa rien paraître de sa déception. Carter jouait le jeu qu'elle lui avait demandé, comment lui en vouloir ?

— Si je viens demain vers 15 heures, est-ce que ça te convient ?

— Oui, c'est parfait. Je bricolerai quelque chose pour le dîner.

Apparemment, il ne savait pas trop en quoi consisterait la « bricole » en question.

— Si tu me laissais apporter le repas ? Par exemple un poulet rôti tout prêt et un rizotto à ma façon ?

— Génial !

Cette proposition paraissait le soulager énormément, et elle en fut ravie.

— Bon, alors à demain après-midi !

— Oui, à demain. Heu… Liz ?

— Oui ?

— J'ai hâte de te revoir.

Le cœur gonflé de joie, et avec un grand sourire, Liz raccrocha son téléphone. Carter avait envie de la revoir ! Même si c'était juste parce qu'il avait besoin qu'elle lui rende service, c'était un bonheur.

Le lendemain, comme convenu, elle arriva chez lui avec les provisions promises et le cœur plein d'enthousiasme.

— Oh ! je vois que tu t'es mise en tenue de travail ! s'exclama Carter en lui ouvrant la porte.

En effet, elle avait revêtu une chemise à manches longues, un jean passablement délavé et des chaussures de sport.

— C'est bien ce qui était prévu ?

— J'apprécie réellement ta bonne volonté.

— Pas de problème, je…

Ryan déboula à cet instant, un grand sourire sur les lèvres.

— Salut, Liz !

Il se précipita sur elle pour l'embrasser et se tourna ensuite vers son père.

— Papa, tu me permets d'aller jouer au square avec mes copains ?

Carter parut hésiter un instant.

— D'accord, mais restez de ce côté pour que je puisse vous voir, d'accord ? Liz nous a apporté le dîner, je veux que tu m'entendes quand je t'appellerai.

— OK, papa !

Puis Ryan partit en courant tandis que son père le suivait du regard.

Liz avait perçu l'hésitation de Carter au moment de donner son autorisation.

— C'est sans doute un peu compliqué de savoir quelles permissions lui accorder. Mais le square est un bon compromis entre la maison et la liberté totale.

— Oui, c'est pour cette raison que j'ai voulu habiter ici. Je ne veux pas que, comme tant d'autres enfants, il passe tout son temps devant des jeux vidéo.

— Je comprends, c'est un tel gâchis !

— Viens, allons déposer tout ça dans la cuisine et, ensuite, nous nous mettrons au travail.

Pendant que Liz déposait les provisions sur la table, Carter la regardait faire en se demandant s'il pouvait l'embrasser. Comment réagirait-elle s'il essayait ? Puis, se souvenant de la promesse qu'il lui avait faite, il chassa de son esprit cette idée pourtant bien tentante.

— Allons nous mettre au travail avant que je change d'idée…, dit-il simplement.

— À tes ordres !

Comme elle passait devant lui, Carter contempla avec plaisir sa silhouette moulée dans le jean.

— Tu sais, tu es très mignonne en tenue de plombier !

Mignonne ?

Liz reçut le compliment avec surprise. Jamais personne ne l'avait trouvée « mignonne ». Venant de Carter, elle trouva cela bien agréable.

— Il m'a semblé que c'était le mieux adapté pour t'aider à déboucher une gouttière.

— Ne t'inquiète pas, je te demanderai seulement de bien maintenir l'échelle contre le mur pendant que je grimpe dessus.

Auparavant, Carter se munit d'un marteau et d'un petit sac de clous.

— Tu es sûr que je suis la personne idoine pour t'assister dans cette réparation ? demanda Liz qui considérait avec un peu d'inquiétude leurs poids respectifs.

— Tout à fait. J'aurais même pu me débrouiller sans toi, mais il vaut mieux ne pas être seul pour ce genre d'activités. Toi qui es urgentiste, tu devrais le savoir !

— C'est vrai que trop d'accidents ont pour cause un manque de précautions élémentaires. Donc, si jamais tu tombes, tu auras l'urgentiste à domicile, ajouta-t-elle en riant.

Carter était à deux doigts d'avouer qu'il apprécierait un bouche-à-bouche préventif, mais il réussit à tenir sa langue.

Liz plaça un pied sur le barreau du bas pendant que Carter commençait son ascension.

— Il me faudra déplacer l'échelle plusieurs fois pour effectuer correctement la réparation, mais cela ne me prendra pas beaucoup de temps.

— Fais attention tout de même à ne pas laisser tomber ton marteau sur ma tête !

— Je te promets d'être très vigilant, ça serait vraiment trop bête que j'assomme mon assistante.

Après avoir planté quelques clous, il considéra son travail.

— C'est vraiment une bricole, mais si je ne fais rien, je risque d'avoir une gouttière dans le salon dès qu'il va se mettre à pleuvoir, et nous sommes dans la saison où il pleut beaucoup en Alabama. La météo prévoit déjà du froid et de la neige, et je préfère ne pas attendre.

Puis il commença à descendre, mais l'échelle glissa un peu. Pour éviter le déséquilibre, Liz la maintint avec ses deux bras, ce qui fit que Carter dut passer entre eux pour reprendre pieds sur le sol. Ce faisant, son fessier effleura la poitrine de Liz qui en perdit le souffle d'émotion. Hélas, cela ne dura qu'un bref instant, mais suffisamment tout de même pour qu'elle puisse s'avouer que ce genre d'émotions n'avait strictement rien à voir avec de la pure amitié.

Conscient du trouble que ce contact avec suscité, Carter lui adressa un sourire amusé.

— Je n'aurais jamais pensé prendre tant de plaisir à réparer mon toit...

Liz se mit à rire aussi.

— Est-ce que, par hasard, tu chercherais à profiter de la situation ?

Carter se planta devant elle et la regarda droit dans les yeux.

— Si c'était le cas, il y a longtemps que je t'aurais embrassée, mais je tiens ma promesse. Nous resterons simplement amis jusqu'à ce que tu décides qu'il en soit autrement.

Puis il lui confia le marteau pour pouvoir déplacer un peu l'échelle.

— Je dois intervenir ici et aussi à un autre endroit, mais ce sera vite fait. Il y a également une petite vérification à effectuer sous le porche.

Levant les yeux, Liz vit qu'une planche avait pivoté sur elle-même. De toute évidence, elle avait besoin d'être remise à sa place. Reprenant le marteau, Carter entreprit de la clouer au bon endroit. À chaque coup de marteau, l'échelle était secouée, et Liz renforça sa prise en collant son poids contre elle de manière à la stabiliser.

De nouveau, Carter descendit et recommença un peu plus loin.

— Et maintenant que le plus pressant est fait, passons au porche !

Il ramassa son sac à outils.

Une fois qu'ils furent arrivés sous le porche, Carter posa son matériel par terre et montra la planche qu'il fallait remettre en place.

— Il faudrait que tu places ta main à côté de la mienne pour la maintenir et que tu appuies aussi fort que tu pourras.

Liz fit ce qu'il lui demandait, geste qui l'amena à coller son corps depuis l'épaule jusqu'au pied contre celui de Carter. Ce dernier avait beau se comporter comme si c'était la position la plus naturelle du monde, le frisson sensuel qu'elle avait déjà ressenti quand il la touchait ne manqua pas de se produire.

— Parfait ! commenta-t-il après avoir planté trois clous.

Liz regrettait que l'intervention ait été aussi vite expédiée.

— Viens par ici, il nous faut faire la même chose dans ce coin, reprit Carter.

Ils adoptèrent à nouveau la même position et, à nouveau, le corps de Liz vibra voluptueusement au contact de celui de Carter.

— Il y a encore un endroit que je voudrais réparer, dit-il en déplaçant une chaise pour libérer le passage et plaçant sa main contre le mur.

— Ça ne me paraît pas abîmé par ici..., répliqua Liz, un peu surprise.

— C'est vrai. Disons que... que j'ai pris goût à notre collaboration. C'est plutôt agréable de sentir ton corps contre le mien.

Elle se mit à rire tout en reculant d'un pas.

— Et voilà ! Pendant que je m'ingénie à te rendre service, tu ne penses qu'à profiter de la situation. Tu crois que c'est comme ça que ça se passe entre amis ?

Il arbora un air sérieux.

— Si c'était le cas, je te le ferais comprendre clairement. Disons seulement que c'est difficile de me comporter en simple ami quand tu es si proche de moi.

Elle tressaillit, mais ne répondit pas.

Après avoir remis la chaise en place, il ramassa son sac à outils, puis il lui sourit comme si rien de particulier ne s'était passé.

— Merci pour ton aide, Liz.

— Je ne suis pas sûre qu'elle était indispensable...

Il haussa les épaules en riant.

— Ne cherche pas à comprendre, d'accord ? Par contre, si ça ne t'ennuie pas de porter mon sac pendant que je m'occupe de l'échelle, je te le confierai volontiers.

— D'accord.

Elle vacilla légèrement en le chargeant sur son épaule.

— Dis donc, étant donné le poids, j'ai l'impression que tu as la panoplie complète de l'outillage nécessaire pour construire une maison entière !

— Il vaut mieux être prêt pour parer à toute éventualité.

En plus, j'aime bien bricoler à la maison. Ça me change agréablement de l'exercice de la médecine.

— Et tu te débrouilles bien d'après ce que j'ai pu voir.

— C'est vrai, et heureusement, parce qu'il y a toujours quelque chose à revoir. Aujourd'hui en est un bon exemple.

Il jeta un coup d'œil en direction du square où Ryan jouait encore au ballon avec ses copains. Liz suivit son regard.

— Tu parais souvent inquiet à propos de Ryan.

— C'est vrai. C'est à cause de mon double rôle sans doute.

— Ryan ne demande jamais des nouvelles de sa mère ?

— Au début, un peu, maintenant pratiquement plus.

Il y avait du soulagement dans la voix de Carter.

— Il se porte mieux sans elle qu'avec elle, ajouta-t-il sur un ton amer.

Liz se demanda s'il était bien sage de continuer sur ce sujet, mais la situation lui paraissait si étrange qu'elle en fut incapable.

— Que feras-tu s'il recommence à te questionner à son sujet ?

— J'aviserai le moment venu. Pour l'instant, nous sommes heureux tous les deux.

Liz se mordit la lèvre inférieure.

N'y avait-il vraiment aucune place pour quelqu'un d'autre dans leur vie ? Dans sa vie d'homme jeune et séduisant ? Apparemment, non. Elle chassa cette pensée désagréable avec un compliment.

— Ryan est un petit garçon très agréable. Tu te débrouilles vraiment bien avec lui.

— Merci pour l'encouragement ! Je vais l'appeler maintenant, il est temps de le faire rentrer.

Carter émit alors un sifflement strident qui laissa Liz complètement stupéfaite.

— Je ne m'attendais pas à ça !

Il arbora un petit sourire de fierté.

— Je me suis entraîné tout un été avant de réussir aussi bien. C'est vraiment pratique. Il suffit que je me mette sur le pas de la porte pour que Ryan l'entende même s'il se trouve relativement loin.

— C'est amusant parce que mon père sifflait lui aussi pour nous appeler, mais pas aussi fort.

Carter profita de l'occasion pour questionner Liz sur sa famille.

— Si tu me parlais un peu de ton père ? Tu ne m'as encore rien dit de lui.

— Il est mort d'un cancer il y a quatre ans. Entre sa mort et celle de Louisa, ces dernières années ont été assez tristes pour moi. Il me manque énormément. Ma mère avait une préférence pour Louisa… d'après elle, ma sœur avait toutes les qualités, mais mon père me donnait l'impression d'avoir de l'importance à ses yeux. Le peu de confiance en moi que je peux avoir, c'est à lui que je le dois. Par contre, je continue à ne pas être à la hauteur des attentes de ma mère. C'est dur pour elle, mais pour moi aussi.

— Elle est restée aussi insatisfaite après que tu es devenue médecin ?

— Hélas oui ! Elle a seulement changé son angle d'attaque. Maintenant, ce qui la désole, c'est que je n'aie toujours pas fondé de famille.

— Quelle idée ! Tu es une jeune femme pleine de qualités et de talent avec la vie devant toi.

— Carter, inutile de chercher à me remonter le moral, il y a longtemps que j'ai accepté la situation.

Elle n'avait aucune envie d'être prise en pitié.

— Je t'assure que je parle sincèrement, se récria Carter.

— Est-ce bien sûr ? En quelques jours, tu m'as fait plus de compliments que ce que j'ai reçu en plusieurs années.

Carter se remit à marcher en direction de l'atelier.

— C'est bien dommage. On devrait t'en faire plus souvent parce que tu le mérites. Largement !

Liz esquissa un sourire. Elle avait envie de le croire.

7.

Liz regardait Carter suspendre l'échelle dans l'appentis qui lui servait d'atelier lorsque, brusquement, elle leva le nez, puis tendit la main, l'index pointé.

— Il neige !

Un flocon immaculé atterrit sur son visage. Au grand regret de Carter qui trouvait que cela lui donnait un air angélique, elle le chassa d'un geste. Encore une fois, il se demanda comment sa mère pouvait ne pas voir toutes les qualités de Liz. En ce moment, elle était si jolie qu'il avait du mal à ne pas la prendre dans ses bras.

Sagement, il réfréna cette envie et débarrassa son invitée du sac d'outils dont il l'avait chargée pour aller le ranger sur l'établi pendant qu'elle l'attendait devant la porte. Comme il s'apprêtait à sortir, elle recula d'un pas pour lui laisser la voie libre, mais trébucha sur une dalle qui s'était détachée et tomba sur le dos avant que Carter ait pu la rattraper.

— Liz ! Tu as mal ? Laisse-moi vérifier que tu n'as rien de cassé.

— Non, tout va bien !

Elle lui tendit la main.

— Par contre, je veux bien que tu m'aides à me relever. Aïe…, s'écria-t-elle en s'agrippant à lui pour se mettre debout.

— Tu t'es fait mal !

Puis il la souleva dans ses bras malgré les protestations de la blessée.

— Carter ! Qu'est-ce que tu fais ?

— Je te transporte à l'intérieur.

— Je peux marcher ! marmonna-t-elle en s'efforçant de se libérer.

— Je n'en suis pas si sûr… Tu peux t'agiter tant que tu voudras, je te poserai par terre une fois que nous serons au sec dans la maison. En remuant comme ça, tu ne fais que me compliquer la tâche.

Elle n'eut d'autre choix que d'obéir. Résignée, elle lui passa même les bras autour du cou. Son parfum de fleurs printanières monta aux narines de Carter. Plus encore, le parfum plus secret du corps même de Liz l'enivra. Il le respira, sachant qu'il l'associerait à elle pour toujours.

— Je te jure que je peux marcher !

— Peut-être, mais moi, je préfère cette solution. Pour plein de raisons…

Elle ferma les yeux sans répondre. Pourquoi Carter disait-il des choses pareilles ? Est-ce qu'il les pensait vraiment, comme il l'avait affirmé tout à l'heure ? Si c'était le cas, il avait franchi les limites de la simple amitié. Comment devait-elle réagir ?

Elle se contenta de lui donner un conseil quand ils arrivèrent à l'escalier du porche.

— Attention à ne pas trébucher sur les marches, nous nous retrouverions en tas par terre tous les deux !

— Oh… Quelle agréable perspective ! répliqua Carter en riant. Je me demande si je ne vais pas faire exprès de trébucher.

Ryan apparut à ce moment-là, tout essoufflé d'avoir couru depuis le square.

— Liz, qu'est-ce qui t'est arrivé ?

— Rien de grave. Je suis juste tombée, et ton père s'inquiète un peu trop à mon avis.

— S'il te plaît, ouvre-nous la porte, Ryan, dit Carter.

Une fois à l'intérieur, il rapprocha une chaise sur laquelle il fit asseoir Liz et, ensuite, une seconde sur laquelle il posa le pied douloureux.

— Je vais m'assurer que tu n'as rien de cassé.

— Je peux très bien faire ça moi-même !

— Non, cette fois, c'est moi le médecin et toi la patiente.

Il commença à délacer la chaussure de sport. Au moment où il la retira, Liz ne put retenir un petit cri de douleur. Quand il l'eut débarrassée également de sa socquette, un hématome apparut sur le côté gauche de la cheville.

— Ryan, s'il te plaît, va chercher ma trousse de premier secours. Tu sais, celle que nous avons utilisée pour John l'autre dimanche…

En attendant, il exerça des pressions sur diverses parties de la cheville de Liz, provoquant une grimace de souffrance sur son visage chaque fois qu'il approchait de l'hématome.

— Je pense que tu t'es fait une entorse.

Liz soupira.

— C'est ce que je crois aussi.

— Je vais d'abord te mettre une bande élastique puis une poche de glace par-dessus.

— Non, je vais rentrer chez moi et faire tout ça moi-même.

Carter leva les yeux au ciel.

— On a bien raison de dire que les médecins sont les pires patients ! Je t'en prie, essaie de ne pas faire comme nos collègues et laisse-toi soigner. De toute façon, tu n'es pas en état de conduire, et au cas où tu ne l'aurais pas remarqué, il s'est mis à neiger sérieusement.

Liz pivota sur sa chaise.

—En si peu de temps ?

Hélas, c'était bien le cas, ce qui la contraria car elle savait que Carter ne la laisserait pas repartir dans ces conditions.

Debout près d'eux, Ryan regardait avec attention son père prendre soin de la blessée.

— Maintenant, va chercher le sac de petits pois congelés, Ryan.

Le garçon revint en brandissant le sac en question avec un grand sourire.

— En voilà au moins une fournée que je ne serai pas obligé de manger !

Il adressa un clin d'œil à Liz.

— Je déteste les petits pois !

— Cette fois, ils seront plus utiles sur la cheville de Liz que dans ton estomac, commenta Carter.

Liz eut un sourire amusé.

— Ravie de te rendre ce petit service, Ryan !

Une fois cette dernière installée, Carter procéda à la répartition des tâches.

— Liz, tu vas rester assise tranquillement pendant que je pose notre repas sur la table. Toi, Ryan, va te laver les mains et mets le couvert.

— D'accord, Carter, je mange avec vous pendant que les petits pois remplissent leur office, mais, ensuite, je rentre chez moi avant que le mauvais temps ne s'aggrave.

— Désolé, répondit Carter en désignant la fenêtre du doigt. Je crois que la météo en a décidé autrement. La route va être glissante et le pont couvert de glace. Tu es coincée ici jusqu'à demain.

Liz se redressa à moitié, l'air agacé.

— Non ! Je ne peux pas rester ici.

— Et pourquoi ?

Elle marmonna quelque chose d'incompréhensible que Carter ne chercha pas à lui faire répéter à haute et intelligible voix.

— Tu peux rouspéter tant que tu voudras… En tant que médecin, je t'interdis de prendre la route en ce moment. Par contre, je te promets de t'installer le mieux possible pour que tu sois en meilleure forme demain.

Puis il posa sur la table le repas que Liz avait apporté.

— Papa ! Tu as vu comme il neige fort maintenant ? s'exclama Ryan en posant sur la table une poignée de couverts.

Liz se fit la réflexion qu'elle se sentait étrangement bien dans cette maison. Trop bien…

En effet, tout au long du repas, elle ne put s'empêcher de penser combien c'était agréable de se trouver dans cette jolie cuisine douillettement chauffée, en compagnie de Carter et de Ryan alors qu'il neigeait dehors à gros flocons. Par comparaison, sa maison lui paraissait très triste. Bref, c'était exactement le genre de pensées qu'elle n'aurait pas dû avoir, mais comment y remédier ?

Passer la nuit chez eux n'était certainement pas une bonne idée, mais Carter avait raison. Son pied enflé et douloureux l'empêchait de conduire. Quant à demander à son hôte d'enrouler Ryan dans une couverture, de l'installer dans la voiture et d'emprunter une route glissante pour la ramener chez elle, c'était évidemment hors de question. Donc, elle avait beau être inquiète au sujet des arrangements pratiques, elle n'avait qu'à s'incliner.

— Papa, tu m'aideras à construire un bonhomme de neige demain ? demanda Ryan.

— Hum… j'essayerai de trouver le temps, mais j'ai beaucoup de travail.

Ils avaient presque terminé leur repas lorsque le téléphone de Carter se mit à sonner. Il décrocha en mettant le haut-parleur.

— Oui ?

— Bonsoir, Carter. C'est la mère de Joey au téléphone. Mon fils demande si vous pouvez donner la permission à Ryan de venir dormir chez nous. Il aimerait pouvoir jouer avec lui dans la neige demain matin.

Fou de joie, le petit garçon bondit de sa chaise.

—Je peux, papa ?

Carter jeta un coup d'œil vers Liz. Était-ce une façon de lui demander son autorisation ? Elle ne le saurait jamais !

Ryan sautillait devant son père.

— Papa, s'il te plaît, je serai très poli, je dirai merci et s'il vous plaît …

Carter posa une main sur l'épaule de son fils pour le faire tenir tranquille et se donner le temps de réfléchir par la même occasion. Finalement, il estima qu'il serait cruel de priver le petit garçon de cette matinée qui lui faisait tant envie.

— D'accord, Ryan, à condition que tu me promettes d'être très gentil et d'aider à ranger la chambre de Joey.

— Oui, bien sûr, papa.

Évidemment, étant donné les circonstances, Ryan aurait promis n'importe quoi !

— Va chercher ton sac de couchage au garage pendant que je monte te préparer des vêtements chauds. Il faut que tu aies de quoi te changer au cas où vous vous mouilleriez.

Ryan disparut comme une flèche.

Carter se tourna vers Liz.

— J'espère que tu n'imagines pas que c'est un coup monté !

— Non, bien sûr. Quelle idée !

Cette réponse ne surprit pas Carter. Étant la droiture même, Liz supposait les mêmes dispositions d'esprit chez les autres. Il ne la décevrait pas et mettrait un point d'honneur à ne pas tourner la situation à son avantage. Parole d'honnête homme !

Cette résolution prise, il s'avança vers elle.

— Je te propose de regarder la télé pendant que je m'occupe de Ryan, ça te va ?

Sans attendre sa réponse, il la souleva dans ses bras.

— Je peux marcher…, protesta-t-elle faiblement.

En fait, elle se résigna avec délice à se laisser faire. Ce n'était sans doute pas une bonne idée, mais peu importait !

La confirmation que ce n'en était pas une ne se fit pas attendre. À chaque endroit où leurs corps se touchaient, une brûlure exquise la parcourait.

De son côté, Carter découvrit que, malgré son air indifférent, elle était devenue toute rose. Il en déduisit avec un plaisir certain qu'elle luttait autant que lui contre une intense attirance physique, et cette découverte n'était pas pour le contrarier !

Il installa donc Liz sur le canapé du petit salon et posa son pied blessé sur une chaise placée devant elle. Puis, avant de la quitter, impulsivement, il l'embrassa sur les cheveux.

Une fois seule, Liz se cala dans les coussins afin de trouver une position aussi confortable que possible malgré les élancements douloureux causés par son entorse. Elle se rendit compte alors qu'elle se sentait étrangement détendue et apaisée dans cette maison qui n'était pas la sienne. Pour elle, ce fut un nouveau signal d'alerte qui la fit réagir. Inutile de laisser son imagination faire la folle du logis ! L'unique raison de sa présence sous ce toit était son entorse, point final.

Malgré tout, elle jeta un regard autour d'elle. Quelle femme n'aurait rêvé d'être à sa place ? Coincée par la neige dans une maison chaleureuse en compagnie d'un bel homme ! C'était un rêve éveillé… Sans doute. Mais pourquoi ne pas le vivre intensément ?

Le bruit de la porte d'entrée l'informa que Carter venait de rentrer. Sa rêverie délicieuse avait certainement duré longtemps… Un instant plus tard, il venait s'installer à côté d'elle.

— Liz, j'espère sincèrement que tu n'imagines pas que j'ai prévu tout ça !

— Tu parles de la neige ?

— Non, bien sûr. Ce n'est pas moi qui commande la météo. Je parle de l'invitation de Ryan… Je te jure que je n'y suis pour rien. Simplement, étant donné tout le mal que je me suis donné pour qu'il se fasse des amis depuis que nous nous sommes installés ici, je ne pouvais pas refuser.

— Pas de problème, je comprends très bien.

Carter allait s'asseoir lorsqu'il se ravisa.

— Tu prendrais une tasse de thé avec moi ?

— Avec grand plaisir !

Un moment plus tard, leur tasse posée à côté d'eux, ils étaient plongés dans une partie d'échecs. Avant de commencer, Carter avait annoncé qu'il n'était pas trop mauvais en la matière et, un peu sournoisement, Liz s'était abstenue de lui rappeler qu'elle était membre d'un club d'échecs où elle jouait régulièrement. Le cas échéant, ce serait amusant de le surprendre par sa compétence !

Effectivement, moins d'une heure plus tard, elle annonçait : « Échec et mat ».

Carter considéra longuement la tablette puis se recula avec un soupir mi-désolé mi-amusé.

— Tu m'as bien eu ! J'aurais dû te demander de jouer sans déployer tout ton talent.

— Pourquoi ? Il m'a semblé qu'il valait mieux jouer honnêtement que te laisser gagner. Tu n'es pas d'accord ?

— Si, bien sûr, mais je découvre que tu es capable de pas mal de malice ! Allez, on fait la revanche ?

— Non, désolée, je me sens fatiguée, je préfère aller me reposer.

— C'est plus sage, en effet. Je vais t'aider à monter à l'étage et te préparer un lit.

— Non, je serai très bien ici sur le canapé.

— Hors de question ! Je veux que tu passes une bonne nuit. Inutile de discuter…

Il lui tendit la main pour l'aider à se lever.

— Passe un bras autour de moi.

Lui-même glissa un bras autour de la taille de Liz de manière à lui permettre de poser le minimum de poids sur son pied blessé.

Ainsi enlacés par la force des choses, ils arrivèrent au pied de l'escalier sans autre mésaventure que les battements accélérés du cœur de Liz. Elle continua à s'appuyer de tout son poids contre le torse de Carter pour clopiner marche après marche. Une fois qu'ils furent arrivés en haut, elle était contente de voir qu'ils avaient réussi sans problème, et déçue parce que l'étreinte de Carter s'était relâchée.

— Voici la chambre où tu vas dormir.

Liz devina aussitôt que c'était sa propre chambre que Carter lui proposait.

— Non, je ne veux pas te faire déménager.

— Il n'y a pas d'autre solution, c'est la seule chambre qui dispose d'une salle de bains. J'irai dormir dans celle de Ryan. Assieds-toi pendant que je mets des draps propres et que je te cherche une tenue pour la nuit.

Liz était déjà tombée sous le charme de cette pièce au parfum d'autrefois avec son lit ancien recouvert d'une couverture en patchwork, son papier peint aux ramages un peu fanés, son tapis oriental posé sur le parquet bien ciré et sa grande fenêtre avec vue sur le jardin.

Carter revint rapidement et lui tendit un grand T-shirt.

— Voici ce que je te propose comme tenue de nuit… Désolé, mais je n'ai rien de plus romantique sous la main.

— Ce sera parfait !

Aussitôt, elle se rendit dans la salle de bains en claudiquant et fit une toilette rapide avant de l'enfiler. Ce faisant, elle se rappelait que c'était elle-même qui avait demandé à Carter d'en rester à une relation amicale. Pourtant, ce soir, ce n'était plus du tout ce qu'elle souhaitait. Elle voulait plus. Bien plus. Malheureusement, elle était prise à son propre piège.

Pourtant, quand elle revint dans la chambre, noyée dans le T-shirt trop grand, elle eut la certitude que Carter avait deviné le tour de ses pensées. Son regard n'était plus du tout celui d'un ami bienveillant, mais celui d'un homme brûlant de désir. Elle en fut profondément troublée. Un feu imprévu s'alluma au creux de son ventre, et son cœur battit plus fort, tandis que son sang battait à ses tempes.

Il lui tendit une main.

— Viens, je vais t'aider à te mettre au lit.

— Je peux très bien…

Sans un mot, il la souleva dans ses bras et la déposa sur le drap frais qu'il venait d'installer.

Liz sentit sa respiration s'arrêter. C'était peut-être là son unique chance de faire l'amour avec Carter… Pourquoi renoncer à la saisir ? Elle n'avait que faire de son amitié, ce qu'elle voulait, c'était son corps, sa chaleur, son odeur… Elle resserra l'emprise de ses bras qu'elle lui avait passés autour du cou pour le rapprocher d'elle.

Carter marqua un temps d'arrêt.

— Liz, ne joue pas avec moi… Je t'ai promis de me comporter en gentleman.

— C'est vrai. Mais, traditionnellement, un hôte digne

de ce nom fait son possible pour satisfaire ses invités, n'est-ce pas ?

Comment avait-elle osé dire une chose pareille ?

Peu importait. Son cœur faillit exploser de bonheur lorsqu'elle vit Carter se pencher sur elle pour prendre sa bouche.

8.

Carter n'avait absolument pas prévu que la situation prendrait ce tour. Ni imaginé. Ni même espéré. Pourtant, la réalité était bien là. Il embrassait Liz avec passion, à pleine bouche, comme s'il ne devait jamais se sentir rassasié de ses lèvres pulpeuses et de son haleine parfumée.

Très vite, il commença à caresser son corps, à en découvrir les courbes et les creux. Tout chez elle lui paraissait désirable. Ses hanches rondes, sa poitrine épanouie, son ventre souple et doux… La bouche sèche, ivre de désir, il voulut s'installer entre ses longues jambes, mais Liz poussa un petit cri de douleur. Il avait oublié l'entorse…

— Chut… ce n'est rien ! dit-elle. Je vais juste mettre mon pied sur le côté. Reviens, je t'en prie.

Le souffle court, Carter s'allongea sur elle en prenant appui sur ses coudes avant de se glisser entre ses cuisses tièdes. Un vertige délicieux s'était emparé de lui. Passer la soirée avec Liz sans la toucher lui avait été une longue torture. Pendant la partie d'échecs, des visions de Liz allongée dans son lit, soupirant de plaisir, l'avaient à plusieurs reprises privé de sa capacité de raisonner. Et voici que, maintenant, contrairement à toute attente, Liz avait pris l'initiative dont il n'osait rêver…

— Liz, tu es bien sûre que c'est ce que tu souhaites ?

Elle le serra encore plus fort contre elle.

— J'aime que tu m'embrasses.

Il se redressa pour la regarder dans les yeux.

— J'aime t'embrasser.

— Alors, recommence tout de suite !

Il ne se le fit pas dire deux fois. Aussitôt, elle ouvrit la bouche pour accueillir sa langue, laisser la sienne jouer avec en une danse sensuelle qui fit flamber leur désir à tous les deux.

Depuis son divorce, Carter n'avait pas vécu comme un moine, mais jamais il n'avait éprouvé pareille attirance pour une femme. Il voulait faire l'amour avec Liz. Avec Liz, et elle seule.

Lorsqu'ils interrompirent leur baiser pour reprendre leur souffle, elle lui mordilla l'oreille, passa les doigts dans ses cheveux tout en laissant ses lèvres glisser le long de sa mâchoire. Un instant plus tard, il traçait de l'index des petits cercles sur la face interne de sa cuisse, puis, en la sentant frémir de plaisir, il commença à y déposer des baisers de plus en plus brûlants.

Lentement, comme pour ne pas l'effaroucher, il fit glisser la petite culotte que Liz avait conservée, puis il revint caresser l'intimité humide qu'elle lui offrait. Déjà arc-boutée de plaisir sous lui, elle lui embrassait le torse et laissait ses mains errer sur son dos en une caresse incessante.

Carter passa ensuite la main sous le T-shirt qu'il souleva jusqu'à dévoiler le globe d'un sein. La pointe en était dressée, prête à accueillir sa caresse. Il l'effleura de ses lèvres puis le prit dans sa bouche et le taquina de la langue avant de le mordiller doucement. Liz réagit avec un mouvement des reins qui frôla son sexe. Tête renversée sur l'oreiller, elle s'agrippait à ses épaules en gémissant de plaisir. C'était plus qu'il n'en fallait à Carter pour que son désir flambe encore plus ardemment.

Cette fois, il releva complètement le T-shirt afin de découvrir sa poitrine généreuse. Il prit un sein dans l'une de ses mains, en apprécia le poids, la douceur, la beauté. Il l'embrassa puis fit de même avec l'autre.

— Comme tu es belle !

Pour toute réponse, Liz l'attira encore plus fort contre elle pour lui donner un baiser profond qui acheva de lui faire perdre la tête. Il commença à caresser la toison épaisse et douce. Au bout d'un moment, il comprit que le moment était venu de lui offrir la caresse qu'elle attendait.

Doucement, il glissa son doigt dans l'intimité brûlante de Liz qui laissait échapper des gémissements de plaisir au rythme de sa main. La bouche collée contre la sienne, il suivait avec sa langue les mêmes mouvements tandis que Liz, folle de désir, lui pétrissait sauvagement les épaules. Sous lui, elle se tendait comme un arc. Tout à coup, elle s'immobilisa puis un cri rauque de volupté s'échappa de sa bouche.

— Carter, je… je…

Jamais, il n'oublierait l'intensité de cette réaction de plaisir. Mais il n'allait pas en rester là, il pouvait lui donner plus encore. Il repoussa les draps et quitta le lit en prenant bien soin de ne pas heurter le pied blessé.

— Je reviens tout de suite !

Dans la salle de bains, il trouva la boîte de préservatifs, en sortit un puis se débarrassa de ses vêtements en un tournemain.

Liz était restée dans la position où il l'avait laissée quelques instants plus tôt, pantelante de volupté. Le sentiment de fierté qui gonflait la poitrine de Carter ne fit que croître quand il s'aperçut qu'elle contemplait hardiment sa virilité dressée. Elle s'en approcha pour l'effleurer de sa langue tiède, et Carter crut exploser avant de l'avoir approchée.

— Je peux t'enlever le T-shirt ?

Pour toute réponse, elle leva les bras au-dessus de sa tête. Puis quand il s'allongea à côté d'elle, elle encercla de ses doigts son sexe gonflé, tendu de désir.

— Comme tu es soyeux… et dur…

Carter n'en pouvait plus de tant de douceur.

— Liz, je suis trop impatient pour continuer de cette façon !

Il se redressa et déchira l'enveloppe du préservatif avant de l'enfiler avec soin. Elle l'attira alors contre sa peau nue, si tiède et désirable qu'il en avait le vertige. Tout en écartant les jambes pour lui permettre de la pénétrer, elle quémandait de nouveaux baisers. Sans attendre, il s'installa dans le berceau qu'elle lui offrait ainsi. Tout de suite, elle guida de la main la pointe de son sexe vers le sien, humide et brûlant.

Un gémissement de satisfaction s'échappa des lèvres de Carter quand il vint en elle. Soucieux de ne lui donner que du plaisir, il chercha le regard de Liz afin de s'assurer qu'il ne lui faisait pas mal. Elle le fixait intensément.

— Tu es tellement parfait !

Alors il n'hésita plus et se mit à bouger, allant et venant, accordé au mouvement des hanches de Liz. Leur tempo s'accéléra, s'approchant de la frénésie. Les ongles enfoncés dans ses épaules, elle le maintenait pressé contre elle en un geste de possession sauvage. Elle ne relâcha son étreinte que pour se renverser sur l'oreiller avec un halètement de satisfaction sensuelle totale.

Carter fut incapable de se maîtriser plus longtemps. En quelques poussées plus profondes que les précédentes, il atteignit lui aussi une satisfaction si absolue que jamais de sa vie il n'avait soupçonné qu'elle pouvait être possible.

Que lui arrivait-il ? Quelle magie Liz avait-elle opérée sur lui ?

Liz n'avait eu que rarement l'occasion d'affronter les instants un peu embarrassants qui suivent le moment où l'on vient de faire l'amour avec quelqu'un qu'on connaît peu. Dans ces occasions-là, elle n'avait jamais osé regarder son compagnon dans les yeux. Cette fois, tout était différent. Elle se tenait lovée dans la chaleur de son amant, si parfaitement heureuse qu'elle ne voulait pas bouger. La respiration de Carter allongé à côté d'elle avait peu à peu recouvré son rythme normal. Pour la première fois de sa vie, elle ressentait cette merveilleuse sensation de plénitude parfaite dont elle avait tant entendu parler sans jamais croire qu'elle puisse exister. Maintenant, elle comprenait pourquoi les livres et certaines femmes lui accordaient tant d'importance.

Carter lui embrassa l'épaule puis remonta la couverture sur eux.

Le bras posé en travers de sa taille, il lui murmura à l'oreille :

— Liz, tu es une femme merveilleuse…

À ces mots, un sentiment inconnu, profondément gratifiant

envahit Liz, un sentiment pour lequel elle ne trouvait pas d'autre mot pour le décrire que celui d'amour.

Puis Carter s'endormit à côté d'elle et, à son tour, elle plongea dans le sommeil.

Une caresse sur sa poitrine nue la tira de son agréable somnolence.

— Je sais que tu es réveillée ! murmura Carter en l'embrassant sur la tempe. Le rythme de ton cœur s'est accéléré.

Liz éclata de rire.

— Voilà bien ma chance de me trouver au lit avec un médecin… Pas moyen de paresser tranquillement !

— D'autant moins que j'ai plein d'idées en tête, poursuivit-il, le regard brillant.

Comme il repoussait les couvertures, Liz protesta.

— J'ai froid !

— Tant mieux. J'adore ce que le froid fait à tes tétons.

Il prit dans sa bouche un bout de sein que la fraîcheur avait dressé et se mit à le titiller de sa langue.

Aussitôt, le ventre de Liz se tendit. Elle n'avait plus froid. Plus du tout. À nouveau, elle brûlait de désir pour Carter. À nouveau, le sexe de ce dernier se dressait, long et dur. Il était prêt à lui faire l'amour une nouvelle fois. En découvrant qu'elle suscitait pareil désir chez cet homme si séduisant, un sentiment de puissance et de confiance en elle, complètement inconnu, la gagna. Elle prit la verge dans ses mains et commençait à la caresser lorsque Carter l'interrompit.

— Si tu continues comme ça, je vais exploser avant de t'avoir seulement touchée ! murmura-t-il entre deux baisers.

Il se pencha vers la table de chevet pour se saisir du petit paquet qui contenait un préservatif.

Plus hardie qu'elle ne l'avait jamais été, Liz le lui prit des mains.

— Laisse-moi faire…

Délicatement, elle enfila la protection sur le sexe dressé,

puis, avec une lenteur étudiée, elle l'aida à pénétrer en elle. Les yeux clos, il savourait chacun de ses mouvements. Une fois qu'il fut installé en elle, ils roulèrent sur le côté et elle le chevaucha jusqu'à atteindre le paroxysme de son plaisir et la voluptueuse détente qui le suivait. Carter la suivit de près et ils se retrouvèrent dans les bras l'un de l'autre, profondément satisfaits tous les deux.

Lorsqu'elle se réveilla à nouveau, le jour était levé depuis longtemps. Elle avait passé toute la nuit dans le lit de Carter, dans ses bras… Jamais elle n'aurait rêvé que ce soit possible.

Comme le froid la faisait frissonner, elle s'enfouit davantage sous les couvertures à la recherche de la chaleur de Carter, mais il n'était plus là. Aussitôt, son cœur se mit à battre la chamade. Était-il mécontent ? Regrettait-il la nuit qu'ils avaient passée ensemble ?

Inquiète, elle se leva pour aller à la salle de bains en prenant bien soin de ne pas faire porter son poids sur son pied encore douloureux. Elle venait à peine d'en sortir cinq minutes plus tard lorsqu'on frappa à la porte de la chambre.

— Entrez !

Carter pénétra dans la pièce, un plateau dans les mains.

— Bonjour, Liz ! Viens vite prendre ton petit déjeuner.

Alors qu'il paraissait parfaitement détendu, comme si la présence de Liz dans sa chambre lui semblait normale, cette dernière avait au contraire l'impression d'être un paquet de nerfs et d'incertitudes.

Comme elle boitillait jusqu'à lui, il la regarda faire avec un sourire amusé.

— Tu ne te débrouilles pas trop mal avec ton pied, ce matin !

— Oui, même si je ne suis pas encore prête pour faire un marathon.

Elle jeta un coup d'œil vers la fenêtre.

— Je n'ai pas regardé s'il y a encore de la neige, ce matin.

— Oui, il en est beaucoup tombé pendant la nuit.

— Ah…

Ainsi, elle était donc condamnée à rester encore chez Carter.

— Dès qu'elle commencera à fondre, je rentrerai chez moi.

Il lui caressa la joue.

— Rien ne presse, Liz.

En la voyant frissonner, il se releva.

— Je vais te chercher une robe de chambre chaude et une paire de chaussettes. Pardonne-moi d'avoir oublié à quel point cette vieille maison est mal isolée. Ryan et moi avons pris l'habitude de superposer les pulls.

Une fois bien enveloppée dans un peignoir en laine bien trop grand pour elle, Liz se sentit beaucoup mieux et prête à dévorer les bonnes choses que Carter avait apportées : des mandarines, du fromage, des toasts avec de la confiture.

— J'ai fait du thé, mais tu préfères peut-être du café ?

— Pas du tout, c'est parfait comme ça.

— Quand nous aurons mangé, tu me laisseras examiner ta cheville.

Une fois le bandage retiré, ils constatèrent que l'hématome était toujours là, mais qu'il ne s'était pas étendu.

— Voilà qui me paraît en bonne voie de guérison, mais je te conseille vivement de ne pas faire d'efforts, dit Carter. Par contre, si tu veux profiter de ma grande baignoire qui avait l'air de tant te plaire hier, n'hésite pas ! Dis-moi seulement si tu peux te débrouiller seule.

— Oui, ne t'inquiète pas.

Un instant plus tard, en s'allongeant dans l'eau chaude, elle regrettait d'avoir refusé l'aide de Carter, mais c'était pourtant plus sage. Où donc cette relation allait-elle la conduire ? Mieux valait ne pas en attendre plus que ce que cette nuit lui avait apporté.

Tout en rangeant la vaisselle du petit déjeuner, Carter réfléchissait au tour qu'avait pris le séjour de Liz chez lui. C'était en toute honnêteté qu'il lui avait promis son amitié, simplement son amitié. La désastreuse expérience qu'avait été son mariage était suffisante pour qu'il s'en tienne là. Pourtant, plus il passait de temps avec Liz, plus elle lui paraissait irrésistible. Faire l'amour avec elle avait été incroyablement délicieux. Jamais il n'avait éprouvé ni fait ressentir à sa partenaire autant de plaisir et de satisfaction aussi bien sur le plan physique qu'émotionnel.

Était-il en train de tomber amoureux ? Cette possibilité l'inquiéta. Il devait penser à Ryan. Jamais son fils ne devait se sentir abandonné, même pour lui permettre de vivre une relation sexuelle aussi intense. Pourtant, Liz offrait bien d'autres motifs d'attachement que le sexe. Il avait déjà eu l'occasion de découvrir combien elle était intelligente, cultivée, généreuse, toujours prête à rendre service. Voilà qui rendait la situation encore plus troublante.

Une fois les rangements terminés, il remonta voir si tout allait bien pour la jeune femme. En entendant la porte de la chambre s'ouvrir, elle l'appela.

— Tu peux venir m'aider, s'il te plaît ? J'ai peur de glisser en sortant de la baignoire.

Carter entra donc dans la salle de bains pour l'aider puis il lui tendit une serviette qu'elle enroula autour d'elle, pleine de pudeur malgré la nuit qu'ils avaient passée ensemble, plus belle que jamais.

Il l'attira contre lui et sentit son désir renaître à nouveau.

— J'ai envie de toi !

— Vraiment ?

Elle paraissait surprise.

— Oui. Tu en doutes ? Pour quelle raison ?

— Eh bien …

Un embarras réel s'était emparé d'elle, mais elle préféra se montrer honnête.

— Parce que jusqu'à présent, j'ai toujours déçu mes partenaires.

Carter prit le visage humide de Liz entre ses mains.

— Liz, je suis désolé de ne pas avoir su te dire à quel point je te trouve merveilleuse, au lit et hors du lit. Surtout au lit ! ajouta-t-il avec un sourire tendre avant de la déposer entre les draps encore tièdes.

Plus tard, bien plus tard, quand ils furent rassasiés l'un de l'autre et endormis, la sonnerie du téléphone réveilla Carter.

— Carter ?

Immédiatement, il reconnut la voix de sa mère.

— Bonjour, maman. Tu vas bien ?

— Très bien. Donne-moi vite de vos nouvelles !

— Nous aussi, nous allons bien.

— Est-ce que tu te prépares pour Noël ?

— Heu… oui. Nous avons décoré le sapin.

— Parfait ! Figure-toi que je t'appelle parce que ton père et moi avons très envie de venir vous voir avant de partir en vacances. On pourrait fêter Noël ensemble, tu ne crois pas ?

Carter serra les mâchoires. Comment se tirer de cette situation qu'il redoutait plus que tout ? C'était purement et simplement impossible. Ses parents ne méritaient pas la façon qu'il avait de les traiter, mais il ne se sentait pas capable de se comporter différemment.

— Bien sûr, maman. Quand pensez-vous arriver ?

— Après demain dans la soirée. Nous irons dormir à l'hôtel pour ne pas te déranger. Nous avons hâte de te revoir et de retrouver Ryan. Vous nous manquez tellement !

— C'est réglé, maman. Je vous attends ! À très bientôt.

Allongée à côté de lui, Liz dut sentir sa gêne.

— Ryan va être tellement content !

— J'aimerais l'être autant que lui…, répliqua Carter en soupirant.

9.

Assise à la table de la cuisine de Carter, Liz sirotait son thé en attendant qu'il revienne avec Ryan. Une foule de questions se bousculaient dans sa tête. Était-elle amoureuse de Carter ? Oui. Inutile de se voiler la face plus longtemps. Il incarnait tout ce qu'elle avait toujours désiré trouver chez un homme. Et Ryan ? Eh bien… ce petit bonhomme dégourdi et affectueux était la cerise sur le gâteau. Hélas, une question demeurait en suspens, la plus importante : quels étaient les sentiments que Carter éprouvait pour elle ?

La porte d'entrée claqua, la tirant de sa rêverie. Puis un bruit de bottes résonna dans l'entrée et elle entendit un bruit mat lui faisant comprendre qu'elles étaient ôtées. Tout de suite après, le père et le fils venaient la rejoindre, en chaussettes, le nez rouge, les joues roses et la mine réjouie.

— Liz ! Si tu voyais le bonhomme de neige que j'ai fait avec Joey dans le jardin devant sa maison ! Il est énorme ! On lui a mis une écharpe autour du cou et une carotte pour faire le nez.

— Bravo, Ryan ! Je te promets de faire un détour pour aller lui dire bonjour en rentrant chez moi.

Carter s'affairait à préparer un bol de chocolat chaud pour Ryan, mais son air détendu l'avait abandonné. Liz devina sans peine que la prochaine visite de ses parents, Dora et Jim, le contrariait beaucoup.

Elle réfléchit à la meilleure façon d'aborder cette question délicate.

— Si nous allions acheter quelques petits cadeaux pour tes parents ?

— Oh oui, il leur faut des cadeaux à eux aussi, intervint Ryan.

Carter fronça les sourcils en regardant son fils.

— Désolé, Ryan, j'ai trop de travail pour courir les magasins.

Devant la mine déconfite du petit garçon, Liz ne put s'empêcher d'intervenir.

— Mes après-midi ne sont pas chargés, cette semaine, je peux m'en occuper si tu veux…

C'est ainsi que le lendemain après-midi, Liz passa chercher Ryan pour aller faire les courses avec lui. Comme il était en vacances de Noël, Betsy lui avait tenu compagnie le matin et il était tout content de sortir maintenant avec Liz. Carter avait prévu de les retrouver au restaurant de la grande surface en fin de journée.

Tout en avançant dans l'allée du magasin, Liz interrogea Ryan à propos des cadeaux qu'ils allaient acheter pour chacun.

— À ton avis, Ryan, qu'est-ce qui ferait plaisir à tes grands-parents ?

Ryan répondit immédiatement

— Un jeu vidéo !

Liz ne put retenir un sourire attendri.

— Tu es sûr ?

Ryan réfléchit un moment avant de secouer la tête.

— Heu… pas trop, non…

— Il vaudrait mieux que ce cadeau atterrisse dans ton soulier, non ?

Le regard de Ryan se mit à étinceler.

— Oui !

— Qu'est-ce que tu dirais d'un pull-over pour ton grand-père et d'un foulard pour ta grand-mère ?

— Comme tu voudras.

Visiblement, Ryan n'avait guère d'idée sur la question, mais il n'avait pas envie de se montrer contrariant.

— Parfait. Et comme je dois aussi acheter un cadeau pour ma mère, nous achèterons tout ça dans le même magasin.

— Nous trouverons aussi quelque chose pour papa ?

— Bien sûr.

Ryan venait de l'aider à résoudre un problème resté en suspens dans sa tête car elle s'était demandé à plusieurs reprises si elle allait faire un cadeau à Carter. Après tout, Ryan avait raison, c'était Noël, pourquoi se priverait-elle de ce plaisir ?

Ils trouvèrent facilement ce qu'ils souhaitaient pour les grands-parents : un foulard en soie mauve et rose pour Dora, un pull-over en laine jacquard pour Jim. Pour Carter, ce fut plus compliqué. Liz cherchait une idée originale, mais rien ne lui venait à l'esprit. C'est en passant devant un petit étal installé dans le hall du magasin qu'elle sut ce qu'elle voulait. Il présentait diverses aquarelles exécutées par des artistes locaux et, parmi elles, elle venait d'en repérer une qui représentait Mooresville Square, avec sa vieille église. Dans le fond, on reconnaissait la maison de Carter. Rien ne pouvait mieux convenir !

Elle rangea le paquet dans son sac puis, prise d'une inquiétude soudaine, elle se tourna vers Ryan.

— Tu ne diras rien à ton père, Ryan ? Je veux qu'il ait la surprise en ouvrant le paquet.

— Promis, juré ! répondit le petit garçon avec un air sérieux.

Tous leurs paquets dans les bras, ils se dirigèrent vers le restaurant où ils devaient retrouver Carter.

— Ça y est, je vois papa ! s'écria Ryan.

Carter embrassa son fils et pressa très fort la main de Liz.

Ils venaient d'arriver devant la porte de l'établissement lorsqu'ils remarquèrent une dame affalée sur un banc, visiblement en proie à un malaise. Assis à côté d'elle, un monsieur qui devait être son mari paraissait très inquiet et désemparé.

— Carter, cette femme a besoin d'aide, dit Liz en se rapprochant d'elle. Je suis médecin, est-ce que je peux vous aider ?

— Elaine se sent mal, répondit le monsieur. Elle a des vertiges et des sueurs froides. On a découvert récemment qu'elle était diabétique.

Le diagnostic n'était donc pas compliqué à effectuer.

— Est-ce que vous avez une dose d'insuline avec vous ?

— Non, je l'ai oubliée à la maison, désolé, répondit le

mari. Je n'ai pas encore l'habitude de prendre des précautions avant de sortir.

— Votre femme a besoin de sucre…

Elle se tourna vers Carter.

— Tu veux bien aller en demander au restaurant ?

— Tout de suite. Ryan, tu m'attends ici, d'accord ?

Liz s'assit à côté de la dame pour lui prendre le pouls en lui prodiguant des paroles rassurantes. Un instant plus tard, Carter était de retour, un paquet de bonbons à la main. Liz recommanda à la dame d'en sucer un lentement, et le sucre fit son effet rapidement car la dame parut se sentir mieux.

— Je vous conseille tout de même d'aller passer un contrôle à l'hôpital, dit Liz.

— Je vais l'y conduire tout de suite, déclara le mari en se levant.

Il paraissait maintenant en plus mauvais état que sa femme.

— Inutile, je suis médecin moi aussi, intervint Carter. Je viens d'appeler l'hôpital, et les secours vont arriver d'une minute à l'autre.

Ce fut effectivement le cas. Satisfaits de l'issue de leur intervention, Carter et Liz s'apprêtaient à pénétrer dans le restaurant lorsque Carter se retourna brusquement.

— Où est Ryan ?

Liz en fit autant, le souffle coupé. Les paquets de cadeaux étaient toujours là, posés sur le sol, mais le petit garçon avait disparu.

La terreur s'empara d'elle. Que faire ? Carter courait déjà dans la grande allée marchande en appelant son fils.

— Ryan ! Ryan !

Les têtes se tournaient dans la direction de ce père affolé. Très vite, heureusement, la voix du petit garçon lui répondit.

— Papa, je suis ici !

Profondément soulagé, Carter serra son fils dans ses bras. Liz vint les retrouver et Carter l'enlaça elle aussi. Comme s'ils étaient devenus une famille …

— Papa, pardon. J'ai eu besoin d'aller aux toilettes. Je ne pouvais pas attendre.

— Tu aurais dû le dire à l'un de nous deux !

— Oui, j'y penserai la prochaine fois, papa.

Carter se redressa, tout pâle, encore sous le coup de la frayeur.

— Je vous propose que nous rapportions quelque chose pour dîner à la maison. Ce sera plus calme, j'ai besoin de me remettre de mes émotions.

Ce fut ce qu'ils firent, mais Carter ne réussit pas pour autant à recouvrer la sérénité au cours de la nuit qui suivit, malgré tous les mots de soutien de Liz pour le réconforter. Elle avait eu beau lui assurer qu'il était un père exemplaire et que Ryan avait su se débrouiller au mieux, étant donné la situation, il ne cessait de se reprocher de ne pas avoir su veiller sur son fils. Il se tournait et se retournait dans son lit. Il aurait aimé que Liz soit à côté de lui, qu'elle le prenne dans ses bras pour l'apaiser.

Puis, brusquement, un sursaut de lucidité le traversa. N'était-il pas en train de devenir trop dépendant affectivement de Liz ? Jamais il n'avait imaginé qu'elle allait prendre une telle place dans leur vie. Sans l'avoir voulu, il se trouvait engagé sur une pente dangereuse. Pareille dérive ne pouvait pas continuer, il fallait y mettre un terme. Tout de suite. Avant que les conséquences soient trop douloureuses. Pour lui et pour elle. La mort dans l'âme, il estima que la seule solution était de rompre.

Cette douloureuse décision prise, il ne réussit pas à fermer l'œil de la nuit. Impitoyablement, le souvenir des moments merveilleux qu'ils avaient passés ensemble lui revenaient à l'esprit. Comme ce grand lit lui paraissait vide maintenant…

Dans la journée, Liz l'appela pour lui dire qu'elle passerait à l'hôpital en fin de journée pour déposer les cadeaux qu'elle avait gardés dans sa voiture.

Lorsqu'ils se retrouvèrent, Carter l'invita à entrer dans son bureau, mais la froideur avec laquelle il s'adressa à elle la glaça.

— Qu'est-ce qui se passe, Carter ?

— Je… je… je ne sais pas comment le dire, mais je pense que ça ne va pas marcher entre nous, Liz.

Elle hocha la tête tristement.

— Je reconnais que c'est moi qui ai brusqué les choses, mais je pensais que tu étais d'accord.

— C'est le cas. Liz, je tiens à toi mais…

Elle leva une main pour le faire taire.

— Oh ! j'ai déjà entendu ce genre de discours, ne t'inquiète pas !

Puis elle tourna les talons pour partir.

Carter la retint par un bras.

— Tu comprends… je dois penser d'abord à Ryan. Mon mariage a été un désastre, je ne peux pas me permettre de commettre une nouvelle erreur.

Rouge de colère, Liz se redressa aussi vivement que s'il l'avait giflée. Aussi décidée et sûre d'elle-même que lorsqu'elle intervenait en urgence.

— Autrement dit, je ne suis qu'une « erreur », c'est ça ? Comme c'est romantique de ta part de me réduire à ça ! Tu sais vraiment trouver les mots qu'il faut pour parler à une femme. Pas étonnant que ton épouse soit allée voir ailleurs si c'est le genre de gentillesses que tu lui réservais !

Carter serra les mâchoires. Le sarcasme était dur mais mérité. Il gérait très mal la situation. Ou alors, naïvement, il avait espéré que Liz partirait sans rien dire ?

Hélas, elle n'en avait pas terminé.

— Je sais bien que Ryan a été abandonné par sa mère, que ton divorce a fait de la peine à tes parents, mais est-ce ma faute ? Je ne suis pour rien là-dedans !

De plus en plus décontenancé, il tenta une justification.

— Liz, comprends que je ne peux pas me fier à mes sentiments parce que je ne suis pas le seul impliqué. Ryan est automatiquement concerné par chacune de mes décisions.

Elle laissa échapper un petit ricanement.

— Parce que tu imagines bien faire en t'occupant sans cesse de lui ? En surveillant ses moindres faits et gestes ? Avec la mère que j'ai, je suis bien placée pour te dire que tu fais fausse route. Si tu continues comme ça, tu l'étoufferas et tu te retrouveras tout seul !

— Je ne suis pas tout seul. Ryan reste avec moi.

— Et quand il grandira, quand il fondera sa propre famille, qu'est-ce que tu deviendras ? Si tu arrêtais de traîner ton divorce derrière toi comme un boulet ?

— Tu ne sais pas de quoi tu parles…

— Carter, tout le monde commet des erreurs. Tes parents en ont fait, ma mère, ton ex-femme… mais arrête de me jeter ton passé à la tête ! Trouve autre chose pour te protéger de ta peur de vivre…

Carter n'en pouvait plus. Il en avait assez entendu. C'était au tour de Liz d'écouter ses quatre vérités. Il n'allait pas se priver de les lui asséner !

— Attends un peu, Liz. Quand il est question de ma vie, de mon enfant, tu veux que je te fasse confiance, c'est ça ? Mais comment veux-tu que ce soit possible alors que tu ne te fais pas confiance à toi-même ?

Il la vit se figer sur place.

— Au lieu de développer ta propre personnalité, tu t'es appliquée à devenir celle que ta sœur voulait que tu sois, poursuivit Carter, impitoyable. Regarde ton travail, par exemple, tu es une super oto-rhyno, mais tu es encore meilleure dans les urgences. Tu n'exerces pas le métier que tu aimes réellement parce que Louisa est sans cesse en train de te freiner. Tu es bien plus toi-même aux urgences, mais tu as sacrifié ta vocation pour Louisa. De son vivant, c'est elle qui dirigeait ta vie. Maintenant qu'elle est morte, elle continue à le faire. Et quand ce n'est pas elle, c'est ta mère qui prend le relai. Ose devenir toi-même, Liz. Enfin…

Le cœur de Carter se serra quand il la vit se boucher les oreilles des deux mains, mais il poursuivit tout de même.

— Tu dois décider qui *tu* veux être et ce que *tu* veux. Il n'y pas de raison pour que tu vives dans l'ombre. Laisse ta personnalité s'épanouir, pas celle de Louisa. Il n'est pas trop tard pour faire le bon choix.

Elle recula d'un pas en secouant la tête.

— Carter, nous avons raison de nous séparer. J'étais tout à fait consciente de mes problèmes avant de te rencontrer. D'autres avant toi me les avaient signalés, tu n'avais pas besoin de les souligner. Cela dit, j'ai une question à te poser : est-ce que toi, tu es conscient de tes blocages ?

— Liz, tu ne peux pas…

— Si ! Je reconnais que toi et moi traînons un passé difficile, mais ça fait partie de la vie. Tu as connu des déceptions, je le comprends. J'ai souffert de me sentir rejetée, je le reconnais. Voilà, tout est dit, nous ne nous devons pas davantage d'explications. Nous avons passé quelques bons moments ensemble, restons-en là. Je te souhaite d'être heureux, point final.

Avant de sortir, elle se retourna.

— Si, j'ai encore une chose à te demander : explique la vérité à Ryan, je ne veux pas qu'il s'imagine que je l'ai abandonné.

Puis elle sortit du bureau sans jeter un regard derrière elle.

10.

Les jours qui suivirent cette séparation ne furent qu'un long tunnel de tristesse pour Liz. Ce fut tout juste si elle réussit à assurer ses consultations. La veille de Noël, elle avait fermé son cabinet pour la durée des vacances avec un énorme soulagement, mais sans la moindre gaieté. D'ailleurs, si sa conscience professionnelle n'avait pas été aussi forte, elle l'aurait fermé bien plus tôt. Son seul et unique désir désormais était de se glisser dans son lit, de tirer les couvertures sur sa tête et de ne plus voir personne. Sauf que… si elle l'écoutait, elle aurait bien trop de temps pour penser à Carter, ce dont elle n'avait nul besoin.

Par conséquent, la seule perspective qui s'ouvrait à elle était de retomber dans sa grisaille habituelle : bibliothèque, échecs, repas chez sa mère le jeudi soir. Bien que Noël soit tout proche, cette dernière ne supporterait pas la moindre entorse à leurs habitudes. En fille obéissante, elle s'apprêtait donc à l'affronter comme tous les jeudis. Comme elle s'avançait vers la maison de cette dernière, elle s'exhortait à sourire, même si elle était loin d'éprouver le moindre soupçon de joie.

Janet l'attendait effectivement, encore occupée dans la cuisine. Liz savait déjà que le repas se composerait soit d'un poulet rôti avec des pommes de terre sautées, soit de spaghettis à l'italienne, soit de côtes de porc au riz. C'était ainsi depuis trois ans. C'étaient les plats préférés de son père et de Louisa.

— Mon Dieu, que tu as mauvaise mine, Liz ! Tu es malade ? s'exclama Janet en apercevant sa fille.

— Non, maman, je vais très bien. Je suis juste un peu fatiguée.

Évidemment, il était hors de question de faire part de sa

déception amoureuse à sa mère. Elle souleva le couvercle de la cocotte. *Côtes de porc et riz…* ce serait le menu de ce soir.

Janet continuait à observer sa fille.

— Je trouve que tu devrais changer de coiffure, Liz. Ta coupe est complètement démodée.

Elle réprima un soupir. Elle était allée chez le coiffeur peu de temps auparavant et Carter lui avait fait beaucoup de compliments lors de la fête du quartier à Mooresville.

— Tu aurais beaucoup plus de copains si tu le faisais, insista Janet. D'ailleurs, est-ce que tu t'es inscrite sur un site de rencontres ?

Liz se mordit la langue pour ne rien répliquer. Déjà, elle envisageait de dîner rapidement et de rentrer chez elle le plus tôt possible. C'était le meilleur moyen d'éviter de dire quelque chose qu'elle risquait de regretter par la suite. Le défaut de cette tactique, c'était qu'encore une fois, elle ne dirait pas à sa mère ce qu'elle avait sur le cœur.

— Non, maman.

— Tu as tort. Tu n'es plus toute jeune ! Il ne faut pas négliger les moyens modernes de rencontrer un mari.

Nouveau soupir refoulé de Liz. Carter ne l'avait pas trouvée vieille… Elle se contenta de hausser les épaules rageusement. Quelle importance cela avait-il maintenant ? Il pouvait bien penser ce qu'il voulait, elle s'en moquait puisqu'elle ne le verrait plus jamais.

— Si Louisa était avec nous, elle t'inciterait à sortir davantage, poursuivit Janet en posant un saladier sur la table. Il te faut rencontrer du monde, avoir des activités !

Cette fois, c'était un sentiment de légitime défense qui montait dans la poitrine de Liz.

— Mais, maman, je n'arrête pas !

Elle avait accepté de quitter sa zone de confort pour Carter, et voilà ce qu'elle en avait retiré : de la souffrance, de la déception, un cœur en mille morceaux. En prime, sa mère continuait à la comparer à Louisa. À son désavantage, bien entendu.

— Maman, est-ce que tu réalises que Louisa n'est plus là,

mais que moi, je me trouve dans ta cuisine, en ce moment, juste à côté de toi ?

— Bien sûr ! rétorqua Janet, quelque peu vexée.

— Je ne peux pas être Louisa, maman. Et je ne le veux pas. Il va falloir que tu l'acceptes.

— Évidemment ! répliqua Janet sur le ton de la défensive.

— Je n'en suis pas persuadée. Chaque fois que je te vois, tu me conseilles de ressembler à Louisa, de faire ce qu'elle aurait voulu… Et moi, là-dedans, qu'est-ce que je deviens ?

Janet laissa retomber dans l'évier le plat qu'elle tenait.

Il en aurait fallu davantage que ce coup de gong pour arrêter Liz maintenant qu'elle était lancée. Les mots qui lui montaient aux lèvres étaient retenus depuis bien trop longtemps.

— Tu n'as jamais remarqué que j'ai passé ma vie entière à faire des efforts pour être à la hauteur de ma sœur ? C'était difficile quand elle était vivante. Maintenant qu'elle n'est plus là, c'est carrément impossible.

Elle posa une main sur son cœur et ajouta :

— Louisa me manque, maman, je l'aime toujours, mais il faut que je devienne moi-même. Il va falloir que tu m'acceptes comme je suis. Parce que, moi aussi, j'ai des qualités, des aptitudes ! Et parce que j'ai ma vie à vivre.

Janet dévisageait sa fille, complètement interloquée.

— Liz, c'est bien toi qui parles ? Je n'arrive pas à le croire. Ce que tu viens de dire ne te ressemble pas. Pas du tout…

À vrai dire, Liz était aussi surprise que sa mère de son audace. Mais elle se sentait tellement soulagée ! Avant d'avoir rencontré Carter, jamais elle n'aurait osé exprimer aussi franchement ses sentiments. Il lui avait donné la confiance qui lui avait manqué jusque-là.

— C'est comme ça, maman. Tant que tu ne m'accepteras pas comme je suis, notre relation ne pourra pas être sincère. Je ne suis pas le double de Louisa. J'ai besoin que tu m'aimes, moi, Liz.

Janet fit un pas vers sa fille.

— Mais je t'aime, Liz. Tu es un médecin merveilleux. Je souhaite seulement le meilleur pour toi.

— Je n'en doute pas, maman, mais c'est à moi de choisir ce qui est le meilleur pour moi.

Le visage de Janet manifestait une stupéfaction sans bornes.

— Ma fille, quel démon s'est emparé de toi ? Qu'est-ce qui t'arrive ?

— Rien du tout, maman. Je veux juste être moi-même, sans me soucier de ce que toi ou les gens pensez de moi.

— Liz, je ne te comprends pas.

— Je sais, maman, et ce n'est pas nouveau.

Après toutes les émotions qui l'avaient secouée au cours de la semaine, Liz se sentait épuisée. Autant aller jusqu'au bout de sa révolte, refuser de manger avec sa mère et rentrer tout de suite se calmer chez elle. Elle en avait bien le droit. En tout cas, elle se l'octroyait.

— Tu as raison, maman, je ne me sens pas très bien. Je préfère aller me reposer tout de suite. Désolée pour le dîner.

Carter s'appliquait à réunir les forces qui lui permettraient de supporter le séjour de ses parents. Pour comble de malheur, ils étaient arrivés plus tôt que prévu, alors qu'il était encore en consultation. Betsy était allée chercher Ryan à l'école, mais quand il arriva chez lui, elle était déjà partie et ses parents avaient pris le relai.

Plein d'appréhension, il s'avança vers le salon d'où provenaient des voix et des rires. Le visage rayonnant, un grand sourire aux lèvres, un livre sur les genoux, Ryan était assis entre ses deux grands-parents qui paraissaient tout aussi heureux que lui.

— Bonsoir, tout le monde ! lança Carter sur un ton qu'il voulait joyeux. Je suis désolé de ne pas avoir été là pour vous accueillir.

— Pas de problème, répliqua sa mère en se levant pour l'embrasser. Ryan s'est chargé de le faire à ta place et il s'en est très bien sorti.

Carter jeta un regard à son fils.

— Ryan, tu veux bien aller chercher les paquets qui sont dans le coffre de la voiture ?

— Super ! s'écria le petit. Liz t'a apporté les cadeaux à l'hôpital ?

— Liz ? répéta aussitôt la mère de Carter.

— Oui, c'est une amie. Enfin... à peine une amie, ajouta-t-il, bien décidé à ne pas entrer dans les détails de son aventure ratée.

À quoi bon les décevoir une nouvelle fois ?

Il approcha un siège et s'installa près d'eux devant la cheminée.

— Comment allez-vous, tous les deux ?

— Très bien, répondit son père. Nous avions hâte de te revoir et de retrouver Ryan. En fait, nous voulions vous inviter de vive voix à venir passer une fin de semaine chez nous à l'occasion des championnats de basket-ball. Ryan serait sûrement très content d'y assister et, toi aussi, tu aimais beaucoup ce sport autrefois.

Autrefois ?

Carter se ferma davantage.

— Je ne sais pas, papa. L'école va reprendre et j'ai beaucoup de travail.

Le visage des grands-parents afficha une énorme déception, mais, à cet instant, Ryan entra, les bras chargés des paquets-cadeaux. Il s'appliqua à lire à haute voix les noms écrits sur les étiquettes.

— Grand-mère, celui-ci est pour toi.

Il lui tendit un paquet que Liz avait soigneusement emballé dans un papier étoilé, entouré d'une faveur dorée. Puis il en tendit un autre à son grand-père.

La vieille dame s'extasia sur le foulard et ouvrit grand ses bras pour étreindre son petit-fils en le remerciant.

Une culpabilité cent fois plus grande que celle qui l'oppressait d'habitude envahit Carter. Le comportement qu'il avait adopté envers ses parents était profondément injuste. Visiblement, Ryan adorait ses grands-parents, qui le lui rendaient bien. Liz avait raison : il était grand temps de clarifier sa relation avec eux.

— Quel beau sweater ! s'exclama le grand-père. C'est la première chose que je mettrai dans ma valise pour mon prochain voyage.

— J'ai choisi vos cadeaux avec Liz !

Comme Dora se tournait vers lui, Carter ne lui laissa pas le temps de poser des questions.

— J'ai pensé que ce serait une bonne idée que je vous invite à dîner au restaurant. Ryan, va vite te changer. Mets des vêtements propres, on n'a pas envie de lire sur ton T-shirt le menu de la cantine de midi.

Le petit garçon ne se le fit pas dire deux fois.

Une fois qu'il eut disparu, Carter s'approcha de ses parents en prenant une profonde inspiration.

— Je… je vous dois des excuses à tous les deux…

— Des excuses ? demandèrent-ils d'une seule voix.

— Oui. Je sais que mon divorce vous a déçus. Quand je vous vois tous les deux, si heureux depuis si longtemps, j'ai honte de mon échec. À cause de ça, je vous ai privés de Ryan qui vous aime tant. Heureusement, quelqu'un m'a rassuré récemment en me disant que tout le monde commet des erreurs dans sa vie…

Dora s'était déjà levée pour passer un bras autour des épaules de son fils.

— Carter, nous sommes au contraire fiers de toi ! Nous avons bien compris que ce que Diane t'a fait subir t'a beaucoup secoué, mais tu viens de réagir, et nous en sommes très heureux.

— Je tiens à ajouter, que tu idéalises beaucoup notre mariage à ta mère et à moi, poursuivit Jim. Il est loin d'être parfait, mais quand on est avec la bonne personne, on continue malgré tout ! Tu finiras toi aussi par trouver celle qui te donnera envie de surmonter les difficultés, j'en suis persuadé.

— Tu l'as peut-être déjà trouvée ? suggéra Dora. Qui est cette Liz dont Ryan a parlé à plusieurs reprises ?

— Eh bien… il faudrait que je me réconcilie avec elle… je crois que j'ai été assez maladroit.

— Fais profil bas, répliqua son père. C'est souvent la meilleure tactique pour recoller les morceaux.

Puis Ryan fit sa réapparition, tout beau, tout propre.

— Je suis prêt. Regarde, papa, j'ai mis mon T-shirt neuf.

— Tu as bien fait, mon fils. Nous allons passer une super soirée tous les quatre.

Ce fut effectivement le cas. Carter ne s'était pas senti aussi à l'aise avec ses parents depuis des années. Quelques mots avaient suffi à chasser les ombres qui perturbaient leur relation depuis son divorce. Il lui semblait s'être débarrassé du poids énorme qui l'empêchait de respirer librement.

Le lendemain, lorsque le moment vint de se séparer, les grands-parents les embrassèrent tous les deux avec effusion.

— Alors, c'est entendu, Carter ? Vous venez nous voir le week-end prochain. Et si tu veux inviter Liz, nous serons heureux de faire sa connaissance.

Comme Carter ne se hâtait pas de répondre, Ryan se chargea de donner la réponse.

— Moi, je l'inviterai, grand-mère !

Le matin de Noël, Liz assurait une permanence dans le bureau des urgences. Elle avait proposé à un jeune père de famille de prendre sa garde de manière à ce qu'il puisse profiter de ce moment particulier avec ses enfants. Autant rendre service puisqu'elle ne participait pas du tout à l'euphorie ambiante. Ce geste lui permettait de participer tout de même à l'esprit de Noël. Toute joie l'avait abandonnée depuis qu'elle avait préparé les cadeaux pour Ryan et Carter. Dès que sa garde serait terminée, elle rentrerait chez elle et se mettrait au lit.

La matinée s'était bien déroulée. Elle n'avait eu affaire qu'à des cas bénins, des brûlures, des coupures, une entorse. Le plus grave avait été la crise cardiaque d'un vieux monsieur qui se croyait encore assez jeune pour jouer au foot avec ses petits-enfants adolescents.

Elle regarda autour d'elle, sereine. Elle se sentait à sa place ici. Enfin, elle avait osé franchir le pas et décidé de continuer à pratiquer la médecine d'urgence. Elle ne rouvrirait pas son cabinet d'ORL, sa décision était prise. L'insatisfaction qui la torturait depuis si longtemps avait disparu comme par miracle depuis qu'elle avait pris cette résolution. Bien sûr, elle regretterait Melissa et son équipe, mais elle s'était assurée que chacune et chacun allait trouver un poste dans une autre équipe médicale. De toute façon, elle avait l'intention de demander à Melissa si elle ne préférait pas venir avec elle travailler aux urgences.

Depuis, elle ressentait une confiance en elle toute nouvelle. Elle savait qu'enfin elle allait exercer dans le secteur médical qui l'intéressait le plus. C'était tellement plus facile de se sentir bien dans ces conditions !

Une infirmière vint troubler ce moment de paix.

— Un nouveau cas vient d'arriver.

— De quoi s'agit-il ?

— D'une infection aiguë de l'oreille.

— Pas de problème. Je m'en occupe tout de suite.

Liz prit un bonbon au chocolat dans la coupelle posée à côté d'elle sur son bureau puis elle consulta la fiche du patient.

Ryan Jacobs. Sept ans.

Son cœur fit un bond dans sa poitrine. Non, c'était impossible. Il y avait certainement plusieurs enfants portant ce nom dans le secteur de Decatur. Pourtant, plus elle se rapprochait de la salle de consultation, plus elle sentait son sang courir vite dans ses veines.

Tout pâle, Ryan était déjà allongé sur le lit d'examen, une main posée sur son oreille gauche.

— Liz, j'ai trop mal ! gémit-il, son petit visage déformé par une grimace de douleur.

Carter se tenait debout à côté de lui.

— Liz…

Sans lui prêter attention, elle s'approcha du garçon.

— Je comprends, Ryan. Je vais examiner ton oreille et je te prescrirai ensuite un traitement qui t'empêchera d'avoir mal.

Elle prit son otoscope sans se préoccuper de Carter.

Ils s'étaient déjà tout dit, inutile d'y revenir.

— Ryan, je vais regarder dans ton oreille avec mon appareil. Ça risque de te faire un peu mal, mais ce sera vite passé. Et je dois aussi regarder l'oreille qui ne te fait pas mal. Juste au cas où…

Un fois l'examen terminé, elle secoua la tête en soupirant.

— Oh là là… Tu as une double otite. Je vais te donner un calmant et un traitement pour désinfecter tout ça.

Puis elle se tourna vers Carter. C'était agréable de revoir son beau visage, mais mieux valait ne pas penser à quel point il lui manquait.

— Une fois que l'infection sera jugulée, je pense qu'il faudra envisager une petite intervention. Je vais vous adresser à un oto-rhino de confiance.

Elle tapota la jambe de Ryan.

— Avec ce que je te prescris, tu vas pouvoir profiter tranquillement des fêtes de Noël !

Comme elle s'apprêtait à regagner son bureau, Carter la retint par un bras.

— Est-ce que nous pourrions prendre rendez-vous avec toi pour l'intervention ?

— Non.

Une expression contrariée apparut sur le visage de Carter.

— Liz, je suis désolé de ce que je t'ai dit l'autre jour. Je… j'avais juste trop peur. J'ai laissé mon passé difficile prendre le dessus et contrôler mon présent. Je le regrette parce que ce n'était pas honnête envers toi.

— Merci de ta franchise, Carter. Je l'apprécie énormément.

C'était tout à fait vrai, mais cet aveu n'enlevait rien à la souffrance qu'elle continuait d'éprouver.

Comme s'il était soulagé par les mots aimables, le pli soucieux qui lui barrait le front disparut.

— Dans ces conditions, tu acceptes d'opérer Ryan toi-même ?

Elle secoua la tête.

— Non, c'est impossible. Je ne prends plus de nouveaux rendez-vous Car j'ai fermé mon cabinet. À partir de maintenant, je vais travailler aux urgences.

— C'est vrai ?

Elle le considéra d'un air sérieux.

— Oui. Récemment, quelqu'un m'a conseillé d'apporter quelques changements dans ma vie. J'ai commencé par celui-là et je m'en trouve fort bien.

Se sentant un peu laissé de côté par la conversation des deux adultes, Ryan décida d'intervenir en abordant le sujet qui lui tenait à cœur.

— Dis donc, papa, n'oublie pas de dire à Liz qu'elle est invitée avec nous chez grand-père et grand-mère !

— Tu as raison de me le rappeler, fiston.

Il se tourna vers Liz.

— Comme tu le sais, mes parents sont venus récemment nous rendre visite. Ils ont beaucoup apprécié les cadeaux que tu avais choisis pour eux avec l'aide de Ryan. Comme nous avons prévu d'aller passer un long week-end chez eux à la fin des vacances, ils ont manifesté le désir de faire ta connaissance et t'ont invitée à te joindre à nous si tu le désires.

Avec un sourire timide, il ajouta :

— De mon côté, j'aimerais beaucoup de présenter à eux.

Un espoir fou envahit Liz.

— Tu leur as parlé ?

— Oui.

— Qu'est-ce que tu leur as dit ?

— Je leur ai tout expliqué, ma gêne, ma honte… Ils ont très bien compris dans quelle situation je m'étais enferré. Et moi, j'ai compris que malgré la maladresse dont j'ai fait preuve envers eux, ils ne m'en veulent pas et m'aiment toujours autant.

Liz hocha la tête, profondément heureuse de cette confidence.

— Tu sais… j'aimerais bien que nous ayons une conversation sérieuse tout à l'heure, quand tu auras terminé ta garde, ajouta Carter.

Un instant, Liz eut la tentation de se faire prier. Après la souffrance que Carter lui avait infligée, il lui semblait qu'elle en avait le droit. Pourtant, tout ce qu'il lui avait dit au cours de leur dispute, aussi douloureux que ce soit, partait d'une bonne intention marquée au coin du simple bon sens. Oui, il était largement le temps de changer sa façon de vivre. De devenir la personne qu'elle voulait être. Enfin.

Elle croisa les bras et considéra son interlocuteur. Lui aussi avait commencé à évoluer. La démarche qu'il avait faite auprès de ses parents avait dû lui coûter, mais elle lui avait permis de faire un énorme pas en avant. Ryan ne pourrait que bénéficier d'une amélioration de leur relation.

Le moment était arrivé de donner enfin une réponse à la question la plus importante. Était-elle ou non amoureuse de lui ?

Elle n'eut pas besoin de réfléchir car la réponse s'imposa d'elle-même. Oui. Elle aimait Carter. Elle n'avait aucun doute là-dessus.

— Écoute, Carter, je dois aller dîner chez ma mère. C'est vraiment une obligation étant donné que l'autre jour, je l'ai quittée en vitesse sans prendre le repas prévu avec elle. Je suis sûre qu'elle ne verrait aucun inconvénient à ce que toi et Ryan vous m'accompagniez. Elle prépare toujours à manger pour un régiment !

Carter jeta un regard dubitatif en direction de son fils.

— Je ne sais pas si Ryan est suffisamment bien…

— Bon, voici ce que nous allons faire : je vais lui demander de mettre ce qu'elle a préparé dans des boîtes hermétiques et de les apporter chez toi. De cette manière, Ryan pourra aller se reposer dans sa chambre et nous profiterons du repas qu'elle a cuisiné, ce qui lui fera grand plaisir.

Le repas terminé, Carter se laissa aller contre le dossier de sa chaise.

— Janet, vous cuisinez merveilleusement bien. Je suis sûr qu'on ne mange pas de plus délicieux spaghettis en Italie !

Le large sourire qui illumina le visage de cette dernière prouva à quel point elle appréciait le compliment.

Carter ignorait en quels termes Liz avait parlé de lui à sa mère, toujours est-il que Janet était tout sourire en arrivant chez lui. Elle avait pris d'autorité ses marques dans la cuisine pour réchauffer son plat et s'était très gentiment occupée de Ryan en même temps.

Il jeta un coup d'œil à Liz. Elle souriait. D'un vrai sourire qui faisait étinceler ses yeux. Bien sûr, ils devaient se parler, mais que de chemin parcouru déjà ! Ils étaient en train de manger ensemble le repas de Noël assis autour de sa table de salle à manger. Finalement, Ryan s'était senti suffisamment bien pour venir s'asseoir avec eux et essayer de manger un peu. Avec un soupir de contentement, il réalisa qu'il jouissait en ce moment de tout ce dont il avait toujours rêvé : une ambiance paisible, un bonheur tranquille et familial. Voilà ce que Liz avait apporté dans sa vie.

Le regard serein que lui adressa Liz à ce moment-là lui fit chaud au cœur. Elle aussi vivait ce moment inattendu comme un cadeau du ciel. Pourtant, même s'il l'appréciait à sa juste valeur, il préférait encore celui, brûlant de passion, qu'elle lui adressait quand elle prenait l'initiative au moment de faire l'amour. Ils s'étaient aimés avec une telle intensité, une telle fougue et si peu de retenue qu'en comparaison avec cette folle nuit, toutes les expériences qu'il avait connues avec d'autres femmes lui paraissaient insipides. Liz était sensible et, en même temps, pleine de sensualité. Et surtout, ce qui rendait la chose encore plus délicieuse, c'était qu'il était amoureux d'elle. Oui. Amoureux fou.

Il lui adressa un clin d'œil. Aussitôt, les joues de Liz devinrent toute roses.

Cette fois, il allait la garder dans sa vie. En tant qu'homme, il avait besoin d'elle et Ryan avait besoin d'une mère digne de ce nom. À plusieurs reprises déjà, elle avait joué ce rôle. Lorsqu'elle lui avait appris à faire des décorations de Noël, quand elle avait su s'intéresser au bonhomme de neige qu'il avait si soigneusement fait, quand il avait fallu choisir des cadeaux pour la famille, quand il avait eu mal aux oreilles… Il n'y avait pas de doute là-dessus : Liz saurait remplir ce rôle et elle le ferait avec joie et amour.

En voyant son petit garçon se mettre à bâiller, Carter estima qu'il était grand temps de l'envoyer se reposer.

— Ryan, il me semble que tu serais mieux sous ta couette, maintenant !

Contrairement à son habitude, Ryan ne protesta pas. Il était effectivement très fatigué et les médicaments l'avaient rendu quelque peu somnolent.

Janet repoussa sa chaise.

— Si vous êtes d'accord, Carter, et si Ryan ne s'y oppose pas, je l'aiderai volontiers à se mettre au lit.

Carter consulta son fils du regard. Le petit fit signe qu'il voulait bien et se leva.

Janet lui tendit la main.

— Tu sais, si tu n'es pas trop fatigué, j'aimerais bien que tu me montres ton livre préféré.

— D'accord.

Et comme s'ils avaient déjà fait cela mille fois, ils partirent tous les deux en direction de l'escalier en bavardant.

Comme Liz se levait et rassemblait la vaisselle qu'elle apporterait dans l'évier, Carter lui fit signe d'arrêter.

— Laisse tout ça, Liz. Il vaut mieux que nous parlions tous les deux.

Il l'entraîna dans le salon où la seule source de lumière provenait de la guirlande qui décorait le sapin. Là, il la prit dans ses bras.

— Liz, tu m'as trop manqué, je n'en peux plus d'attendre !

Quand il posa sa bouche sur la sienne, il eut le bonheur de constater qu'elle ne le repoussait pas et qu'elle répondait avec fougue à son baiser. Il n'en fallut pas davantage pour que son désir d'enflamme. Hélas, il fallait attendre…

— Viens t'asseoir à côté de moi, dit-il.

Ils prirent tous les deux place sur le canapé, mais à une distance suffisante pour pouvoir observer le visage de l'autre. Carter, qui avait pris la main de Liz dans la sienne, ne la lâcha pas.

— Je n'ai pas eu le temps de te dire tout ce que je voulais à l'hôpital. Je vais me rattraper maintenant. D'abord, laisse-moi te répéter à quel point je regrette de t'avoir fait souffrir. Je n'en ai jamais eu l'intention.

— J'espère bien ! commenta Liz en riant.

— J'ai compris que je laissais mon mariage catastrophique peser sur mon avenir, mais que je te faisais porter la responsabilité de mon malaise. J'avais complètement tort. Tu n'as absolument rien en commun avec mon ex-épouse. Rien… Jamais tu ne lui ressembleras d'aucune manière que ce soit, c'est impossible.

Il s'interrompit un instant et pressa plus fort la main de Liz.

— Même sans l'otite de Ryan, j'avais prévu de venir te voir pour te dire que… que tu es la meilleure chose qui me soit arrivée dans la vie !

La voix rauque, le regard voilé par l'émotion, il se trouva brusquement à court de mots.

— Liz, je t'aime. Je t'aimerai toujours. S'il te plaît, dis-moi que tu me pardonnes.

Elle prit une profonde inspiration.

— Carter, moi aussi, je te dois des aveux.

— Je t'écoute.

— Je ne suis plus la personne que tu as rencontrée il y a quelques semaines, et je t'en remercie. Tu m'as aidée à comprendre que je n'avais besoin de personne pour me tenir debout, avoir mes propres projets, mener ma vie selon mes désirs. Tu m'as donné confiance en moi. Je sais désormais que je n'ai besoin de l'approbation de personne.

Brusquement, l'inquiétude s'empara de Carter. Liz avait peut-être réalisé qu'elle n'avait pas besoin de lui dans sa vie ? Elle ne lui avait pas dit qu'elle l'aimait… Comment survivrait-il si elle ne l'aimait pas ?

D'un geste très doux, Liz lui caressa la joue.

— À partir de maintenant, il faut que tu me promettes que lorsque tu auras peur d'être submergé par ton passé, tu me parleras. De mon côté, si j'ai des doutes, je te promets d'en faire autant. Tu comprends… c'est trop douloureux pour moi que tu me rejettes.

Il hocha la tête en lui caressant du pouce le dos de la main.

— Je ne peux pas changer le passé, mais je peux construire un futur différent. Ce sera plus facile si tu te trouves à mes côtés. Liz, est-ce que tu acceptes de me donner une seconde chance ?

Du bout des doigts, elle lui caressa les cheveux.

— Espèce de grand sot ! Tu crois que je serais ici si je n'en avais pas l'intention ?

— Est-ce que cela veut dire que tu m'aimes ?

Elle prit le visage de Carter entre ses mains.

— Je suis amoureuse de toi depuis le jour où tu es venu à mon secours sur le parking !

Puis elle se mit à l'embrasser avec tant de passion que Carter craignit de perdre la tête.

— Tu veux bien partager ma vie et celle de Ryan ?

— Il n'y a rien au monde que je désire davantage !

Épilogue

Une année plus tard.

Assise sur le canapé du salon, Liz contemplait la guirlande lumineuse du sapin de Noël qu'elle avait passé beaucoup de temps à décorer avec Carter et Ryan. La guirlande qu'elle leur avait donnée l'année précédente avait repris du service et ils en avaient acheté une autre encore plus grande.

Sur le manteau de la cheminée trônait l'aquarelle qu'elle avait offerte à Carter au Noël dernier. Il avait été très touché par ce choix qui représentait le quartier où ils vivaient désormais ensemble. Et plus encore puisque leur mariage célébré au printemps dernier avait eu lieu dans la Brick Church qui y figurait.

Leur mariage avait été la fête la plus extraordinaire à laquelle elle avait jamais participé. Le soleil brillait, les arbres arboraient leurs feuilles vertes toutes neuves, les branches de cornouillers croulaient sous leurs fleurs blanches. Tout Mooresville était présent, en compagnie des familles et des amis.

Raide et digne dans le premier costume de sa vie, Ryan avait assumé avec fierté le rôle de témoin de son père. Jim, le père de Carter, avait donné le bras à Liz pour l'accompagner le long de la nef. Melissa, demoiselle d'honneur, le visage rayonnant, arborait le sourire de celle qui avait tout deviné à l'avance. Janet avait pleuré toutes les larmes de son corps pendant la cérémonie, et Liz se demandait encore si c'était de bonheur ou de soulagement de voir sa fille enfin mariée. Elle se garderait bien de lui poser la question… Peu importait finalement puisqu'elle était heureuse et prenait déjà très au sérieux son rôle de grand-mère pour Ryan. La mère de Carter avait elle aussi beaucoup pleuré, et seul Jim était resté digne et souriant.

Mais, bien sûr, ce qui avait rendu cette journée parfaite pour Liz, c'était Carter, beau à couper le souffle. Quand elle l'avait rejoint près de l'autel, elle avait lu dans son regard tout l'amour du monde et pas la moindre ombre d'une crainte.

Ryan entra en courant dans le salon, ce qui sortit Liz de sa rêverie et la ramena au présent. Derrière lui venait Piggy, son labrador, âgé d'un an. Son vœu avait été réalisé cette année car, aux urgences où Liz travaillait désormais, la chienne de l'un des infirmiers avait eu une portée de chiots tous plus mignons les uns que les autres. Carter avait accepté que Ryan en reçoive un en cadeau de Noël.

— Grand-mère Janet demande si j'ai la permission d'aller dormir chez elle, dit-il, tout excité.

Janet était venue dîner avec eux et avait insisté pour laver et ranger la vaisselle. Après la journée fatigante qu'elle avait passée aux urgences, Liz avait accepté avec grand plaisir cette occasion de se reposer. Janet d'ailleurs avait adopté le rôle de grand-mère comme s'il avait été taillé sur mesure pour elle.

Liz adressa un sourire affectueux au petit garçon.

— Oui, bien sûr, à condition que tu promettes d'être bien sage. Rappelle-toi aussi que grand-mère Dora et grand-père Jim viennent demain fêter Noël avec nous, il faudra donc que tu sois de retour pas trop tard.

— Super ! s'écria le petit en se précipitant vers la porte.

— Hé… jeune homme ! Tu oublies quelque chose !

Ryan se retourna, un peu indécis, puis son visage s'illumina.

— Je sais ! Un bisou.

Il revint vers Liz et lui passa les bras autour du cou.

— Je t'aime, Liz.

— Moi aussi, je t'aime, Ryan, dit-elle en l'embrassant dans les cheveux.

Carter entra à cet instant et vint s'asseoir près d'elle.

— Je vois que tu t'es débrouillée encore une fois pour échapper à la corvée de vaisselle !

Avec précaution, Liz se tourna vers son mari et se lova contre son torse.

— Regarde, Carter, je suis devenue trop grosse pour me nicher contre toi !

Carter caressa son ventre rond.

— Pas du tout, je serai toujours capable de te serrer dans mes bras.

Comme pour approuver ce que venait de dire son père, le bébé choisit ce moment-là pour donner un coup de pied.

— Tu vois, Mary Louisa est tout à fait d'accord avec moi ! commenta Carter.

— Ce n'est pas étonnant, répondit Liz en riant. Je suis sûre qu'elle t'aimera autant que je t'aime.

Les yeux clos, Carter resserra encore son étreinte. Jamais il n'aurait imaginé connaître un bonheur aussi parfait. Il souleva Liz dans ses bras.

— Hé… Où est-ce que tu m'emmènes ?

— Devine !

Une fois la porte de leur chambre fermée et Liz déposée sur le lit, ils se regardèrent longuement, les yeux dans les yeux.

— Mon amour, grâce à toi, j'ai enfin fondé la famille de mes rêves, murmura Carter.

— Et moi, j'ai trouvé auprès de toi et de Ryan tout ce que je souhaitais, répliqua Liz d'une voix rauque.

Ensuite, enlacés, ils se laissèrent une nouvelle fois glisser dans l'ivresse sensuelle que leurs corps leur offraient si généreusement.

ANNIE CLAYDON

Conquis par une patiente

Traduction française de
MARIEKE MERAND-SURTEL

BLANCHE

HARLEQUIN

Titre original :
FALLING FOR THE BROODING DOC

1.

Debout à la fenêtre de son bureau, le Dr Ross Summerby contemplait sa vue préférée sur le parc de Lake District, qui en comptait de fort belles. Il ne se lassait jamais du lac s'étirant au loin à la rencontre des montagnes voilées de brume matinale. Mais il fronça les sourcils devant l'unique détail qui entachait le paysage, une minuscule silhouette fendant les eaux calmes dans un petit bateau à rames.

Derrière lui, on frappa à la porte, qui s'ouvrit dans la foulée. Sam Kovak était manifestement trop contrariée pour attendre qu'il l'invite à entrer.

— Tu l'as vue ?

— Oui, répondit Ross. Assieds-toi, Sam.

La position assise n'améliora pas l'humeur de Sam. Ni celle de Ross, mais, en tant que médecin chef de la clinique Lakeside Sports Injury, spécialisée en blessures sportives, une partie de son travail consistait à écouter ce que chacun avait à dire, et à fournir si nécessaire des réponses apaisantes. Sam semblait avoir besoin de réponses apaisantes, et il ne lui en tenait pas rigueur.

— Je le lui ai dit spécifiquement. Pas d'aviron. Je lui ai donné des exercices à faire pour maintenir sa forme physique sans trop forcer sur sa hanche. Ce n'est pas clair ? Elle est médecin, bon sang !

— Les toubibs font souvent les pires patients. Contrairement aux kinés, bien sûr, dit Ross en souriant.

— Cela va sans dire. Bon, en tant que médecin, qu'est-ce que *tu* prescrirais à un autre médecin qui n'écoute pas sa kiné ?

— Il ne s'agit pas de toi, Sam. Elle n'écoute pas, point

final. C'est pour ça que je l'ai confiée à tes soins, parce que si ta perpétuelle bonne humeur ne vient pas à bout de ses résistances, je doute que quoi que ce soit d'autre le fera.

La remarque amadoua un peu Sam.

— Qu'est-ce que je dois faire, alors ? J'ai essayé la compréhension compatissante…

— Et ça a marché ? demanda Ross avec un petit rire.

— Non. Ça lui a fait lever les yeux au ciel, rien de plus. J'ai donc tenté de lui rappeler – car je ne devrais pas avoir à le lui expliquer – qu'une bursite de la hanche ne peut qu'empirer sans efforts à long terme pour diminuer l'inflammation et rétablir l'équilibre musculaire. Non seulement cela mettra fin à sa carrière sportive, mais sa hanche se détériorera peu à peu…, conclut Sam avec un soupir exaspéré.

— Qu'est-ce qu'elle a dit à ça ?

— Rien ! Elle a hoché la tête, et j'ai cru avoir fait passer le message. Puis j'arrive ici ce matin et qu'est-ce que je vois ? Elle, là-dehors, en train de ramer ! C'est presque comme si elle avait décidé de s'autodétruire.

— Oui. Ça m'a traversé l'esprit aussi. Je m'en occupe.

— Tu vas faire quoi ?

— La laisser tomber.

Sam fronça les sourcils.

— Je croyais qu'on ne baissait jamais les bras avec personne. C'est un des aspects de mon travail ici que j'aime ; ne me dis pas que tu changes d'un coup de politique.

— Rien n'a changé, je fais juste une exception. Peut-être que personne ne l'a jamais laissée tomber avant, et que c'est ce qu'il lui faut pour regarder la réalité en face, hein ?

Ross sortit dans le parc. Son humeur ne valait pas mieux que celle de Sam. Laurie Sullivan commençait aussi à lui taper sur les nerfs. Une patiente ayant toutes les chances de se rétablir mais qui semblait vouloir à tout prix les détruire, c'était se moquer de tous ceux qui s'étaient battus contre vents et marées ici, à la clinique Lakeside.

Tandis qu'il traversait la pelouse en direction de la rive du lac, il se répéta que chacun était différent. Que personne ne devait être rejeté parce que ses actes semblaient inconséquents ou incompréhensibles. Mais le Dr Sullivan était une têtue, et il allait devoir lui montrer que lui aussi pouvait être inflexible, lorsqu'il le voulait.

Il s'assit sur un des bancs orientés vers la vue. Laurie ramait avec un style impeccable, comme on pouvait l'attendre d'un membre de l'équipe britannique d'aviron. Tous ses gestes étaient emprunts de grâce, Ross l'avait remarqué. Il avait dû falloir énormément de travail et de détermination à Laurie pour combiner ses impressionnants exploits sportifs et une formation de médecin, mais elle y était parvenue.

Or elle semblait à présent avoir pour seul objectif de gâcher tout cela. La question, c'était *pourquoi ?* Soit elle était d'un orgueil inqualifiable, soit il se passait quelque chose qu'il n'avait pas encore cerné. Au moins la conversation à venir résoudrait-elle cette énigme.

Laurie, qui avait manifestement assez fanfaronné pour la journée, s'approchait du petit ponton où étaient amarrés les bateaux de plaisance destinés aux patients *autorisés* à aller sur l'eau. Où s'était-elle procuré l'élégant canot sportif qu'elle utilisait ? Soudain, le logo d'une société de location apparut sur la proue. Voilà qui avait dû demander un peu d'organisation, étant donné que le parc à bateaux se trouvait de l'autre côté du lac, à trente kilomètres de route.

Alors qu'elle sortait du skiff, Ross nota qu'elle utilisait de préférence sa jambe gauche. La raideur dans sa hanche droite n'était pas visible lorsqu'elle ramait, mais ce n'était guère surprenant. D'après son expérience, nombre de sportifs apprenaient à surmonter la douleur pour atteindre l'excellence. Laurie l'aperçut et le salua en enlevant sa casquette de laine bleue, ce qui révéla sa courte chevelure rousse.

Elle eut l'audace de sourire. Avec une trace d'espièglerie,

elle réussit d'une certaine manière à lui signifier qu'elle avait peut-être un peu enfreint les règles, mais qu'elle n'avait rien fait de mal. Tout en venant vers lui, elle s'efforçait clairement de masquer la raideur de sa jambe droite.

Elle était parfaite. Charmante. Et tout cela allait cesser.

— Quelle délicieuse matinée.

Ross lutta contre l'envie de lui donner raison et de la laisser poursuivre sans remise en cause sa journée à la clinique.

— En effet.

Il indiqua d'un geste la partie libre du banc. Sa grâce et l'économie de ses mouvements lui permirent de dissimuler la douleur de se pencher pour s'asseoir.

— Vous êtes venu ici pour me voir ?

Elle se gratta légèrement le nez. Ravissant, le nez. Les taches de rousseur lui conféraient un charme fou. Malgré tout, il passa aux choses sérieuses.

— Oui. Je vous rends votre liberté.

Voilà qui suscita une réaction. Une réaction qui n'était pas soigneusement contrôlée pour masquer ce qu'elle pensait réellement. Son visage se décomposa, et une lueur de panique traversa ses yeux dorés.

— Vous ne pouvez pas. Je suis censée rester sept semaines, et je ne suis là que depuis une semaine.

— Je crois que nous avons fait tout ce que nous pouvions pour vous.

— Mais… d'après le spécialiste que j'ai consulté, je dois être ici, c'est le mieux pour moi. J'ai déjà réglé pour sept semaines…

C'était le point crucial de l'affaire. Le praticien qui avait adressé Laurie à Ross n'avait pas pu la déclarer apte à une sélection dans l'équipe d'Angleterre pour l'année, et son refus obstiné de laisser quiconque lui dire quoi faire au sujet de sa blessure avait froissé nombre de gens. Elle serait exclue de l'équipe pour de bon si elle ne prouvait pas sa volonté de soigner la blessure qui la tracassait depuis des mois.

— On vous remboursera, bien entendu.

Il réprima un sourire en la regardant tenter de garder son

sang-froid. Elle s'en sortait plutôt bien, vu les conséquences de ce qu'il était en train de suggérer.

Elle déglutit, comme sur le point d'avouer un crime.

— Ma hanche n'est pas… à sa puissance maximale.

Elle n'allait pas mieux. Malgré les nombreuses réussites de la clinique sur des blessures bien plus complexes que celle de Laurie, ils étaient en train d'échouer avec elle. Ross ne voyait qu'un seul moyen pour avancer.

— *Liberté* n'est peut-être pas le bon mot. Je vous mets à la porte.

Laurie prit une profonde inspiration. La discussion était perturbante ; que Ross fût bel homme n'aidait pas. Elle avait toujours craqué pour les cheveux bruns et des yeux marron et doux, et il avait un corps clairement à l'aise avec le mouvement et l'action. En outre, le fait que ce soit *lui* qui délivre le message plutôt que Sam sous-entendait, et c'était inquiétant, qu'il était sérieux.

Il devait savoir ce qu'il était en train de lui faire, que cet endroit était son dernier recours pour sauver sa carrière sportive. Elle avait été tellement idiote d'ignorer les conseils bien intentionnés et de laisser la situation s'envenimer ainsi. Mais elle avait toujours eu un problème avec l'autorité…

La faute à ses longues années d'entraînement sous l'œil intransigeant de son père. Elle avait supporté ses insultes en silence, et refusé qu'il la voie pleurer quand il la traitait de ratée. Continuer d'avancer était tout ce qu'elle savait faire, et maintenant on lui avait posé un ultimatum. Si Ross Summerby n'autorisait pas son séjour ici, elle pouvait dire adieu à tout espoir de revenir sur la liste de sélection pour représenter son pays.

Pourquoi ? Pourquoi était-elle sortie ramer, en violation directe des conseils de Sam ? Laurie ne se rappelait même plus pourquoi cela lui avait semblé être une bonne idée.

— Vous ne pouvez pas, dit-elle de nouveau.

L'affolement la submergeait, elle avait un mal fou à trouver un argument plus convaincant.

— Vous allez voir que je le peux.

Il l'observait attentivement, et un frisson la parcourut.

— Mon problème, dit-il, c'est que nous avons une longue liste d'attente de patients, tous engagés dans leur guérison. Je peux vous laisser rester six semaines de plus, et nous pouvons faire semblant de vous soigner pour vous faire plaisir, ou je donne votre place à quelqu'un pour qui nous pouvons faire la différence. Que feriez-vous ?

Ce n'était pas juste. La réponse était évidente. Elle baissa la tête et regarda ses pieds, comme elle le faisait autrefois quand elle voulait cacher ses émotions à son père.

— Je suis désolée. Cela ne se reproduira plus. Je ferai tout ce que Sam me dira…

— Vous le ferez peut-être, pendant quelque temps. Je dirais une semaine. Grand max.

S'ils pariaient là-dessus, il gagnerait sans doute. Elle leva les yeux vers lui alors qu'une ombre de tristesse traversait son visage. Il y avait de la gentillesse aussi, dans ses yeux sombres. Il n'aimait pas cette situation plus qu'elle, ce qui lui laissait une ultime chance.

— D'accord. Vous avez probablement raison. Est-ce que je peux faire quelque chose… *n'importe quoi*… pour vous faire changer d'avis et me laisser rester ? Si vous me renvoyez maintenant, ça ruine effectivement mes chances de revenir dans l'équipe d'Angleterre.

L'honnêteté était son dernier recours. Cela sembla fonctionner, car il sourit.

— Il y a une chose, oui. Vous risquez de ne pas beaucoup l'aimer.

Elle avait déjà tablé là-dessus.

— Ce n'est pas grave. Je l'assumerai.

Il désigna de la main la vaste résidence qui se trouvait un peu à l'écart du bâtiment moderne de la clinique

— Nous avons un petit appartement qui nous sert pour les

collègues de passage. Dans l'ancien bâtiment. Vous pouvez y loger et utiliser toutes les installations de la clinique que vous voulez, la salle de gym et la piscine. Vous pouvez même réserver une séance avec Sam, tant que vous ne lui faites pas perdre son temps en ignorant ce qu'elle vous dit.

Ça n'avait pas l'air si mal. C'était le genre de liberté qu'elle souhaitait depuis le début.

— Mais il y a quelque chose dont j'ai besoin en retour.

Avait-elle baissé sa garde, son sourire l'avait-il trahie ? Elle fit une petite moue.

— D'après mon expérience, il y a toujours un piège...

— Personne ici n'a rien sans rien, je veux que vous travailliez à la clinique, à temps partiel, rassurez-vous, quatre après-midi par semaine. Vous pouvez choisir ce que vous voulez faire. Il y a une pile de dossiers au sous-sol qui ont besoin d'être classés. Ou vous pourriez utiliser votre formation de médecin. J'ai quelques patients qui, je pense, pourraient bénéficier de votre expérience personnelle.

Sérieusement ? Elle avait bien imaginé qu'il avait réfléchi avant de venir la rejoindre, mais ça, c'était la chose la plus bizarre qu'elle ait jamais entendue. Le classement ne lui disait rien et travailler ici en tant que médecin était une folie.

— Vous voulez que moi... une parfaite inconnue... je travaille avec vos patients ? Vous en êtes sûr, n'est-ce pas ?

Les yeux sombres de Ross s'adoucirent soudain. C'était sa meilleure arme, celle qui faisait battre le cœur de Laurie à toute allure et la faisait d'instinct se fier à lui. Son cerveau peinait à garder le contrôle de tout cela.

— D'après Sam et certains de ses patients, vous les avez encouragés dans leurs exercices physiques et aidés à réguler leur rythme. Tout le monde est partie prenante à la clinique ; si vous n'êtes plus une patiente, la seule autre option est d'être employée.

Il laissa l'idée flotter entre eux. Il éprouvait visiblement peu de scrupules à avouer ses motivations, mais n'avait en même temps rien à perdre.

— Et ainsi vous pouvez garder un œil sur moi.

— Cette pensée m'a traversé l'esprit. J'ai aussi pris la précaution d'appeler la directrice de la chaîne de consultations d'urgence en médecine générale pour laquelle vous travaillez, qui m'a fourni une recommandation.

— Vous avez fait *quoi ?* Ah, eh bien merci. Maintenant ils doivent penser que je suis sur le point de partir. Ce n'est pas facile de trouver un emploi en médecine qui me donne le temps libre dont j'ai besoin pour m'entraîner et concourir…

— J'imagine. C'est la raison pour laquelle je lui ai dit que j'envisageais de vous demander de l'aide pendant les six prochaines semaines, dans le cadre de votre thérapie, et que vous reviendriez chez eux après. Adele a trouvé que c'était une très bonne idée et que ça vous donnerait l'occasion d'étendre un peu votre expérience. Elle m'a passé votre supérieur direct, et vous serez sûrement ravie d'apprendre qu'il fait de vous un portrait élogieux.

Elle fronça les sourcils.

— Adele. Vous la connaissez, n'est-ce pas ?

— Je connais beaucoup de gens. Une clinique dans un endroit aussi isolé que celui-ci se fait adresser des patients en se faisant connaître à l'extérieur. Et en étant la meilleure, bien entendu.

— Vous en êtes sûr ? Que vous êtes la meilleure ?

Elle savait que la clinique Lakeside était la meilleure dans son genre, mais elle ne put résister à la pique.

— Certain. Vous savez très bien ce qu'il faut faire pour être le meilleur. Une fois que vous y êtes, c'est évident.

Observant pensivement le lac vide, il s'adossa au banc.

Il y avait un caractère bien trempé sous son sourire facile. Il lui avait donné exactement ce qu'elle voulait, pourtant elle avait le sentiment que lui aussi avait obtenu exactement ce qu'il voulait dans l'affaire.

— Très bien. Le classement ne me tente pas trop, mais j'ai une bonne compréhension des blessures sportives et je pense pouvoir apporter quelque chose en rejoignant l'équipe médicale. Vous allez me payer ?

Peut-être que si les heures qu'elle effectuait avaient un prix, il n'exigerait pas trop d'elle.

— Bien sûr. Je vais aussi vous observer, parce que les patients passent en premier ici. Toujours.

Voilà qui la remettait fermement à sa place. Mais elle pouvait s'en accommoder. La possibilité d'aider et la liberté de décider de sa manière de fonctionner étaient ce qu'elle avait toujours voulu. Ce pour quoi elle s'était battue avec son père. En faisant fi des yeux attentifs de Ross, elle aurait pu se persuader que cela allait être un jeu d'enfant.

— Vous pensez que j'accepterais de travailler pour vous si vous disiez autre chose ?

— Je ne vous autoriserais pas à travailler ici en tant que médecin si *vous* disiez autre chose. Alors, affaire conclue ? demanda-t-il en lui adressant un sourire innocent.

— Vous dites ça comme si j'avais le choix. Mais, oui, c'est une offre généreuse et ça me convient.

— On a toujours le choix. J'aimerais savoir pourquoi vous avez choisi de ramer devant ma fenêtre ce matin alors que vous auriez très facilement pu aller dans l'autre direction.

Il pensait apparemment que leur arrangement l'autorisait à poser des questions gênantes dont elle ne connaissait pas les réponses.

— Aucune idée.

— On pourrait peut-être en parler un de ces jours…

Le sourire de Ross était trop entendu, et bien trop charmant au goût de Laurie. Elle se leva, essayant d'ignorer la raideur de sa hanche.

— Vous pouvez en parler si vous voulez. Je passerai mon tour.

Elle jeta les mots par-dessus son épaule et s'éloigna.

2.

Ça avait… marché ? Ross ne savait pas très bien s'il avait fait exactement ce que Laurie espérait qu'il fasse, ou si elle avait fait exactement ce qu'il avait espéré. Quoi qu'il en fût, quand il informa Sam de leur arrangement, elle approuva.

— Tu ne lui as pas laissé le choix, en somme.

— C'est ce qui me gêne, j'avoue. Ça ressemble un peu trop à du chantage, non ?

— Ce n'est pas un hôtel ici, répondit Sam, c'est une clinique. Tu as toujours demandé à tout le monde de se considérer comme faisant partie d'une communauté. Si on en est là, c'est parce que Laurie a rejeté toutes les autres options. Si celle-ci ne fonctionne pas, je ne vois pas ce qui le pourra.

— Auquel cas je suis à court d'idée. Je devrai *vraiment* envisager de la mettre à la porte.

— Tu ne le feras évidemment pas, railla gentiment Sam. Tu ne baisses pas si facilement les bras, Ross.

C'était gentil, même s'il suspectait Sam de sous-estimer l'ampleur du problème. Laurie était coriace, déterminée, presque impossible à cerner. Clairement, quelque chose se passait derrière cette façade de placidité, mais il ne voyait absolument pas quoi. Le découvrir serait probablement le seul moyen de l'aider à guérir.

Ce qui faisait de l'honnêteté son principe directeur. Laurie était médecin et apparemment un médecin exceptionnel. Il déduisait de leur discussion qu'ils joueraient franc-jeu, et qu'il ne lui cacherait pas ses pensées, même si elle n'était pas disposée à les entendre. C'était bien, mais sa fascination croissante pour elle rendait tout difficile.

Elle n'était pas moins fascinante quand il la rejoignit dans sa chambre pour voir si elle était prête à déménager. Laurie était remarquablement jolie, mais sans le genre de douceur qui plaisait à certains. Il y avait un peu trop de détermination dans sa mâchoire et de provocation dans son regard. Ross aurait pu se perdre dans la contemplation de ce genre de femmes.

Elle était aussi très organisée. Ses bagages étaient faits et elle, prête à partir. Quand il tendit la main vers un des sacs, elle le foudroya du regard. Puis le suivit en traînant elle-même ses deux valises sur tout le chemin de gravier qui menait à la maison. Lorsque Ross ouvrit la porte, elle entra dans le hall, considéra l'ancien escalier majestueux et les murs lambrissés de chêne couleur miel. Le contraste était flagrant avec l'espace lumineux et la structure nette du bâtiment plus récent qui abritait aujourd'hui la clinique.

— C'est un décor plutôt différent ! dit-elle.

— Oui. C'est ici qu'a démarré la clinique.

Elle observait le moindre détail, des vitraux sur les portes aux fleurs que la mère de Ross disposait dans le hall.

— Hum. C'était quand ?

— Il y a trente-deux ans. J'en avais quatre, et ma mère est venue ici installer son cabinet, qui est devenu une petite clinique. Nous vivions dans un appartement d'un côté de la maison, la clinique se trouvait dans l'autre.

— Trente-six, donc ? fit-elle, avec un demi-sourire.

— J'aurai trente-six ans dans deux mois. Le 5 septembre.

Il précisa cela pour lui faire comprendre qu'elle pouvait lui demander n'importe quoi à propos de sa vie. Son existence était un livre ouvert. Hormis quelques pages collées ensemble, mais cela remontait désormais à longtemps…

— Et vous avez toujours été destiné à devenir médecin ? Et à travailler ici ?

— Non. Je suis passé par l'habituel foisonnement des ambitions de carrière, pour finalement décider que ce que je voyais tous les jours, le genre de bien que ma mère faisait, était ce que je souhaitais vraiment. Il n'était pas dans nos intentions que je rejoigne le cabinet, mais elle a été malade pendant un certain temps et je suis revenu l'aider. J'ai découvert que c'était là que je voulais être, finalement.

— Après tout ce temps passé à vouloir partir ?

Il y avait soudain une pointe de dureté dans son ton.

— Ce n'est pas ainsi que je le dirais. Parfois, on a besoin de s'éloigner de quelque chose pour se rendre compte que c'est ce qu'on veut, au fond. Le sentiment qu'on a le choix.

Il surprit le regard de Laurie, crut discerner une réaction dans les profondeurs captivantes de ses yeux.

— Les choix sont ce que nous faisons pour nous-mêmes, répondit-elle en haussant les épaules. Donc, vous vivez ici ?

— J'occupe un appartement à l'étage, ma mère celui du bas, l'appartement des invités se trouve à l'arrière.

Il se dirigea vers les doubles portes qui menaient à l'extension de plain-pied, tenant un battant ouvert pour que Laurie puisse y faire passer ses valises.

— Vous vivez seul ?

— Oui. Et vous ?

— J'aime voyager léger, éluda-t-elle.

Elle pénétra après lui dans l'appartement. Il était petit mais assez confortable pour un séjour de six semaines. Elle s'approcha des fenêtres, tira les rideaux pour laisser entrer la lumière, et se retourna en souriant.

— Ravissant. Vous êtes sûr que je peux rester ici ?

— Absolument. Tenez, voici la clé. Vous êtes chez vous. Il y a une kitchenette, mais vous pouvez prendre vos repas au restaurant de la clinique. La femme de ménage vient deux fois par semaine, le mardi et le vendredi.

— Elle ne sera pas surchargée de travail. Je fais peu de désordre.

Il l'avait remarqué. Sa chambre à la clinique était impeccablement rangée, sans les bricoles habituelles que les gens apportaient pour un long séjour.

— Je fais peu de bruit, aussi. Je ne vous dérangerai pas, votre mère et vous.

— Ma mère est partie quinze jours en vacances, et mon appartement est en haut du bâtiment principal. À moins que vous prévoyiez une rave-party, vous ne me gênerez pas.

— Je n'ai pas assez d'amis pour une rave-party. Ceux que j'ai ont tendance à se coucher tôt pour s'entraîner dès l'aube.

Elle ouvrit la porte-fenêtre et sortit sur la petite terrasse dallée.

— Jolie vue. Vous n'avez pas peur que je sois tentée ?

— Non. Comme je vous l'ai dit, vous êtes entièrement libre de décider de votre traitement.

Elle indiqua l'escalier en colimaçon qui menait au balcon situé devant les fenêtres de son appartement.

— Dois-je fermer les yeux si je vois quelqu'un se faufiler chez vous ?

Il feignit de ne pas comprendre l'allusion.

— Comme par exemple… ?

— Vous pourriez avoir une histoire avec quelqu'un, ou quelqu'une, de la clinique, et préférer garder le secret.

Il sourit. Quand elle asticotait, elle ne faisait pas semblant. Il commençait à aimer lui rendre la pareille.

— Tous mes invités utilisent la porte d'entrée. Et non, je n'ai d'*histoire* avec personne parmi mon personnel, homme ou femme. Je ne suis pas gay. Et vous ?

— Moi non plus, je n'ai d'histoire avec personne parmi votre personnel, et je ne suis pas gay. J'appellerai donc la police si je vois quelqu'un monter là-haut en pleine nuit.

— Merci d'avance. C'est toujours bon d'avoir quelqu'un qui garde un œil sur vous.

Aurait-elle voulu une visite de son chez-lui ? Si son emploi du temps avait été moins chargé, il aurait été tenté de l'inviter. Mais déjà elle rentrait à l'intérieur.

— Si vous êtes libre demain, j'aimerais qu'on prenne une heure ou deux pour discuter des patients à vous confier.

— Parfait, dit-elle. Mais je vais devoir faire un aller-retour chez moi avant de me mettre à travailler avec eux.

Ross tiqua. D'ordinaire, les patients étaient encouragés à rester sur place afin de favoriser un protocole régulier de repos et d'exercices. Mais il venait de souligner que Laurie n'était *plus* une patiente, pour quelle raison l'aurait-il empêchée d'aller et venir ? Hormis sa propre curiosité croissante, laquelle ne regardait que lui.

— J'ai besoin de vêtements, fit-elle en jetant un coup d'œil à ses deux grosses valises. Des vêtements de travail.

Ah. Elle avait pourtant bien dû remarquer que le personnel portait souvent le type de tenues sportives qu'elle avait portées toute la semaine. Lui-même était habillé de manière décontractée. Peut-être avait-elle un autre motif pour cet aller-retour, mais il ne se figurait pas lequel.

— Vous serez parfaite telle que vous êtes, objecta-t-il.

— Non. J'ai des tenues de travail et des tenues de sport. Les deux ne se croisent pas.

— D'accord. Je dois aller après-demain à Londres voir des patients qu'on nous a adressés. Vous voulez venir ?

Elle le fixa, un sourire amusé sur les lèvres.

— Pour vous assurer que je ne m'échappe pas ?

— Vous pouvez partir quand ça vous chante, inutile de vous échapper. Je prends un billet de train supplémentaire ?

— Oui, merci.

Soit il l'avait prise à son propre piège, soit l'accompagner à Londres s'inscrivait dans ses plans. Ross acquiesça et quitta l'appartement. Il n'avait aucune idée de ce que Laurie allait lui faire subir ensuite, mais les prochaines semaines allaient être tout sauf ennuyeuses.

Laurie n'en revenait pas. Quelle mouche l'avait piquée ? *Vous couchez avec quelqu'un de la clinique ?* Cela ne la regardait vraiment pas. Il pouvait se transformer en vampire la nuit s'il le voulait, cela ne changeait rien à son rôle de médecin le jour. Ou de patron. Car Ross était désormais son patron.

Un patron qui s'intéressait visiblement à ce qui la motivait, un point que Laurie préférait évacuer de son esprit. Elle avait commencé à l'interroger par une sorte de mécanisme de défense, une façon de lui montrer à quel point il était gênant qu'autrui décortique votre vie, mais il avait refusé de paraître ne fût-ce que légèrement mal à l'aise.

Ensuite sa curiosité pour lui avait pris le dessus. Pourquoi quelqu'un comme Ross n'avait pas de partenaires potentiels à la queue leu leu sur les marches de l'escalier de secours ? Il avait tout. Beau physique, bon travail, une personnalité agréable quand il n'était pas trop insistant. Et même quand il l'était, il débordait de sex-appeal. Elle secoua la tête. Ce n'était pas son cœur qui parlait ainsi, c'était un simple fait.

Elle se pencha pour ouvrir l'une des valises, et sentit la raideur s'installer dans sa hanche. C'était l'autre point. Elle s'était tellement acharnée ces derniers mois à nier la gravité de sa blessure, à la fois à elle et aux autres. Mais Ross lui avait enlevé tout cela. Il avait prétendu ne pas se soucier de savoir si elle allait mieux ou pas, alors qu'il s'en préoccupait clairement. Puis il avait carrément fait porter sur elle toute la responsabilité de son traitement.

Il s'agissait de faire très attention à ce que l'on souhaitait. Pour elle qui avait passé tant d'années de son adolescence à se battre pour sa liberté, c'était une habitude difficile à perdre. Elle avait voulu s'affranchir des injonctions sur la manière de soigner sa blessure, et elle y était parvenue. Mais c'était une victoire amère car elle se sentait soudain très seule.

C'était absurde. Absurde. Elle se sentirait mieux quand elle aurait du travail à abattre. En attendant, elle devait établir un protocole thérapeutique pour elle-même…

Le lendemain matin à 8 heures, Ross était déjà au travail dans son bureau et Laurie s'interrogea. N'aurait-elle pas dû venir plus tôt, histoire de prouver lequel d'entre eux était capable de se lever le premier ?

Mais c'était puéril. Elle toqua à l'encadrement de la porte et, levant les yeux, il lui fit signe d'entrer. Des yeux qui rendaient l'idée de compétition encore plus tentante.

— Vous avez réfléchi à quels patients vous pourriez prendre en charge ? demanda Ross d'emblée.

— J'aimerais d'abord en savoir un peu plus sur ce que vous attendez de moi.

Il recula dans son siège. L'incarnation même du patron, détendu et sûr de lui, avec un air insaisissable de responsable. Il avait beau prétendre que d'autres options existaient, en réalité sa parole faisait la loi ici. Laurie pouvait partir, mais alors elle n'aurait pas ce qu'elle voulait.

— À votre avis ?

Il lui retournait la question. Elle inspira à fond.

— Je pourrais contribuer d'un point de vue médical, et contribuer à l'établissement des protocoles d'exercices, mais votre équipe compte déjà de bons médecins et kinésithérapeutes, je ne serais qu'une paire de bras en plus. Ce que vous n'avez pas en revanche, ce sont des sportifs professionnels.

— Continuez, l'encouragea-t-il en hochant la tête.

— C'est une expérience supplémentaire que je peux apporter. Je comprends la pression de ce milieu et en quoi une blessure peut représenter un défi.

— Je suis tout à fait d'accord, dit-il avec un grand sourire. Jusqu'ici, nous partageons le même point de vue.

Croiser son regard devenait le plus grand défi, dans cette affaire. Elle aurait voulu savourer le frisson d'excitation qu'il suscitait en elle et lui retourner son sourire, mais Ross avait son avenir entre ses mains, elle devait s'en souvenir. Une des leçons d'une enfance dont elle se réjouissait de s'être libérée était que montrer ses sentiments à une figure d'autorité était une mauvaise idée.

— En ce cas… cela simplifie le choix des patients avec lesquels je peux travailler le plus efficacement.

Mieux valait ne nommer personne. Mieux valait ne pas tendre à Ross le bâton pour la battre, comme son père faisait.

— Oui et non, répondit-il. Pete Evans et Usha Khan sont tous deux athlètes professionnels, mais…

Heureusement qu'elle ne les avait pas mentionnés comme

premier choix. À l'entendre, il s'apprêtait à les écarter. Il poussa deux dossiers vers elle.

— J'aimerais discuter de deux autres patients avec vous, fit-il. Adam Hollier et Tamara Jones nous rejoindront la semaine prochaine, ce qui vous permettra de les prendre en charge dès le début de leur séjour ici.

Elle s'empara des dossiers. Elle n'avait jamais entendu parler d'eux, étaient-ce de nouveaux venus dans leurs domaines sportifs respectifs ? Elle ouvrit le premier dossier et parcourut la fiche de renseignements de Tamara.

— Elle a quinze ans.

Cela allait être une difficulté. Dans sa propre expérience, cet âge signifiait choix traumatisants et beaucoup de chagrin.

— Oui. Tamara est une jeune coureuse très prometteuse qui a perdu la partie inférieure d'une jambe dans un accident de voiture. Des problèmes d'ajustement avec sa prothèse ont retardé sa récupération, et on est en train d'organiser l'adaptation. Mais elle est frustrée par la lenteur des progrès, et confrontée à un tournant de sa vie en ce moment.

— Je peux m'identifier à cela, lâcha Laurie sans réfléchir.

Ross bondit évidemment sur l'occasion pour l'interroger.

— Comment ça ?

— On parle de Tamara. Elle fait face à d'énormes obstacles, je la comprends. Que dit-elle de la voie à suivre ?

— Les aspects médicaux de sa rééducation ne sont qu'une partie du défi. Tamara sait qu'elle veut continuer ses activités sportives, mais les problèmes qu'elle rencontre avec sa prothèse ont érodé sa confiance en elle.

— Quand vous aurez réussi, elle devrait se rendre compte qu'elle a beaucoup d'options. Certains coureurs qui utilisent des lames sont plus rapides que ceux qui n'en utilisent pas.

— En plus de ce que nous pouvons faire pour elle sur le plan médical, nous aimerions l'aider à explorer toutes les options. Et à retrouver sa pleine forme.

Laurie, mal à l'aise, referma le dossier. Cette jeune fille qui essayait de faire les bons choix la touchait de bien trop près. Elle ouvrit l'autre dossier et parcourut la première page.

— Adam Hollier. Un an de plus que Tamara.

— Adam a subi une facture de stress au pied…

Ross s'interrompit soudain, la fixant tandis qu'elle se sentait rougir. Était-il au courant de la manière dont son père l'avait poussée au-delà de ses limites ? S'activait-il à la faire craquer ?

— Surentraînement ? demanda-t-elle d'une voix blanche.

— Rien ne l'indique. Comme pour Tamara, on doit s'occuper du problème médical, mais aussi déterminer l'origine de sa blessure. C'est un garçon brillant, il sait qu'une vulnérabilité de ce type pourrait entraver son avenir. Mais il est tellement focalisé sur l'objectif de devenir sportif professionnel qu'il ne voit pas d'autre alternative.

Avec une lenteur délibérée, Laurie reposa pensivement les deux dossiers sur le bureau de Ross.

— On peut faire une pause ?

— Bien sûr. Vous voulez un café ?

— Non. Pourquoi vous avez choisi ces deux patients ? Vous vous êtes dit qu'ils représenteraient un plus gros défi pour moi ? Auquel cas vous devriez clarifier vos motivations. Vous êtes ici pour eux, pas pour moi. On a déjà convenu que je devais prendre mon propre traitement en charge.

Il se tut un moment, réfléchissant manifestement à ses propos.

— Honnêtement…, fit-il d'un ton songeur.

Elle sentit la moutarde lui monter nez.

— Je trouve qu'il est toujours bon d'être honnête, surtout lorsqu'il s'agit d'une relation médecin-patient, et de décider si le médecin en question a les ressources nécessaires pour aider un patient.

— Vous pensez que tout ceci n'est qu'une expérience ? Que je vous ai choisi des patients difficiles et que je resterai à l'écart pour voir ce qui se passe ? C'est loin de la vérité. Si un problème vous rend incapable d'aider ces jeunes gens, je compte sur vous pour me le dire.

Son expression s'était durcie. Il l'avait mise dos au mur. Ou peut-être s'y était-elle acculée elle-même ; quoi qu'il en fût, elle devait bouger. Elle se leva, et une douleur fulgurante de sa hanche dans toute la jambe manqua de la faire trébucher. Ross fit mine de vouloir l'aider, elle l'arrêta d'un regard noir. Marcher un peu lui fit du bien.

— Vous saviez que mon père m'a surentraînée ? Parfois jusqu'à l'épuisement. Que j'ai dû aller en justice pour partir vivre chez une tante à quinze ans ?

Ce n'était pas réellement un secret, les faits étaient connus et la presse l'avait souvent interrogée à ce sujet.

— Non, je l'ignorais.

Quelque chose qui ressemblait à de la tendresse fusa dans ses yeux, ce dont elle se garda de tenir compte.

— Eh bien, ça m'a posé un tas de problèmes. Les ados sont en général dotés de familles, et je n'ai pas très envie de me pencher sur ce genre de relations. Ce n'est pas mon truc.

— Très bien. Je ne vous demande pas d'être conseiller familial, nous collaborons déjà avec un très bon thérapeute.

Il marqua une pause, comme pour voir si elle serait elle-même intéressée par ce type de thérapie, et elle se retint de l'envoyer se jeter dans le lac.

— Alors, qu'est-ce qui fait de moi le choix évident pour ces deux patients ? demanda-t-elle plutôt.

— D'après mon expérience, les adolescents sont équipés d'un radar très précis. Ils savent qui comprend vraiment ce qu'ils vivent, et ils savent aussi qui se battra pour eux.

— Vous n'essayez pas de me faciliter la vie, hein ?

Il eut la témérité de sourire.

— Pourquoi le ferais-je ? Et si vous pensez ne pas pouvoir aider ces jeunes gens, pour une raison ou une autre, on étudiera à nouveau la liste…

Il attira la pile de dossiers à lui. Un élan protecteur flamba alors dans la poitrine de Laurie. Adam et Tamara étaient tous les deux confrontés à un avenir difficile et incertain, et elle savait combien cela faisait mal. Elle voulait vraiment les aider, et si Ross pensait qu'elle le pouvait…

Elle revint jusqu'au bureau, saisit les dossiers. Elle dut tirer un peu pour qu'il les lâche.

— Je n'ai pas dit ça. Je vais les prendre.

— Retour à la réunion ? C'est votre réponse officielle ?

Une lueur malicieuse dansait dans les yeux de Ross.

— Oui, c'est officiel. Je vais étudier les dossiers, et je reviendrai vers vous avec quelques propositions. Et officieusement…

Elle posa sa main sur le bureau et se pencha en avant.

— Vous avez beaucoup de bonnes idées, Ross. Mais vous pourriez essayer de ne pas être si suffisant à leur propos.

Elle n'attendit pas qu'il réponde. Elle quitta la pièce, laissant la porte claquer derrière elle.

3.

On toqua à la porte et Ross s'interrogea brièvement. Laurie revenait-elle faire la paix ? Mais il avait la certitude que lorsqu'elle claquait quoi que ce fût derrière elle, cela restait fermé. Puis Sam passa la tête et il lui fit signe d'entrer.

— Je viens de voir Laurie sortir comme une furie de ton bureau, en plaquant sur sa poitrine des dossiers de patients comme si elle allait frapper celui qui tenterait de les lui arracher. C'est normal ?

C'était bien, en tout cas. La façon dont Laurie lui avait pris les dossiers des mains avait conforté Ross dans sa décision. Laurie avait quelque chose à apporter à ces jeunes, et elle le savait.

— On a eu une discussion très franche. Hum… Est-ce que je donne l'impression d'être quelqu'un de suffisant ?

Sam eut l'élégance d'éclater de rire. Mais il était vrai qu'elle pensait le meilleur de tous les gens qu'elle croisait.

— C'est Laurie qui t'a dit ça ?

— Elle l'a évoqué, oui.

Et plus il y pensait, plus cela le dérangeait. Il pouvait encaisser une insulte, mais Laurie l'obsédait, et son opinion sur lui comptait plus que de raison.

— Je te connais depuis longtemps, Ross. Je me souviens quand tu travaillais au développement de la clinique tout en… gérant d'autres choses.

— Tu peux le dire, tu sais. J'étais là aussi, je sais ce qui est arrivé.

Il était revenu sur place après avoir obtenu son diplôme de médecin, jeune marié et si plein d'espoir pour l'avenir. Sam avait été la première employée de la clinique, qui commençait à s'agrandir, et il était inévitable qu'elle, Ross et Alice deviennent amis.

— J'ai vu combien tu as lutté quand Alice t'a quitté, fit Sam avec un gentil sourire. C'était un coup dur pour toi, t'entendre dire que tu ne pourrais jamais avoir de famille, et tu as surmonté cette déception. Tu as bâti la clinique et tu en as fait ta famille à la place.

— C'était si évident que ça ?

Il voyait en effet la clinique comme un substitut de la femme qu'il avait perdue et des enfants qu'il ne pouvait pas avoir, mais l'entendre dire par Sam faisait mal.

— Je savais ce qui se passait parce que je vous connaissais, Alice et toi. Je pense que personne d'autre ne connaissait les détails, mais ce n'était pas difficile de voir que tu souffrais. Si tu as l'air un peu… fier de toi pour la façon dont la clinique a évolué, c'est parce qu'il y a eu un moment où tu n'avais rien d'autre, et tu as mis dedans tout ce que tu avais durant ces premières années.

Il grimaça un sourire.

— C'est ta façon de dire que je suis effectivement suffisant ? Sois franche avec moi, Sam.

— C'est ma façon de dire que tu pourrais être un peu moins sévère avec Laurie. Tu n'es plus son médecin et tu n'as pas besoin de prétendre que ton passé a été un long fleuve tranquille. Et, non, *suffisant* n'est pas le premier mot qui vient à l'esprit pour te décrire, Ross…

Ross n'avait pas demandé si *suffisant* était le second mot qui venait à l'esprit. Sam ne le lui aurait probablement pas dit, de toute façon, car sa façon de faire consistait généralement à lancer des idées et à les laisser fermenter. Et cette idée fermentait à une telle vitesse qu'il en était presque soûl.

Il mit de côté la question de savoir pourquoi cela était si important pour lui. Pourquoi *Laurie* était si importante pour lui. Pourquoi être dans la même pièce qu'elle faisait souffler un vent d'excitation, même si en général, elle le défiait.

Il l'avait vue depuis la fenêtre de la clinique, assise sur l'un des sièges en bois de la terrasse dallée à l'extérieur de l'appartement d'invités, un tas de papiers sur la table devant elle. Il allait devoir aller faire la paix avec elle.

Mais ce ne fut pas nécessaire. Quand il s'approcha, Laurie lui sourit. Un de ses sourires radieux et malicieux, qui ne pouvait être qu'authentique.

— Je peux m'asseoir ? demanda-t-il.

— Bien sûr.

— Je voudrais m'excuser.

— Vraiment ? répondit-elle en plissant le nez. Je ne préférerais pas, parce qu'alors je devrais m'excuser aussi.

Il sentit les muscles de ses épaules se relâcher soudain.

— On considère donc cette matinée comme étant derrière nous ?

— Vu qu'il est 14 heures, je crois que cela va sans dire.

Ne jamais laisser le soleil se coucher sur une dispute. Ross chassa la pensée de toutes les nuits qu'il avait passées recroquevillé sur le canapé après qu'Alice lui avait jeté un objet ou un reproche à la figure et claqué la porte de la chambre au nez. Il devait prendre l'attitude de Laurie pour ce que c'était, et ne pas faire de comparaisons.

— Cependant, j'aimerais expliquer…

Laurie secoua la tête, indiquant que c'était inutile. Pas pour elle, peut-être, mais il y tenait pour lui-même.

— Laissez-moi finir. Et on pourrait se tutoyer, non ?

— Si tu veux.

— La mise en place de cette clinique a été difficile. J'ai dû aller trouver des contacts qui nous enverraient des patients, alors que j'étais en plein divorce houleux. Ce lieu est devenu ma famille et… si je m'investis parfois un peu trop, c'est un point qu'il faudrait sans doute que je travaille.

Le regard de Laurie fouillait son visage. Elle en voulait clairement plus, mais il ne le lui donnerait pas. Sa décision d'éviter tout investissement romantique potentiel avait déjà pris un sacré coup face à ses yeux dorés et son esprit indomptable. En discuter risquait seulement de le faire changer d'avis. Elle rétorqua :

— Peut-être que, parfois, je me dégage trop facilement.

À en croire son sourire, il n'y avait pas de *peut-être*.

Il avait envie de lui dire de ne jamais changer. Que son entêtement était exquis lorsqu'il était combiné à son honnêteté rieuse. Mais c'était un pas trop grand à franchir parce que cela venait de son cœur, et que sa tête lui disait que Laurie risquait toujours de scier la branche sur laquelle elle était assise en ce qui concernait sa blessure. C'était *cela* qui devrait être sa seule et unique priorité.

— Tu as encore réfléchi à tes patients potentiels ?

— Tu veux dire ceux que tu as suggérés et que je n'ai pas l'intention de te laisser me prendre ? demanda-t-elle du tac au tac.

— Oui. Ceux-là. J'ai prévu de rencontrer Adam demain après-midi à Londres. Ce serait formidable si tu avais le temps de m'accompagner.

— Faire mes bagages ne prendra qu'une demi-heure. Et j'aimerais venir, pour faire sa connaissance.

— Parfait. Tamara arrive après-demain.

— Bien. Est-ce que deux patients suffiront à occuper mes quatre après-midi par semaine ?

— J'espère que tu passeras du temps avec chacun d'eux. Et si tu es désœuvrée, il y a nombre d'activités à la clinique auxquelles tu peux participer.

— Ah. Sans doute celles dont je n'ai rien voulu entendre la semaine dernière, fit-elle avec un sourire en coin.

— Oui. Celles-là, dit-il en souriant en retour. Il y a aussi quelques activités de sensibilisation réservées au personnel. Nous allons à la journée sportive de l'école de Lakeside chaque année, c'est dans quelques semaines.

— D'accord. Mais dis-moi, quelle est votre contribution à une journée sportive d'école ?

— Nous faisons partie d'une communauté, ici. On s'intéresse à ce que font les écoles et les centres sportifs locaux, et on offre bénévolement nos conseils et notre aide s'ils en ont besoin. La journée sportive est une bonne occasion de faire connaissance avec les gens.

— Ça ne m'étonne pas de toi. Socialement responsable.

— En fait, c'est très amusant. On y va déguisés.

Il avait gardé pour la fin la partie que Laurie trouverait la plus problématique.

Elle lui lança un regard sceptique.

— Me déguiser n'est pas vraiment mon truc.

— Eh bien, tu n'es pas *obligée* de te déguiser, tu peux juste venir comme tu es. Mais tu manqueras quelque chose, on a accumulé quelques chouettes costumes au fil des ans. D'habitude, je me déguise en Chapelier Fou.

L'effet de ce recul fut presque immédiat. Les lèvres de Laurie se retroussèrent dans une expression malicieuse.

— Ils sont où, ces costumes ?

— Stockés dans une pièce au sous-sol. Je peux te passer la clé, si ça t'intéresse.

— Je te propose un marché. Je viendrai déguisée si tu me laisses choisir *ton* costume. Le Chapelier Fou ne te convient pas vraiment.

Ça ressemblait à un défi. Et les défis de Laurie devenaient rapidement à la fois gênants et délicieux.

— Pourquoi pas. Je ne suis pas contre un changement.

Je me déguiserai si tu me laisses choisir ton costume. C'était l'une des pires idées qu'elle ait eue depuis longtemps.

Laurie regarda Ross s'éloigner. C'était l'occasion de le fixer sans risquer de se faire surprendre. Il y avait beaucoup à admirer chez lui, même de dos.

Il était en train de l'embobiner. Il l'attirait dans la vie de la clinique, dans la façon dont chacun s'occupait des autres comme s'il s'agissait d'une famille élargie. Il la tentait de compter sur lui, d'accepter son jugement comme étant sensé. Toutes ces choses qui semblaient si dangereuses.

Elle avait échappé aux tentacules poisseux de sa propre famille. Échappé aux tentatives brutales de son père pour contrôler les moindres aspects de sa vie, de ses entraînements et de sa carrière. Elle ne pouvait pas redonner à quelqu'un le contrôle de son existence comme cela. Surtout pas Ross, parce que c'était tellement tentant de le laisser faire.

Alors elle le défiait. À chaque fois, et à tout bout de champ. Même cela semblait faire naître cette chaleureuse espièglerie dans ses yeux, comme si cela ne le dérangeait pas beaucoup. C'était aussi bien, parce qu'elle n'avait pas l'intention de s'arrêter de sitôt.

Si cela lui permettait de choisir le costume le plus embarrassant qu'elle pouvait trouver pour lui, alors ainsi soit-il. Cela pouvait être vu comme mesquin, mais c'était une bouée de sauvetage dans une mer agitée, quelque chose pour la maintenir à flot et préserver l'indépendance qu'elle avait si chèrement acquise.

4.

Depuis que Laurie et Ross étaient arrivés à la gare de Londres puis partis chacun de leur côté, il se demandait ce qu'elle faisait. Passait-elle vraiment simplement chez elle ou avait-elle un but secret en tête ? Mais après tout, elle pouvait avoir autant de buts qu'elle souhaitait, tant qu'elle effectuait le travail pour lequel il la payait, et qu'elle œuvrait à la guérison de sa propre blessure. *Secret* était un terme trop sensible, le reste après tout ne regardait qu'elle.

À 2 heures moins 10, le taxi s'arrêta sur les docks de Londres devant le petit immeuble de Laurie. Le chauffeur ouvrit un journal et hocha distraitement la tête quand Ross l'informa qu'il pourrait en avoir pour un moment.

Avoir dix minutes d'avance était un hasard de la circulation londonienne, mais s'il pensait prendre Laurie de court, il en fut pour ses frais. Elle lui ouvrit la porte de son appartement en pantalon noir et haut blanc, couleurs qui soulignaient le roux flamboyant de ses cheveux et ses yeux fauves. Cette tenue ne différait pas strictement de ce qu'elle portait la semaine précédente, mais constituait sans doute ce qu'elle qualifiait d'« habits de médecin ».

Tout prit plus de sens quand elle le fit entrer, lui demandant d'attendre dans le salon pendant qu'elle vérifiait que les fenêtres étaient bien fermées avant de partir. L'endroit était d'une propreté presque militaire, sans piles de livres et souvenirs personnels qui agrémentaient son propre salon. Juste de l'espace, de la lumière, et chaque chose à sa place. Voilà comment elle jonglait entre une carrière de médecin et ses exploits sportifs : avec le genre d'organisation impitoyable qui rendait logique le fait d'avoir des vêtements différents pour ses deux identités distinctes.

Il se dirigea vers la fenêtre. Il y avait une vue magnifique sur les docks de St Katharine, avec des petits bateaux amarrés sur le vieux quai et quelques voiles blanches au loin.

— Une vue qui donne envie, hein ?

Sa voix résonna juste derrière lui, et il sursauta.

— Carrément. Tu vis ici depuis combien de temps ?

— Six ans. C'est un emplacement très pratique, proche à la fois de mon lieu de travail et de mon club d'aviron.

Il acquiesça, essayant de ne pas scruter le reste de la pièce à la recherche d'indices sur sa vie. Il n'y avait pas grand-chose à en tirer, de toute façon.

— Tu es prête à partir, alors ?

— Oui, fin prête.

Elle saisit sa valise et le poussa hors de l'appartement.

Ross avait délibérément omis de donner à Laurie plus de détails que ceux inclus dans le dossier. Ainsi, il verrait comment elle se débrouillerait lors de sa première rencontre avec Adam.

Le taxi les déposa devant une jolie maison mitoyenne. Ross, suivi de Laurie traînant sa valise, sonna.

— Docteur Summerby. Merci d'être venu, dit Ann, la mère d'Adam, en leur ouvrant la porte.

— Ross, s'il vous plaît. Et voici le Dr Sullivan, qui nous aidera avec le traitement d'Adam.

— Alias Laurie, précisa cette dernière.

Elle serra la main d'Ann sans la moindre trace de réserve suspicieuse qui caractérisait toutes ses interactions avec le personnel de la clinique. Et son sourire chaleureux était sincère.

Ann les précéda à l'intérieur.

— Adam est dans la véranda. En train de cultiver son côté adolescent grincheux, j'en ai peur, dit-elle en baissant la voix.

Adam n'avait pas dit grand-chose la dernière fois que Ross

l'avait vu, mais il avait rencontré des adolescents plus grincheux. Il entendit Laurie glousser.

— Les adolescents grincheux de tous âges sont la spécialité de Ross, à ce qu'on m'a dit, fit-elle d'un ton malicieux.

Elle était charmante. Envoûtante. Et il ne faisait aucun doute que sa blague était en partie destinée à elle-même.

— Je suis en effet connu pour avoir un certain succès…

Laurie commençait à lui faire perdre la tête, qui allait bientôt rouler à ses adorables pieds. Il s'efforça de se ressaisir.

— Comment Adam vit-il sa blessure ? demanda Laurie.

— Mal, répondit Ann avec un soupir un peu désespéré. Il adore courir, et il est très doué pour ça. Notre autre fils l'est plus pour les études, tandis qu'Adam excelle dans la course.

— Il a un coach ?

— Oui. Quand il était petit, mon mari encourageait son intérêt pour le sport en courant avec lui, mais quand Adam s'y est mis pour de bon, on l'a inscrit au club d'athlétisme local et on lui a pris une vraie entraîneuse.

— Et quelle attitude a-t-elle envers la blessure ?

La question était pertinente même si Laurie semblait penser que la coach avait quelque chose à voir avec tout cela.

— Sadie fait preuve d'un grand soutien. Je lui ai montré le diagnostic clinique, et elle a beaucoup encouragé Adam à suivre les conseils de Ross. Mais Adam se tient très au courant de tout, et d'après lui, personne ne peut affirmer si cette blessure est ou non le résultat d'une faiblesse qui l'empêchera de poursuivre la compétition.

— Il a raison, dit Ross. C'est pour cela que nous aimerions qu'il reste quelques semaines à la clinique, non seulement pour l'aider à se rétablir, mais aussi à trouver comment aller de l'avant.

— Nous vous sommes si reconnaissants de le prendre, répondit Ann. Une annulation, c'est bien ça ?

Ross n'avait pas informé Laurie qu'Adam prenait sa place. Il enchaîna aussitôt :

— Exact. Et je crois que les compétences de Laurie, à la fois comme athlète et médecin, lui apporteront beaucoup.

— Je ferai de mon mieux, répondit-elle d'un ton rassurant.

Son air résolu ne laissait aucune possibilité d'échec, et cela blessa Ross, à sa grande surprise. Il avait tellement essayé de l'atteindre et elle lui avait résisté jusqu'au bout, mais Adam méritait déjà un engagement complet de sa part.

Dans la véranda, Adam était assis devant un grand écran TV, et plongé dans un jeu vidéo. Son pied, chaussé d'une botte de marche orthopédique, était surélevé. Ross resta en arrière, retenant Ann d'un geste. Comment Laurie allait-elle approcher leur patient ?

— Salut. Tu es Adam ? Je suis le Dr Laurie Sullivan, mais je ne réponds qu'à Laurie.

Adam leva les yeux vers elle. Peut-être vit-il la même chose que Ross, quelqu'un dont il avait envie de faire la connaissance, car il lâcha sa manette de jeu.

— Salut.

— Éteins ça, Adam, ordonna Ann, prête à s'approcher.

Mais Ross l'arrêta. Adam faisait tout ce qu'on lui disait, pourtant la dernière fois que Ross l'avait vu, il n'avait pas fait preuve d'un grand enthousiasme à propos des efforts qu'on lui consacrait. Laurie serait-elle en mesure de changer cela ?

— Je travaille quelque temps cet été à la clinique Lakeside, dit-elle avec un sourire laissant entendre que c'était un peu des vacances pour elle. J'imagine que tu veux savoir pourquoi je pense pouvoir t'aider ?

C'était différent, en effet. Si Ross admettait le besoin de faire ses preuves avec chacun de ses patients, il n'était généralement pas aussi direct que Laurie. Mais elle semblait avoir capté l'attention d'Adam.

— D'accord.

— Alors… Je suis médecin, ce que tu sais déjà. Je suis aussi athlète et j'ai eu quelques blessures dans ma vie.

— Lesquelles ? demanda Adam en regardant son pied droit d'un œil noir.

— Je me suis cassé les doigts une fois, répondit-elle, levant la main en remuant ses deux doigts du milieu. Ils se sont pris dans une dame de nage. J'ai fait en sorte de ne plus recommencer. Je n'ai pas pu tenir de rame pendant une éternité après ça.

— Tu es rameuse ?

Le sourire de Laurie devint plus lumineux encore.

— Oui, j'adore ça. J'étais aux Championnats du monde l'année dernière.

Cela lui gagna la pleine attention d'Adam.

— Quoi, d'aviron ? Pour l'Angleterre ?

— J'ai remporté la médaille d'argent au skiff féminin. Ce sera l'or l'an prochain, dit-elle, penchée vers Adam, sur le ton de la confidence.

— J'aimerais pouvoir concourir au niveau national…

— Ton sport, c'est la course à pied ?

— Oui, j'avais l'intention de me diversifier un peu avant de me blesser.

Adam haussa les épaules, comme si cela n'avait plus d'importance. Laurie indiqua la manette de jeu.

— Alors tu tentes le pentathlon moderne ? Pour affiner tes capacités de combat ?

Adam comprit la plaisanterie et éclata de rire.

— Non. C'est juste un jeu. Je pensais plutôt aux quatre cents mètres, au lieu de deux…

Tous deux se mirent à bavarder avec animation, et Ann finit par sourire également. Elle murmura à Ross :

— On dirait que vous avez amené votre arme secrète…

Il semblait bien, en effet. Même si Ross ne s'était pas douté que Laurie parviendrait à engager un rapport aussi immédiat avec le jeune garçon.

Il chassa la pensée que tout ce qu'elle avait fait jusqu'à présent avec *lui* paraissait destiné à le tenir à distance. Cela n'avait pas d'importance. Ce qui comptait, c'était qu'elle donne à Adam ce dont il avait besoin et, ce faisant, se soigne elle-même. Si Ross devait être relégué au rôle de spectateur, qu'il en soit ainsi. Il se tourna vers Ann.

— Vous disiez que les professeurs d'Adam lui ont préparé

du travail scolaire pour son absence. Peut-être pourrions-nous passer le programme en revue ensemble… ?

— Oui. Merci. Je vais faire du thé. Venez dans la cuisine.

Comment empêcher son esprit de vagabonder vers la véranda ? Ross entendait Laurie rire et parler. Puis le silence, suivi du son du jeu vidéo d'Adam.

Ann releva la tête de l'emploi du temps et sourit.

— Oh. Laurie est mordue de jeux vidéo ?

— Hum. Pas que je sache. J'avoue que je n'ai pas pensé à le lui demander.

— Ça ne doit pas être la première chose à laquelle on pense lors d'un entretien d'embauche. En tout cas, le courant a l'air de bien passer entre Adam et elle, ce qui est déjà un petit miracle en ce moment.

Ça fonctionnait. Ross avait gardé pour lui ses réserves à propos de l'arrangement, et Laurie avait exprimé les siennes en termes très clairs. Mais si elle voyait ce qu'il voyait, Laurie allait arriver à la même conclusion qu'Ann.

Il entendit la voix de Laurie depuis l'autre pièce.

— Oui… je t'ai eu ! Non ! C'était un coup perfide, Adam, comment tu as fait ça ?

Adam expliqua en riant la manœuvre à Laurie. Puis le son d'une bataille parvint à Ross alors qu'ils recommençaient à jouer.

Ann paraissait beaucoup moins inquiète de l'idée que son fils passe quelques semaines loin de la maison. Lorsqu'ils eurent regardé le travail scolaire qu'Adam apporterait avec lui, Ross regagna la véranda avec elle.

— Désolé de jouer les trouble-fêtes, dit-il à Laurie avec un grand sourire ironique.

Elle lui jeta un regard coupable et lâcha la manette de jeu.

— Adam, ce n'est pas fini. Je t'aurai la prochaine fois…

— Dans tes rêves, rétorqua l'adolescent.

Il était visiblement impatient de recommencer, et puisque ce serait à la clinique, Ross était entièrement pour.

Ils firent leurs adieux et quittèrent la maison. À sa grande surprise, Laurie le laissa se charger de sa valise.

— Désolée pour le jeu vidéo.

— Vraiment ? fit-il d'un ton sceptique.

— Eh bien, non, en fait. Adam a l'esprit de compétition.

Et elle lui avait donné une occasion de se mesurer à elle. Le garçon n'avait pu que constater sa volonté farouche de gagner.

— Tu joues aux jeux vidéo ?

— Non. Jamais, en fait. Mais Adam si, alors je vais apprendre. D'après lui, je peux relever mon niveau et changer de costume après quelques parties supplémentaires. Ce sera un soulagement, mon avatar ressemble pour le moment à une candidate de concours de beauté.

— Et qu'est-ce que tu obtiens après avoir joué un peu plus ? demanda Ross.

— Une armure. Et une grande épée…

Il sourit à l'image de Laurie en armure, ses cheveux scintillant au soleil, faisant tournoyer une grande épée au-dessus de sa tête.

— Tu sembles bien t'entendre avec lui, alors j'aimerais que tu lui ébauches un programme d'exercices.

— Super, merci, répondit-elle avec un empressement évident à s'investir. Mais ça ne va pas froisser Sam, n'est-ce pas ? C'est une excellente kiné, et…

— Je connais ses qualités professionnelles. Ce que Sam ne supportait pas, c'était que tu sapes tous ses conseils avisés. Ça ira très bien pour elle.

Avait-il été trop franc ? Heureusement, Laurie lui adressa un sourire en coin.

— Je ne lui en veux pas. Je ressentirais exactement la même chose à sa place.

Elle en était donc consciente. Et paraissait plus à l'aise avec l'approche directe de Ross que le tact bienveillant de Sam.

Ils regagnèrent la gare à temps pour acheter un café à emporter avant de monter dans le train. Ross s'assit en face de Laurie et se mit à réfléchir tandis qu'ils s'éloignaient de Londres.

La journée avait répondu en tout point à ce qu'il escomptait. Laurie s'impliquait dans le travail à la clinique, et cette implication lui faisait revoir son approche de sa blessure. Adam paraissait désormais impatient de séjourner à Lakeside, ce qui représentait un net progrès. Mission accomplie. Alors pourquoi ce sentiment de victoire amère ?

À l'origine, il avait apprécié le défi inhérent à sa relation avec Laurie, s'imaginant que c'était peut-être la façon dont elle interagissait avec tout le monde. Mais maintenant qu'il l'avait vue avec Adam, il se rendait compte qu'elle *pouvait* aller à la rencontre de quelqu'un. La conclusion inéluctable était donc qu'elle ne voulait tout simplement pas aller vers *lui*.

D'accord. Pas de problème. Qu'elle fasse ce qu'elle voulait. À lui d'assumer la responsabilité de ses propres sentiments, et de se demander pourquoi cela le hérissait autant.

Il lui suffit de jeter un coup d'œil à Laurie pour trouver la réponse. Elle avait sorti un livre de son sac et, concentrée sur les pages, ignorait son regard. Durant l'essentiel de sa vie, il avait été le copain d'école qui vivait trop loin de la ville pour participer aux sorties au cinéma ou aux fêtes. Pendant quelques brèves années, quand Alice et lui étaient ensemble, il avait pensé qu'il pourrait enfin trouver sa place, en tant que membre d'un couple, puis d'une famille. Cela n'avait pas marché et maintenant, il était l'intrus dans les dîners au plan de table soigneusement agencé pour que ça ne se voie pas trop. Celui qui rentrait seul chez lui.

Il s'était fait à cette idée et s'en accommodait. Mais Laurie avait réveillé son désir de plus, et il voulait qu'elle le remarque. Peut-être même être un peu spécial pour elle.

Il alluma son ordinateur portable. Il ne fallait pas que cela arrive, et si toutes les piqûres de rappel que cela n'arriverait pas faisaient mal, il allait devoir s'y habituer.

— Tu as reparlé avec Ann de l'entraîneuse d'Adam ?

Ross releva les yeux de l'article qu'il lisait. Laurie tenait toujours son livre, la question tombait du ciel.

— Oui, pendant qu'on était dans la cuisine. Elle est certaine que le surentraînement n'est pas la cause de la blessure, cette Sadie est une amie de la famille et elle partage le point de vue d'Ann selon lequel Adam devrait prendre plaisir à son sport et avoir du temps pour d'autres choses.

— Bon, fit Laurie en hochant la tête d'un air sceptique.

— Tu n'es pas satisfaite ?

— Je ne sais pas. Les mômes dissimulent des choses. Un adulte a toujours une autorité implicite ; si sa coach le pousse trop loin, il peut très bien ne rien dire.

— Ou il se peut très bien qu'elle ne le pousse pas.

Laurie lui jeta un regard noir et croisa les bras, laissant le livre tomber sur ses genoux. Le sujet n'était à l'évidence pas clos, et Ross ravala la poussée d'excitation désormais familière.

— Très bien, fit-elle. Vas-y, dis-le. Je sais ce que tu penses.

Elle gardait la voix basse afin que les autres passagers du wagon ne l'entendent pas, mais il ne se faisait aucune illusion : s'ils avaient été seuls, elle l'aurait apostrophé debout.

— Je pense que tu cherches peut-être quelque chose qui n'existe pas. À cause de ta propre expérience, dit-il, lui aussi dans un murmure.

— Tu as sans doute raison, admit-elle en plissant le nez. Et c'est précisément la raison pour laquelle je trouvais que travailler avec des jeunes était une mauvaise idée.

— C'est précisément la raison pour laquelle je trouve que c'est une bonne idée. Tu as communiqué avec Adam d'une manière à laquelle je ne suis pas parvenu. Et tu te soucies de lui, suffisamment pour explorer toutes les pistes.

— Je ne peux pas… Oui, je me soucie de lui. Peut-être un peu trop, parce que je ne peux pas être impartiale.

— D'accord. Laisse-*moi* être impartial. Sois son avocate. Tant qu'on sait tous les deux à quoi nous en tenir, c'est bon.

Ou tu peux décider que j'ai tort sur tout ça et que tu préfères te charger du classement, dit-il, malgré le danger.

Au moins, elle y réfléchissait, au lieu de contre-attaquer sur une réaction épidermique. Elle fit la moue.

— Très bien. Je peux être son avocate. On peut mettre ça dans la description du poste, parce que je ne lâcherai rien si j'ai l'impression que tu ne prends pas ses problèmes en compte.

— Mais je t'en prie, fais-toi plaisir. Puisque tu n'as pas de description de poste, autant que tu la rédiges toi-même. Ainsi que ton propre protocole thérapeutique…

Il était convaincu que, s'il lui laissait le champ libre, elle concevrait quelque chose de brillant et novateur. Miser sur elle n'était pas très risqué, tant qu'il restait attentif.

— Mais tu voudras les voir, dit-elle d'un ton circonspect.

— La description de poste, oui. Il le faudra bien. Quant à ton traitement, j'ai été clair : c'est ton entière responsabilité.

— Je ne comprends toujours pas pourquoi tu agis ainsi.

Décidément, tout ceci était exigeant et épuisant, mais aussi exaltant. Un peu comme le meilleur sexe imaginable, bien que *ça*, ce ne soit pas au programme, précisa-t-il pour lui-même.

— Tu as repensé à ton coup d'éclat avec le bateau ? Aux raisons pour lesquelles tu l'as fait ?

Elle lui adressa son incroyable sourire énigmatique.

— Je suis sûre que tu as une théorie.

— En effet.

— Alors, le moins que tu puisses faire, c'est de la partager.

Elle inclina la tête pour lui faire comprendre qu'elle n'avait pas l'intention de le laisser s'en tirer à si bon compte.

— Très bien. Je pense qu'on t'a imposé des attentes trop hautes durant ton enfance. Tu as dû apprendre à remettre l'autorité de ton père en question, car tu as fini par partir.

Le sourire de Laurie se figea, un éclair de douleur, vite dissimulé, traversa son regard.

— Continue.

— Même maintenant, tu défies tous ceux qui te disent quoi faire. Le spécialiste qui te suit, Sam. Moi, bien sûr. Mais il y a une partie de toi qui sait que tu dois arrêter, et c'est pour cette raison que tu as ramé juste devant ma fenêtre.

— Tu dis que je me saborde moi-même ? C'est assez malin. Je ne suis pas sûre d'être aussi intelligente que ça.

— Alors tu ne t'accordes pas assez de crédit. Et je crois juste de dire que la plupart des gens font exactement la même chose à un moment donné de leur vie.

Elle hocha lentement la tête.

— C'est une idée intéressante. Un peu tirée par les cheveux, cependant, si tu veux mon avis.

Bien sûr que ça l'était. Mais vu la façon dont elle avait réagi, il avait touché un point sensible. Si elle ne voulait pas l'admettre tout de suite, pas de problème.

Il retourna à son ordinateur et se concentra sur l'écran. Du coin de l'œil, il la vit reprendre son livre. Ses pensées restaient cachées derrière un masque impassible.

Pourquoi faisait-il cela ? C'était compliqué à gérer, et il aurait été parfaitement en droit de renvoyer Laurie de la clinique, au motif qu'elle refusait tout traitement. Mais aucune partie de lui ne se résignait à la laisser partir.

Ni l'enfant solitaire qui s'amusait tout seul pendant que sa mère travaillait autant qu'elle pouvait pour les faire vivre tous les deux après le départ de son père. Ni l'adolescent qui passait la plupart de son temps seul, pour les mêmes raisons. Et pas non plus le mari qui avait rêvé d'une famille à lui, mais à qui on avait dit que ses chances de concevoir un enfant étaient de l'ordre de une sur mille.

Son mariage n'avait pas survécu, et il avait accepté la perte de ses rêves, mettant tout ce qu'il avait dans la clinique. La clinique avait été sa famille à l'époque où il était seul et malheureux, et aujourd'hui, c'était la dernière chance de Laurie. Il n'allait pas la laisser perdre cette chance.

5.

Laurie se réveilla avec une évidence en tête. Elle commençait à trouver Ross beaucoup trop perspicace. En son for intérieur, elle savait qu'elle se tirait une balle dans le pied en ramant sous les fenêtres de la clinique. Mais il avait fallu Ross pour verbaliser cette hypothèse.

Il était temps de se mettre au travail. Pas de se demander s'il avait raison ou tort, ni de réfléchir aux émotions qu'il semblait si aisément susciter en elle. Elle avait des objectifs. Elle voulait retrouver une forme physique de compétition, et contribuer à changer les choses pour Adam et Tamara. Ross voulait cela aussi, alors où était le problème ?

Vouloir les mêmes choses que lui donnait l'impression d'être un peu risqué. Elle avait passé les derniers jours à le traiter en ennemi, et pour être honnête, elle préférerait qu'il le soit. S'il commençait à vouloir les mêmes choses qu'elle, ils allaient s'arracher leurs vêtements avant la tombée de la nuit.

Et *ça*, pas question. Si Ross semblait avoir une vie bien rangée, il avait lâché quelques indices indiquant qu'il était peut-être aussi abîmé qu'elle. Et les blessures en elle étaient profondes. Assez pour qu'elle ne veuille pas se recréer de famille alors que celle qu'elle avait eue et laissée derrière elle lui avait presque arraché l'âme.

Elle sortit du lit, trébuchant presque lorsque la raideur matinale priva un moment sa hanche et sa jambe de leur force. Quelques étirements régleraient le problème, puis elle se rendrait à la salle de sports pour faire ses exercices. Après quoi, elle s'efforcerait, le plus poliment possible, d'éviter Ross toute la journée.

Obstacle numéro 1. Quand Laurie entra dans la salle, le cliquetis sourd des poids sur l'un des appareils lui apprit que Ross était arrivé là le premier. Avant qu'elle puisse claquer la porte derrière elle pour l'avertir de sa présence, il se redressa, attrapa une petite serviette et s'essuya le visage.

Sa gorge s'asséchа. Il n'était pas hyper musclé mais sacrément costaud. Et en sueur. Elle réprima l'envie de s'approcher et de l'apostropher, ce n'était pas sa faute à lui si le corps masculin avait un attrait particulier pour elle quand il soulevait de la fonte.

— Hey. Je finis tout juste.

Il se leva, manifestement sur le point de quitter la salle afin qu'elle puisse faire ses exercices seule.

— Ne t'enfuis pas à cause de moi.

Elle sourit, tenant d'injecter dans sa voix une note de chaleur courtoise qui ne ressemble pas trop à de la convoitise.

— Je suis un peu en retard, de toute façon. Je te laisse te mettre à… ce que tu t'apprêtes à faire.

Le sourire de Ross fit passer un message sans équivoque. Il avait décidé de la laisser tranquille. Ce qui était aussi bien, car quand il passa devant elle dans l'embrasure de la porte, elle sentit son odeur. Absolument sexy.

— Tu as un moment plus tard ? J'ai quelques questions sur l'organisation du protocole pour Adam.

— Bien sûr, cria-t-il par-dessus son épaule. 10 heures ?

— C'est parfait. Merci.

Obstacle numéro 2. Comment s'en tenir à sa routine sportive quand la clameur des phéromones la mettait en situation de « combattre ou fuir » ? Peut-être quelques exercices de relaxation et de respiration s'imposaient-ils avant de commencer son entraînement matinal.

Cela faisait deux jours que Ross maintenait ses interactions avec Laurie au strict minimum. Elle travaillait sur ses protocoles de soin pour Adam et Tamara, et il l'avait laissée faire. Il avait aussi fait l'impasse sur ses séances d'entraînement matinales, afin de ne pas risquer d'être là lorsqu'elle faisait ses propres exercices. Résultat : la curiosité le tenaillait, et il ne savait pas combien de temps il pourrait continuer ainsi.

Mais ce matin, elle avait trouvé le chemin de son bureau. Le bleu foncé de son pantalon s'accordait parfaitement à son haut sans manches, et elle avait combiné le tout avec des sandales rouge vif. Il remarqua ses ongles peints exactement de la même teinte que ses chaussures. Il se rappela l'importance qu'elle attachait au fait de s'habiller en fonction des circonstances, et il cherchait des indices, plutôt que d'apprécier l'effet global.

— Bonjour. Je me demandais si tu avais le temps de me voir aujourd'hui.

Toujours. Surtout quand elle était aussi belle.

— Maintenant te conviendrait ? J'allais me chercher un café. Tu en veux un ?

— Volontiers. Merci.

Quand il revint avec deux tasses, il la trouva assise dans son bureau, son ordinateur portable posé devant elle.

— Quelle est ton adresse e-mail ? Je vais t'envoyer mes propositions…

Elle voulait clairement se cantonner au travail.

Il dicta son adresse et entendit son ordinateur sonner. Alors qu'il ouvrait le document, une pensée lui vint.

— Tu as déjà choisi les costumes ? La journée sportive est lundi prochain.

— Ah, oui, fit-elle, tout sourire. Je vais me déguiser en poulet.

Le costume de poulet était génial. Couvert de plumes jaunes, et très amusant. Si elle avait cherché le costume le plus embarrassant de la collection de la clinique, elle l'avait choisi pour elle, mais elle le porterait probablement à merveille. Il tenta de garder un air innocent pour demander :

— Et moi ?

— Tu seras l'œuf. Ou plutôt Humpty Dumpty. Gros Coco.

Bon. Comme costume, l'œuf n'était pas si mal. Les enfants l'avaient adoré l'année précédente lorsque Mike l'avait choisi, et il était difficile de se sentir mal à l'aise quand on était presque entièrement dissimulé à l'intérieur d'un gros œuf en papier mâché. Il était en revanche un peu difficile d'aller à une vitesse supérieure à celle de la marche, et les deux trous découpés pour les yeux à l'avant n'offraient pas un champ de vision très large. Si Laurie avait voulu lui couper les ailes, elle avait fait du bon travail. Mais il ne lui montrerait pas ses réserves.

— Super. La poule et l'œuf, alors. Qui vient en premier ?

Elle gloussa.

— C'est ce qu'on va voir, n'est-ce pas ?

Trois heures et deux tasses de café plus tard, il avait parcouru les protocoles élaborés par Laurie, qui s'avéraient excellents. Manifestement, elle avait fait parler Adam de ce qui lui plaisait et lui déplaisait, et discuté avec Tamara de ce qu'elle attendait de son séjour à la clinique. Ross n'avait qu'une réserve.

— Tu notes ici que d'après toi Tamara pourrait aimer essayer l'aviron.

— Oui.

— Quels sont les bénéfices spécifiques que tu y vois ?

— En ce moment, sa prothèse n'est pas très bien adaptée. Je sais que vous travaillez là-dessus, mais en attendant, ce serait chouette qu'elle bouge un peu.

Il s'accorda un temps de réflexion.

— Mais l'aviron impose de fléchir les jambes. La prothèse de Tamara lui fait mal quand elle exerce trop de pression dessus, et on doit corriger le déséquilibre que cela provoque. L'aviron ne va pas l'aggraver ?

— L'aviron de compétition, si. Je pensais plus à une forme de promenade dominicale sur le lac. On lui met des rames dans les mains et on voit comment elle se débrouille.

Ross s'interrogeait. Laurie était-elle réellement capable de faire une « balade dominicale », sur le lac ou ailleurs ?

— Admettons. Mais comment se rendre sur le lac, pour commencer ? Tu vas devoir l'y conduire à la rame, pas vrai ?

Laurie lui jeta un regard exaspéré.

— Écoute, je connais tes réticences. Tu penses que je ferais n'importe quoi pour retourner sur l'eau et, de ton point de vue, oui, je vois comment tu en arrives à cette conclusion.

— Alors convaincs-moi.

— Tu as d'excellents kinés et médecins ici et il n'y a rien que je puisse ajouter à ce qu'ils font pour ces jeunes. Alors j'ai essayé de réfléchir à quelque chose que je pourrais apporter. Mon propre argument de vente, si tu veux.

— Continue…

— Pour Adam, je veux lui faire comprendre à quel point c'est frustrant d'être blessé, et comment ça peut faire perdre sa confiance en soi. Et pour Tamara… je veux juste lui donner le sentiment de puissance et de vitesse qu'elle avait autrefois quand elle courait, et qu'elle aura à nouveau.

C'était une façon différente de voir le problème. Et la raison même pour laquelle il avait demandé à Laurie d'établir ces protocoles de traitement.

— D'accord. Je marche. On peut emmener Tamara cet après-midi sur le lac si elle en a envie.

— *On* ?

Il hocha la tête. Il était temps de reprendre un peu l'initiative, car il devait s'assurer que cette expérience était vraiment positive pour Tamara.

— Si je viens, tu n'auras pas à ramer.

Elle le regarda pensivement puis acquiesça. Peut-être ces deux derniers jours l'avaient-ils convaincue qu'il ne se mêlait pas de sa vie juste pour le plaisir.

— OK. Tu sais ramer ?

— Pas aussi bien que toi, mais j'ai vécu presque toute ma vie près d'un lac.

Elle lui fit un grand sourire.

— Alors je vais demander à Tamara si ça lui plairait, et je reviens te le dire. Quelle heure te conviendrait ?

— Vers 3 heures ?

— Génial. Je te tiens au courant.

Elle referma son ordinateur, le mit sous son bras et quitta

le bureau d'un pas vif. Ross avait déjà hâte d'être l'après-midi, et espérait que Tamara accepte la proposition.

Il se leva pour observer le lac. Quand il était enfant, c'était son confident, ses humeurs changeantes étaient pour lui une source de fascination sans fin. Lorsqu'il était revenu ici en tant que médecin fraîchement diplômé, le lac avait été le témoin d'un nouvel amour radieux, puis d'une déception et d'un cœur brisé. Mais aujourd'hui, contempler l'étendue ondulante ne lui donnait aucune réponse. Peut-être le lac avait-il changé de camp – ces eaux tranquilles savaient que Laurie les aimait et elles s'étaient alliées à elle.

Absurde. C'était une grande quantité d'H_2O, pas un être doué de sensations. Il se trouvait seul face à la question de savoir comment convaincre Laurie qu'il était vraiment de son côté, et bien qu'il ait fait un premier pas, il restait du chemin à parcourir.

Laurie fit une petite moue. Si Ross avait émis des réserves, il n'avait pas rejeté l'idée en bloc. Il semblait faire un effort pour lui laisser un peu de latitude, ce qu'elle appréciait. Elle avait sondé Tamara sur le projet, avec prudence pour ne pas l'influencer avec son propre enthousiasme ou son désir de prouver à Ross qu'elle avait raison. Et Tamara avait accepté avec plaisir. Laurie lui avait prêté un coupe-vent et donné une de ses casquettes préférées, frappée de l'insigne de l'équipe d'Angleterre.

Ross et elles se dirigeaient à présent lentement vers la petite jetée en bordure du lac, Ross aidant Tamara à marcher sur le sol inégal. Puis ils la firent monter dans le bateau assez robuste pour eux trois, et Tamara s'assit à l'arrière.

— Bon, regarde attentivement, Tamara, dit Laurie. Ross va ramer un peu, ensuite tu essayeras à ton tour.

— On ne risque pas de couler, hein ?

— Non, répondit Ross avec un grand sourire. On a une pro à bord. Je suivrai les instructions de Laurie à la lettre.

Ce serait trop beau, songea Laurie. L'idée de Ross faisant exactement ce qu'elle lui disait miroita dans son esprit, d'abord dans le domaine professionnel, puis s'étendant à ce qu'elle pourrait lui demander de faire à la lumière de bougies. Une pensée fascinante qu'il valait mieux laisser pour plus tard, quand elle serait de retour sur la terre ferme.

— Espérons-le, hein ? lança-t-elle à Tamara avec un regard malicieux qui fit rire la jeune fille.

Les rames plus légères destinées à Tamara furent rangées au fond de l'embarcation, et Ross s'assit sur le banc, plongeant les plus lourdes dans l'eau.

— La sensation est un peu différente…

— Oui, j'ai ajusté les dames de nage. Tu es grand donc tu as besoin qu'elles soient un peu plus hautes.

Laurie se tourna vers Tamara et poursuivit :

— Tu vois comment les avirons sont montés sur ces supports triangulaires qui dépassent des côtés du bateau ? Ça donne à Ross un meilleur effet de levier, donc on va plus vite.

— J'ai compris.

— Bon, alors c'est parti.

Laurie s'installa sur le banc à côté de Tamara. Ross commença à ramer pour écarter le bateau de la jetée. Trois coups de rame, et il s'arrêta.

— Quoi ? Tu me regardes comme si je faisais tout de travers, dit-il.

— Non ! C'est parfait.

Mieux valait sans doute ne pas interférer. Mais il insista.

— Je sais que tu penses que je pourrais faire mieux.

Elle se glissa à l'avant avec un regard d'excuses.

— Peut-être que tu pourrais éloigner un peu tes pieds, ce qui te donnera plus d'espace pour fléchir les genoux.

— Comme ça ?

— Encore un chouia…

Elle saisit sa jambe pour la positionner au bon endroit – quel mollet délicieusement ferme ! – puis reprit :

— Voilà. Redresse un peu le dos. Ça va ? Tu es bien ?

Les épaules bien droites, il acquiesça, donna quelques nouveaux coups de rame et s'arrêta à nouveau.

— Qu'est-ce qu'il y a encore ? demanda-t-il.

Son visage avait dû la trahir.

— C'est beaucoup mieux. Sauf que les extrémités des avirons devraient appuyer un peu plus haut dans l'eau. Tu n'es pas en train de remuer un pudding de Noël.

— Tu as tout compris, Tamara ? lui dit-il, hilare.

La jeune fille éclata de rire. Au moins, elle s'amusait. Et lui aussi, apparemment. Par conséquent, seule elle, Laurie, se sentait inexplicablement nerveuse. Elle reprit sa place à l'arrière et lança d'un ton aussi posé que possible :

— Bien, alors on y va. Voilà… Oui, bonne cadence, oui…

Elle se mordit la langue. Cela faisait allusion grivoise, mais ni Ross ni Tamara ne parurent le remarquer. Peut-être était-ce simplement parce qu'une belle paire d'épaules en action l'excitait toujours.

— Qu'est-ce qu'on fait, nous ? lui demanda Tamara.

— On reste assises là et on laisse traîner nos doigts dans l'eau. Pendant que Ross fait tout le travail.

— Non ! Je veux essayer de ramer.

Ross lui jeta un sourire. Clairement, c'était aussi la réaction qu'il espérait.

— D'accord. Observe bien Ross. S'il avait un siège coulissant, il impulserait à ses coups de rame la force de ses jambes et de son dos, mais avec un siège fixe comme celui-ci, il utilise davantage ses épaules. Par conséquent, tu ne devrais pas avoir besoin de pousser avec tes jambes.

— Donc la prothèse ne me fera pas mal ?

Tamara pressa les lèvres. Laurie savait que chaque pas était douloureux pour elle, en ce moment.

— Ça ne devrait pas, mais honnêtement, je ne sais pas. On fait des essais d'abord, et il se peut qu'on doive ajuster ton siège et les dames de nage avant d'arriver à un résultat parfait, d'accord ?

— D'accord, dit Tamara. Allons-y.

Elle était tellement courageuse. Prête à essayer de nouvelles choses et regarder ce qu'elle *pouvait* faire, plutôt que ce qu'elle ne pouvait pas. Laurie se demanda si Ross avait délibérément choisi ces petits jeunes pour qu'elle ait honte d'elle. Si c'était le cas, il avait réussi.

Elle aida Tamara à s'installer sur le banc devant celui de Ross, prenant garde en se déplaçant que le mouvement ne fasse pas tanguer le bateau. Elle sortit ses gants d'aviron de sa poche et les donna à Tamara.

— Mets-les, ça réduira le frottement des rames sur tes mains. Il ne manquerait plus que tu aies des ampoules.

Tamara enfila les gants et Laurie les lui attacha aux poignets. Puis elle prit les avirons au fond du bateau et les inséra dans les dames de nage, avant de regagner sa place.

— Essaie le mouvement plusieurs fois sans plonger les rames dans l'eau. En avant… maintenant en arrière… Bien. C'est très bien. Tu es à l'aise pour faire ça ?

— Oui, répondit Tamara. Tout va bien.

— Super. On se lance, alors ? Un seul coup, d'abord.

Tamara répéta le mouvement, en plongeant cette fois les rames dans l'eau. Le bateau avança un peu et elle fit la moue.

— On n'est pas allés très loin.

— C'est parce que tu n'as pas encore pris d'élan, dit Laurie avec un sourire. On va réessayer, d'accord ? Plusieurs coups de rame, cette fois.

Elle attira l'attention de Ross, qui hocha la tête. Tandis Tamara tirait sur ses avirons, il fit de même avec les siens.

— Tu vois, c'est mieux. Continue… Non, ne regarde pas en arrière vers Ross. C'est mon boulot de m'assurer qu'il le fasse correctement…

Laurie donna la cadence, et Tamara commençait à la prendre. Ross la suivait, et le bateau avança un peu plus vite.

— C'est vraiment bien. Bravo. Ça va, Tamara ?

— Oui. C'est génial !

Tamara affichait un large sourire.

— OK, je vais augmenter la vitesse. Suivez mon compte. Garde le dos droit, Tamara…

Ils ramaient maintenant tous deux en parfaite synchronisation. Ross faisait plus que sa part du travail, mais Tamara sentait quand même la résistance de l'eau contre ses rames, et la sensation de pousser en avant. Le bateau prit un peu de vitesse et elle poussa un cri de joie.

— Youpi ! J'adore ça…

— Garde ta concentration… Bien. Très bien.

Ils ramèrent en ligne plus ou moins droite, jusqu'à ce qu'ils approchent des eaux plus profondes au milieu du lac. Laurie montra à Tamara comment manœuvrer pour faire virer le bateau, et elle y parvint sans trop d'aide de Ross. Quand elle sembla un peu fatiguée, ils regagnèrent la rive.

Laurie aida Tamara à sortir du bateau.

— Alors ? Qu'est-ce que tu en penses ?

— C'est génial. Je pourrai le refaire ?

Laurie regarda Ross, qui répondit d'un signe de tête.

— Tant que ta jambe va bien. Est-ce que ça fait mal ?

— Non. Il n'y avait aucune pression dessus.

— Je viendrai te voir plus tard pour m'en assurer. Si tout va toujours bien, on pourra sortir à nouveau la semaine prochaine. Et entre-temps, tu peux te concentrer sur tes exercices pour être en mesure d'en faire plus.

— Cool. J'ai faim…

Ross éclata de rire en tendant le bras pour soutenir Tamara sur le terrain inégal au bord du lac.

— On va descendre à la cuisine, d'accord ? Leur demander de te faire un sandwich.

6.

Laurie patientait dans l'un des petits fauteuils disposés un peu partout dans la clinique. Ross devait passer devant en revenant de la cuisine. Il sourit en la voyant et s'assit aussi.

— Tu attends que je te le dise, n'est-ce pas ?

— J'attends de savoir comment va Tamara.

— Et pas que j'admette que tu avais entièrement raison ?

— Je n'ai pas dit que je ne voulais pas..., mais merci.

Il poussa le soupir satisfait du travail bien fait.

— Et Tamara est en pleine forme. Elle est en train de dévorer un sandwich et de raconter sa sortie sur le lac à la cuisinière. Tu pourrais te retrouver avec une rameuse sur les bras, finalement.

— Pas forcément. Mais tant qu'elle ne peut pas courir, c'est bien qu'elle ait des objectifs. Sans chercher à retrouver ce qu'elle avait avant. C'est une expérience différente.

— Et pour toi ? fit-il, un sourcil levé, d'un ton moqueur.

— Sympa. Presque autant que si j'avais tenu les rames.

— Peut-être que tu le feras bientôt.

— Bon... Tu veux que *je* le dise à mon tour, hein ?

— Oui. Vas-y. Puisque je l'ai fait en premier, après tout.

— J'ai établi un programme d'exercices. Je m'assure de ne pas exagérer, d'arrêter avant d'en faire trop. Mais tu le sais, pas vrai ? Sam était dans la salle de gym l'autre jour...

— Non. Je n'ai rien demandé à Sam et elle ne m'a rien dit.

Laurie le croyait. Même si elle aurait compris qu'il la surveille de loin.

— Bref, ma hanche va un peu mieux. Euh... Est-ce que Sam me déteste ?

Il laissa échapper un rire explosif.

— Te détester ? Sam ne déteste personne, c'est l'une des plus gentilles personnes que je connaisse.

— Ah oui ? Tiens donc.

— Quoi ? Tu imagines que j'ai une arrière-pensée ? Sam est mariée, elle a un enfant de trois ans. Son mari est aussi l'une des plus gentilles personnes que je connaisse.

— Excuse-moi.

Elle avait poussé l'indiscrétion trop loin. Mais la vie amoureuse de Ross l'obsédait. Son *Tu avais entièrement raison* semblait ouvrir la possibilité d'une intimité avec lui, après des préliminaires longs et laborieux. Il n'aurait pas été honnête de s'engager là-dedans s'il y avait une autre femme dans sa vie.

— Ce n'est pas comme si la clinique était à l'abri de la romance. Sam a rencontré Jamie ici, il est comptable et il vient deux semaines chaque année pour faire les bilans.

— C'est... chouette.

Cela semblait normal et heureux et... tout ce que la famille de Laurie n'était pas. Ross eut un petit rire.

— Oui. Un seul regard entre eux et soudain Sam s'intéressait aux chiffres. Je me suis moqué d'elle mais elle m'a pardonné. Comme je l'ai dit, c'est une bonne personne.

Et la vie réussissait aux bonnes personnes. Laurie se mordit la lèvre. Qu'est-ce que cela disait d'elle ? Malgré tous ses efforts pour réguler son existence, pour tout maîtriser, sa vie était un désastre en ce moment. Elle haussa les épaules.

— Le tout est de trouver ce que l'on veut, je suppose.

Soudain, il s'assombrit.

— Tu crois ?

Il ne s'agissait plus de Sam ou de son mari, comprit-elle.

— Oui... Je suis une athlète. Me concentrer et travailler dur ont été mes moyens d'arriver là où je voulais être.

— Je ne sous-estime pas ces choses-là. Mais je pense que la vie n'en tient pas tellement compte, parfois. Elle n'est pas toujours de notre côté, argua-t-il avec une pointe de regret.

— Tu parles d'Adam et de Tamara ?

Il ne parlait sûrement pas de lui-même. La vie souriait à Ross. L'instant d'hésitation qu'il marqua fut sa vraie réponse. La clinique, sa vie ici était son rêve. Mais il y en avait un autre, qu'il avait perdu.

— Oui. Oui, bien entendu.

Elle avait le sentiment que, si elle l'interrogeait, elle n'obtiendrait pas la réponse franche et honnête qu'il avait donnée à toutes ses autres questions déplacées. Il avait ses secrets, comme tout le monde. Et elle devait les laisser tranquilles, ce n'étaient pas ses affaires.

— Bon, je devrais m'excuser auprès de Sam. Je ne lui ai pas laissé beaucoup de chance, n'est-ce pas ?

Il eut un brusque sourire.

— Non, en effet. Et des excuses ne sont pas nécessaires. Bien que je sois sûr qu'elle les apprécierait.

— Je vais voir si je peux la trouver.

Il ne fit pas un geste pour la suivre et quand elle se retourna, il semblait plongé dans ses pensées. Prenait-il un moment pour songer aux choses de sa propre vie qu'il n'avait pas réussi à rendre réelles ?

La vie devenait plus facile à présent, tant que Laurie n'y réfléchissait pas trop. Elle travaillait avec Tamara et Adam, et pour elle-même afin d'améliorer l'état de sa hanche. Ross ne l'interrogeait pas sur ses progrès à elle, mais réclamait des rapports réguliers sur ceux des deux adolescents. Normal. Elle ne pouvait décemment pas se plaindre qu'il ne lui accorde pas encore une pleine confiance quand elle-même se demandait si elle pouvait lui accorder la sienne.

Un taxi s'arrêta devant la maison au moment où elle rentrait à l'appartement des invités, après une session de jeu vidéo particulièrement éprouvante avec Adam – il avait à deux reprises massacré son avatar. Une femme descendit du véhicule et le chauffeur sortit deux valises du coffre.

Il aurait pu prendre le temps de l'aider mais dès qu'elle l'eut payé le chauffeur remonta dans sa voiture et partit, laissant la femme plantée au bas des marches raides qui menaient à la porte d'entrée. Laurie accéléra le pas.

— Bonjour, vous voulez un coup de main ?

— Ah, merci. Je pensais lui avoir donné un assez gros pourboire pour qu'il me les monte jusqu'à la porte d'entrée, mais apparemment non. Cela dit, j'ai appelé Ross depuis la voiture, il sera là dans une minute.

La femme sourit. Ses cheveux bruns étaient striés de gris, mais il y avait quelque chose dans ses yeux, et dans son humour ironique aussi, qui rappelait Ross à Laurie.

— Vous êtes le Dr Summerby ?

— Je laisse le Dr Summerby à Ross, désormais. Moi, c'est Maura.

La femme tendit la main et serra celle de Laurie.

— Je suis Laurie… Laurie Sullivan.

C'était un brin embarrassant. Ross avait informé sa mère qu'elle logeait chez eux ?

— Ah, Laurie ! Ross m'a dit que vous étiez notre invitée pour quelques semaines. Je suis ravie de vous rencontrer.

Maura se tourna vers le chemin qui menait à la clinique.

— Où est-il, d'ailleurs ? J'ai rapporté beaucoup trop de choses de mes vacances, et ces valises sont lourdes…

Laurie décida de remettre à plus tard la question de savoir ce que Ross avait ou n'avait pas dit à sa mère à son sujet.

— C'est bon. Je suis sûre que je peux les monter en haut des marches.

— Je devrais peut-être attendre un peu. Il aime soulever des choses. Vous savez comment sont les hommes.

Le sourire de Maura contenait toute la chaleur et la malice de celui de Ross.

Ross était peut-être un homme, mais Laurie était une rameuse de classe mondiale, même si peu en forme actuellement. L'esprit de compétition qui la poussait à croire qu'elle n'avait besoin de Ross pour rien prit le dessus.

— Il est peut-être occupé. Je suis certaine de me débrouiller. Vous pouvez m'ouvrir la porte d'entrée ?

Elle souleva une des valises, qu'elle ne trouva pas trop lourde. Pendant que Maura sortait ses clés de son sac et déverrouillait la porte, elle la hissa en haut des marches et la porta dans le vestibule.

— Si vous voulez bien la pousser, je monterai l'autre.

— Uniquement si vous en êtes sûre…

Laurie hocha la tête en réponse, et Maura tira la poignée de la valise pour la faire rouler vers sa propre porte d'entrée.

Le second bagage était plus lourd, mais elle pouvait faire cela seule. La valise était aussi un peu plus grande, et difficile à manœuvrer. Laurie réussit à monter cinq des six marches, mais, au moment de franchir la dernière, une douleur lui traversa la jambe. Elle perdit pied et dégringola les marches, les bras instinctivement repliés autour de sa tête. Sa hanche blessée heurta violemment le gravier.

Lève-toi. Debout. Debout.

Étaient-ce les mots de son père, ou les siens ? C'étaient simplement des mots qui l'accompagnaient depuis ses premiers souvenirs. Elle prit une inspiration et se redressa sur son séant. Lorsqu'elle posa la main sur le gravier pour se relever, une douleur cinglante lui coupa le souffle mais un examen plus poussé ne révéla qu'une écorchure.

Lève-toi. Debout.

Cette voix agaçante ne voyait-elle pas ce qu'elle faisait ? Laurie serra les dents et se mit debout. Sa hanche l'élançait et elle sentait du sang couler le long de sa jambe, mais ce n'était probablement qu'une éraflure aussi. Elle regarda vers le haut des marches, la valise était tombée en avant dans l'embrasure de la porte. C'était tout aussi bien, sauf si Maura avait emballé quelque chose de cassable là-dedans.

Les six marches ressemblaient à une longue ascension solitaire, alors que ce qu'elle voulait en réalité, c'était s'asseoir un moment et se remettre du choc de la chute : la peur d'avoir réduit tout le travail des dernières semaines à néant et de s'être vraiment blessée, cette fois. Mais tandis qu'elle avançait lentement, sa hanche ne la fit pas trop souffrir.

Maura apparut dans le vestibule. C'était la dernière personne qu'elle avait envie de voir en cet instant. Enfin, l'avant-dernière, la dernière étant Ross.

— Vous êtes tombée… ? Asseyez-vous et laissez-moi vous examiner.

L'attitude de Maura était soudain entièrement professionnelle.

— Tout va bien, dit Laurie avec un sourire forcé. J'ai juste perdu l'équilibre. J'espère qu'il n'y avait rien de trop fragile dans votre valise.

Maura roula les yeux.

— S'il y en avait eu, les bagagistes de l'aéroport se sont assurés que ce soit déjà en morceaux. Venez vous asseoir et laissez-moi jeter un œil à votre main.

Inutile de discuter, Maura était passée en mode médecin. Et c'était un peu plus facile d'accepter l'aide de *ce* Dr Summerby. Si elle regardait simplement la main de Laurie, et ne mentionnait pas la chute à Ross, peut-être cet épisode serait-il moins affreusement gênant.

Laurie s'assit sur un banc à dossier, et tendit la main. Maura prit ses lunettes dans son sac, l'examina attentivement puis fit délicatement jouer son poignet.

— Vous avez une vilaine écorchure, mais votre poignet semble intact.

Elle exerçait de légères pressions aux bons endroits, et Laurie réussit à sourire.

— Ça ne fait pas mal. Je n'ai rien de cassé.

— Je suppose que si ça avait été le cas, vous auriez été en mesure de me le dire, répondit Maura avec un petit rire. Je crois comprendre que vous êtes médecin vous-même. Bien que parfois, le choc d'une chute masque les blessures.

— C'est exactement ce que je vous dirais si les rôles étaient inversés.

Comment ne pas apprécier Maura ? Son attitude ressemblait

beaucoup à celle de Ross, mais elle n'avait pas la fâcheuse habitude de remettre chaque propos de Laurie en cause.

— Vous vous êtes cogné la tête ?

— Non. J'ai atterri avec les bras autour.

— Bon réflexe. Venez avec moi, je vais vous faire une tasse de thé et trouver une pince à épiler pour enlever ces morceaux de gravier de votre main.

Laurie cherchait un moyen de refuser l'offre quand une ombre noire apparut dans l'embrasure de la porte.

— Maman ?

Le visage de Maura s'éclaira au son de sa voix.

— Ross, mon chéri. Je n'ai pas eu besoin de ton aide, en fin de compte. Laurie est venue à la rescousse pour les bagages. Mais elle a fait une petite chute…

Laurie déglutit. Maura avait manifestement l'intention de sauver le peu de fierté qu'il restait à Laurie, mais d'après l'expression de son visage, Ross n'y croyait pas.

— Tu vas bien ? lui demanda-t-il aussitôt.

— Oui. Très bien. Vraiment. Nickel. Trois médecins pour une main écorchée, c'est exagéré.

Son ton avait été un peu trop brusque. Ross secoua la tête, mais Maura gloussa.

— C'est juste. Il ne sied pas de se battre pour une écorchure. Ross, tu veux bien porter ma valise, s'il te plaît ?

Il ramassa la valise avec une facilité agaçante, les yeux toujours fixés sur Laurie pendant qu'elle se levait. Maura tendit le bras pour indiquer qu'elle devait les accompagner jusqu'à son appartement. Laurie lui jeta un regard suppliant.

— Je suis sûre que vous avez beaucoup de choses à vous dire. Je vais vous laisser. Vraiment, je préfère rester seule.

Maura étudia son visage un instant, puis acquiesça.

— Je passerai plus tard voir comment ça va, et si vous avez besoin de quelque chose, vous savez où me trouver.

— Merci. C'est très gentil à vous.

Maura se détourna pour suivre Ross, qui avait déjà disparu vers sa porte d'entrée avec la valise. Laurie poussa un soupir de soulagement. Maura occuperait Ross un moment, et pendant ce temps, elle serait de retour dans l'appartement des invités avec la porte refermée derrière elle.

Raté. Ses mains tremblaient encore à cause de sa chute, et, alors qu'elle tentait d'introduire la clé dans la porte, elle entendit des pas dans son dos.

— Si tu allais vraiment bien, tu aurais réussi à t'enfuir plus vite.

Elle ferma les yeux. Il était apparemment illusoire d'espérer que Ross reste en dehors de tout cela.

— Je ne fuis pas, Ross. Et je vais *bien*. Combien de fois dois-je le dire ? riposta-t-elle sans se retourner face à lui.

— Un conseil pour la prochaine fois. Moins tu le dis, plus c'est crédible. Te lever et t'en aller ne prouve rien non plus.

Elle tenta de réprimer une colère qui prit pourtant le dessus.

— Lâche-moi la grappe, Ross. Je ne suis plus ta patiente.

— Non, en effet. Je montre simplement un peu d'intérêt pour quelqu'un qui a dégringolé toutes les marches du perron.

Il parlait calmement, mais elle se retourna et vit son pouls battre sur le côté de sa mâchoire.

— Je n'ai pas dégringolé *toutes*…

Son geste exaspéré la fit taire.

— La valise était en haut, et tu as du gravier dans la main. Il ne faut pas être un génie pour comprendre ça, Laurie.

— Je suis tombée, je me suis relevée. Qu'est-ce que tu veux de plus de moi ?

D'un coup, les exigences de son père semblaient bien moins compliquées. Tout ce qu'il voulait, c'était qu'elle se relève quand elle tombait. Ross voulait beaucoup, beaucoup plus que cela, et le lui donner allait à l'encontre de tout ce qu'elle avait appris.

Il n'entrerait pas de force dans l'appartement, cela, elle le savait, et fermer la porte sur lui mettrait fin à la conversation. Laurie pivota, gémissant alors que la douleur jaillissait dans sa hanche et que les clés tombaient par terre.

Elle voulut se pencher, mais il la devançait déjà. La frustration et le choc de la chute l'étouffaient presque. Qu'on ramasse un simple trousseau de clés pour elle semblait trop difficile à supporter dans l'immédiat.

— Dégage, Ross.

— Tu vas arrêter de faire ta tête de mule, Laurie ?

Puis il se redressa et elle vit l'expression douloureuse de son visage. Tout à coup, cela ne semblait pas juste et elle se rendit compte qu'elle s'en prenait à la mauvaise personne. Des larmes commencèrent à couler sur ses joues, et, quand il ouvrit ses bras, elle faillit s'écrouler contre lui. Il la tint doucement, silencieusement, pendant ce qui sembla un long moment.

— Excuse-moi. Je ne suis pas en colère contre toi.

Elle sentit le torse de Ross se soulever et s'abaisser sous l'effet de ces paroles.

— Tu devrais, répondit-il. Je ne t'ai pas laissé beaucoup de latitude pour respirer, hein ?

— C'est mon père qui faisait ça.

— Et ensuite j'ai empiré les choses. Je savais que tu devais rester ici si tu voulais sauver ta carrière sportive. Tu n'avais pas le choix, en réalité. C'était ta seule option.

— C'était la bonne option, dit-elle, les yeux levés vers lui, en séchant ses larmes.

— Mmh. Je ne suis pas entièrement sûr que ça change quoi que ce soit. Je n'aurais pas dû t'acculer comme ça.

— Fais-moi une tasse de thé, et tu seras pardonné. Et un câlin, parce que je suis tombée pile sur ma hanche.

Il savait ce que cela signifiait. Combien elle était terrifiée.

Ses bras se refermèrent autour d'elle, et elle se nicha contre lui. C'était la première fois qu'on la prenait dans les bras après une chute. C'était trop momentané pour compenser toutes les autres fois, mais quand même bon.

Ross ouvrit la porte et la suivit à l'intérieur. Laurie alla chercher la trousse de premiers secours, la posa sur la table basse puis s'assit avec précaution sur le canapé.

— Le thé d'abord, hein ? dit Ross, allumant la bouilloire tout en l'observant remonter sa jambe de pantalon.

Le tissu n'était pas déchiré, mais la force de l'impact avait laissé une enflure rouge suintante de sang sur le genou.

Il apporta le thé, et Laurie lui présenta sa main blessée. Il fit jouer son poignet, exerça de délicates pressions aux mêmes endroits que sa mère, et elle le laissa faire. C'était le début de la confiance, et comme une mise à distance avec le mode sévère de son enfance. Quand il eut fini, elle lui tendit la pince à épiler.

— Aïe !

— Pardon. Pardon.

Chaque fois qu'il retirait un des graviers enfoncés sous sa peau semblait lui faire plus mal qu'à elle.

— Voilà, c'est le dernier.

— Génial. Merci.

Elle se retint de grimacer à la brûlure de l'antiseptique alors qu'il nettoyait doucement sa main, puis la plaie de sa jambe. Ensuite, il s'enquit de sa hanche.

— J'aurai un bleu, mais ça ne fait plus trop mal. Je ne pense pas avoir causé de gros dégâts.

— Juste une belle peur.

— Oui. Tu veux bien regarder quand même ?

Il sourit soudainement.

— Je ne suis pas ton médecin. Juste quelqu'un du métier.

— Peut-être que j'apprécierais simplement ton opinion ?

Elle roula sur le côté, sentit son toucher à travers le tissu fin de son pantalon, travaillant doucement autour des principales zones d'inflammation.

— Je ne détecte rien du tout, conclut-il. En fait, il y a une nette amélioration par rapport à tes scanners à ton arrivée.

C'était bon à savoir. Sa hanche paraissait aller mieux, mais elle travaillait à l'aveugle, incapable de l'examiner correctement elle-même et répugnant à demander à Sam ou à Ross de le faire.

— Je vais peut-être prendre un bain chaud, juste pour me détendre un peu.

— Bonne idée. Je vais dire à ma mère que tu vas bien avant qu'elle ne vienne frapper à la porte pour s'en assurer.

— Merci. Tu reviendras après ?

Elle n'avait pas envie qu'il retourne déjà dans son propre appartement.

— Bien sûr. Ce soir, c'est *fish and chips*. Tu veux que j'aille nous en chercher à la cuisine ?

— Pourquoi pas. Ils ont de la sauce tomate ?

Il sourit et se leva.

— J'en apporterai.

C'était confortable et rassurant et… toutes les choses qui faisaient du bien quand on se sentait un peu faible. Quelqu'un qui s'occupe de vous, sans vous expliquer en détail pourquoi cette blessure était votre faute et que vous relever immédiatement était la meilleure chose à faire.

Laurie, encore chaude et détendue de son bain, avait simplement enfilé un ample pantalon de survêtement lorsque Ross revint avec deux grandes portions de *fish and chips*, ainsi que des condiments. Il avait également un rouleau de tissu sous un bras. Elle sortit deux assiettes dans la kitchenette et commença à déballer leur repas.

— C'est joli.

Il avait déroulé le tissu et elle voyait à présent que c'était une courtepointe en patchwork. La partie centrale représentait en mode stylisé la maison dans laquelle ils étaient, les arbres et le lac.

— C'est maman qui te l'envoie. Elle en a plein, elle a toujours aimé coudre le soir. Elle trouve que les courtepointes faites main sont le meilleur remède quand on ne se sent pas très bien, alors elle t'en passe une. Bon, ça n'a pas vraiment de fondement médical…

— Comment ça ? Ça me semble un raisonnement solide.

Qui comportait la part de soin douillet dont tout le monde avait besoin de temps à autre.

— Ne me dis pas que les courtepointes de ta mère ne t'ont pas sorti de quelques maladies infantiles ?

— Plus que quelques-unes, répondit-il avec un brusque

sourire. Certaines de mes maladies d'adulte aussi, même si je ne l'avouerai pas. Mais avec le temps qu'il fait, cette courtepointe n'est pas vraiment nécessaire.

Il prenait clairement garde à ne pas lui imposer une sollicitude non désirée.

Mais ce n'était pas indésirable. Inhabituel peut-être, et Laurie l'aurait rejetée jusque-là car elle ne savait pas trop quoi en faire. Cependant, cela correspondait à la façon dont Ross dirigeait la clinique, comme une communauté nourricière. Il avait appris tout cela enfant.

— Mais si. C'est vraiment gentil de sa part.

Elle s'assit sur le canapé et étala la courtepointe sur ses jambes. Elle était un peu chaude, mais c'était réconfortant de la ramener autour d'elle.

Ils commencèrent à manger. Elle aurait dû parler… Le remercier, ou lui dire ce que tout cela signifiait. Elle n'avait pas les mots. Ce ne fut que lorsqu'il eut débarrassé les assiettes qu'elle prit son courage à deux mains.

— Je… ne suis pas très habituée à ce qu'on s'occupe de moi comme ça.

Il l'avait probablement déjà perçu. Personne ne s'occupait des gens qui se comportaient comme elle.

Il hocha la tête.

— J'avais cru le comprendre. Les tribunaux n'autorisent généralement pas les enfants à décider avec qui ils veulent vivre, sauf s'il y a une bonne raison.

— Je… Ce n'était pas ma faute… Mon père disait que j'inventais tout, mais ce n'était pas le cas.

Le chaud regard de Ross semblait se transformer en feu dès qu'il touchait sa peau.

— Je n'ai jamais pensé que c'était ta faute. Tu veux me dire ce qui s'est vraiment passé ?

Oui. Oui, elle le voulait.

— Mon père faisait de la course quand il était jeune. Il prétendait avoir arrêté à cause d'une blessure, mais maintenant je pense qu'il n'était tout simplement pas assez bon. Il a toujours dit qu'il avait été privé d'une belle carrière d'athlète et qu'il n'allait pas laisser la même chose arriver à ses enfants. Il était très déterminé.

— En vivant ses propres aspirations à travers vous ?

— Je crois, oui. Nous avons pu choisir nos sports, mon frère a opté pour le tennis et moi l'aviron parce que j'aimais l'eau. Mais il n'y avait pas de place pour l'échec, et pas de place non plus pour autre chose. Je voulais réussir, mais je voulais aussi être médecin.

— Et il ne l'approuvait pas ?

Le ton de Ross était égal, mais ses yeux eurent un éclair de dédain qui exprima ce qu'il ressentait vraiment.

— Non. J'étais censée passer à une scolarité à temps partiel à l'âge de seize ans pour pouvoir me concentrer sur mon entraînement. Il n'y avait pas de temps pour autre chose que le sport, et… Ma tante était très différente de lui, et elle m'a dit que je pouvais venir vivre avec elle et continuer à aller à l'école. C'est elle qui s'est battue avec lui et m'a aidée à partir.

— Ton avocate, dit Ross avec un sourire.

— Oui. C'était la seule personne qui se souciait vraiment de ce que je voulais. Si je pouvais être une avocate à moitié aussi bonne pour Adam et Tamara…

— Tu te débrouilles très bien.

— Parfois, je me demande. Il y a tellement de choses qu'une personne peut faire pour changer. Je dis à tante Suzy qu'elle est responsable du meilleur en moi, mais que mon père m'a eue pendant quinze ans. Quand je suis tombée tout à l'heure, la seule chose que j'ai entendue, c'est sa voix qui me criait de me relever. C'était son truc, tu tombais et tu te relevais tout de suite.

— C'est la chose la plus ridicule que j'aie jamais entendue. Se relever implique de recevoir le soutien nécessaire pour le faire.

Cette fois, le dédain de Ross sonnait fort et clair.

— Et c'est ce que tu fais ici.

Il acquiesça.

— Je conçois que tu puisses trouver ça intrusif.

Il comprenait. Elle avait tendu la main et découvert qu'il

était là depuis le début. Le cœur de Laurie fit un saut périlleux dans sa poitrine.

— Tu parlais d'un frère ? reprit-il.

Deux, en réalité. Mais elle ne parlait jamais de son frère aîné. Aujourd'hui encore, c'était trop douloureux.

— Tu as entendu parler de Ben Sullivan, le joueur de tennis ?

— Évidemment. Il a pris sa retraite il y a environ deux ans, n'est-ce pas ?

— Genou fracassé. Probablement dû au surentraînement. Il a gardé mon père comme entraîneur, même après avoir eu l'opportunité d'en prendre un autre. Il a un an de moins que moi. Je ne l'ai pas vu pendant longtemps, il a témoigné contre moi à mon audience au tribunal.

— Cela a dû être très dur.

— Bah, fut un temps où j'aurais fait la même chose, je voulais tellement l'approbation de mon père. Je n'ai pas parlé à Ben pendant des années, mais quand il a pris sa retraite, il m'a contactée. Il vit avec sa petite amie maintenant, et semble avoir trouvé un certain sens de la normalité.

— Il en est arrivé à la même conclusion que toi ?

— Je pense. On n'en parle pas beaucoup, il y a encore trop de souffrance.

— Certaines blessures ne guérissent jamais vraiment. On se contente de les recouvrir et on continue.

— Tu crois ?

Il ne répondit pas. Son bras était posé sur les coussins du canapé, derrière le dos de Laurie, qui se glissa un peu plus près de lui. Cette chaleur était plus facile à gérer maintenant.

— Ça aussi, c'est un peu en dehors de mes attributions.

Visiblement pas tant que ça, car il ne s'éloigna pas.

— Je pense qu'on est tous les deux très clairs sur le fait que tu n'es plus mon médecin, rétorqua-t-elle.

Il la regarda, les yeux pétillants de malice.

— Oui, on a couvert ce point de manière très complète. Cependant, tu travailles à la clinique.

— Et tu es mon patron. Mais je ne suis pas en service en ce moment. Et c'est chouette.

— Peut-être qu'on peut faire une exception, alors, répondit-il avec un petit rire.

Elle sentit son bras lui entourer les épaules et se blottit contre lui. Personne n'aurait pu dire avec certitude qu'il ne s'agissait pas d'amitié et de sollicitude. Si elle ignorait les battements de son cœur et la senteur du corps chaud près du sien, Laurie pouvait presque le croire elle-même.

7.

C'était la première fois depuis si longtemps. Assis, à parler sans but, un œil vague sur la télé. Ross avait presque oublié ce que cela faisait, de sentir la chaleur d'un corps de femme à côté du sien. La sensation d'être enveloppé dans le calme de la soirée, avec quelqu'un d'autre, là, avec lui.

Il avait pris soin de ne pas la serrer dans ses bras ni de l'embrasser pour lui souhaiter bonne nuit, même s'il en avait eu très envie. Pourtant il s'était passé quelque chose. Il savait que l'enfance de Laurie avait dû être difficile, mais pas à quel point elle avait été privée de l'attention qu'il considérait comme allant de soi. Et de cette compréhension avaient commencé à se tisser les premiers fils de confiance entre eux.

Ce n'était pas suffisant. Mais il ne pouvait se permettre d'en vouloir plus, car le destin était à la fois imprévisible et capricieux dans sa cruauté. Il ne fallait jamais s'y fier.

Laurie apparut le lendemain matin à la porte de son bureau. Il l'observa s'asseoir avec attention.

— Tu as l'air d'aller mieux, constata-t-il.

— Encore un peu raide, mais c'est sans gravité. Merci d'avoir été un tel ami hier soir.

Sauf erreur de sa part, il s'agissait là d'une déclaration d'intention. Laurie ne pouvait pas ignorer l'alchimie entre eux, mais elle avait choisi de se contenter de l'amitié. Quelque chose qu'ils étaient capables de gérer tous les deux.

— Que puis-je pour toi ?

— Sam dit que tu vas en ville cet après-midi. Tu peux me déposer au passage ?

— Bien sûr. Je dois aller chercher des choses pour le

nouveau groupe de gym mamans-bébés. C'est le projet de Sam, mais comme elle est assez occupée en ce moment, j'ai promis de m'en occuper.

— J'ai entendu dire que ces groupes sont très bénéfiques.

— Tu veux y apporter ton aide ? demanda-t-il, tout en connaissant déjà la réponse.

— Non. Ce n'est pas vraiment mon truc. Mais je peux t'aider à faire les courses, fit-elle avec un gentil sourire.

— Je partirai après le déjeuner. Disons 2 heures ?

— Parfait. Je te retrouve devant la maison à 2 heures.

Laurie attendait Ross devant sa voiture. Elle parut plus détendue que jamais en sa compagnie, parlant et riant pendant le trajet jusqu'à la ville. La soirée de la veille avait réellement changé les choses.

— Il faut juste que je passe à ma banque régler deux ou trois bricoles. Ensuite on pourra s'attaquer à la liste de course de Sam.

Elle tenait pour acquis qu'ils ne se sépareraient pas pour aller chacun de leur côté, une fois arrivés dans la vaste zone commerciale. Il l'attendit donc, et elle sortit de la banque dix minutes plus tard. Il ouvrit la marche vers le grand magasin de puériculture.

— On devrait tout trouver ici. Tiens, voilà la liste.

Elle l'étudia attentivement.

— Des couches ? Ils vont passer la nuit à la clinique ?

— Non, répondit-il en riant, mais d'après Sam, c'est une bonne idée d'en avoir en réserve, en cas d'urgence.

— Très juste. Eh bien, on dirait qu'elle s'attend à en avoir pas mal. Prenons deux chariots, du coup, c'est plus sûr.

Ils parcoururent les allées, s'arrêtant de temps à autre pour examiner les jouets en promotion afin de les inclure ou non au coffre à jouets de Sam. Ross ajouta à son chariot un ours en peluche, puis un pingouin.

— Oh ! regarde ! dit Laurie. Un portique d'éveil. Qu'est-ce que tu en penses ? On pourrait appeler Sam et lui demander…

Il étudia le modèle exposé.

— C'est bien fait, et ça a l'air assez solide.

— Mais est-ce que ça va leur plaire ?

— À qui, les mères ? Ou les bébés ? Ou Sam… ?

— Je ne sais pas, répondit Laurie en haussant les épaules. Tous. On pourrait peut-être demander à quelqu'un.

— Ou on pourrait décider nous-mêmes.

Cela n'était pas si difficile. Il venait souvent acheter des choses pour ses filleuls, et il choisissait toujours seul.

— D'accord. Tu le fais, parce que je ne suis pas sûre. Je vais aller chercher les fournitures pour bébés, d'accord ?

Il acquiesça et lui tendit la liste. Alors qu'il la regardait s'éloigner, il songea combien cette expédition était différente des autres fois où il était venu ici. La présence de Laurie changeait tout. Elle était la femme qu'il ne pouvait pas avoir, et ils étaient là, à acheter des fournitures pour des bébés qu'il ne pouvait pas avoir non plus. Il fixa le portique d'éveil. Soudain, l'objet paraissait se moquer de lui.

Il devrait se ressaisir. Mais la douleur était aussi vive que jamais. Le moment où on lui avait dit qu'il ne pouvait pas avoir d'enfant. Les fois où Alice lui avait jeté cela à la figure avec colère, comme s'il pouvait changer quoi que ce fût à la perte de tous leurs espoirs. Le jour où elle est partie, prétendant aller voir ses parents mais en emportant six valises. Il n'avait même pas eu une chance de lui dire au revoir correctement, ou d'exprimer son regret.

Laurie s'était arrêtée devant les rayons à l'autre bout de l'allée et entassait des choses dans son chariot, tout en consultant la liste de Sam. Elle aussi était seule, et peut-être pouvait-elle se contenter d'une relation qui ne pourrait jamais inclure plus de deux personnes…

Peut-être pas. Elle avait clairement dit que les familles n'étaient pas son truc, mais les gens changeaient. Il espérait sincèrement qu'un jour Laurie fasse la paix avec son enfance et qu'elle s'estime capable de créer un autre type de famille. Il ne pouvait pas s'accrocher à cet espoir et en même temps lui demander de partager avec lui un avenir qui ne comprendrait jamais de famille. C'était un conflit impossible à résoudre.

Il reporta son attention sur le portique. Il s'était déjà penché mille fois sur la question. Il devait accepter l'état actuel des choses et poursuivre sa mission du jour.

— Hey. Alors ? Qu'est-ce que tu as décidé ?

Il sursauta à la voix de Laurie. Dieu seul savait depuis combien de temps il était là, à regarder fixement le portique.

— Oh. Hum… pas encore très sûr.

— Tu vas bien ? demanda-t-elle en l'étudiant.

Non. Mais c'était l'une des ironies de la vie que parfois, la seule chose possible était de tomber et de se relever.

— Oui. Très bien. Je pensais à un truc que j'ai oublié de faire… C'est bon, ça attendra demain.

— Tu as peut-être besoin d'une pause, Ross.

Ce dont il avait besoin, c'était de sortir de cet endroit.

— Je peux demander à Sam et revenir une autre fois.

— Ou on pourrait juste lui envoyer un texto.

Le regard de Laurie fouillait son visage.

— Ça marche, dit-il. Tu veux bien t'en charger ? Je vais payer le premier chariot et l'apporter à la voiture.

— Bonne idée. Ça nous fera gagner un peu de temps.

Il se passait quelque chose. C'était comme si Ross avait été assommé par un marteau invisible et qu'il tentait de rassembler ses esprits. Laurie le suivit des yeux tandis qu'il s'éloignait, et décida que le mieux était de se débarrasser au plus vite de cette virée shopping.

Elle envoya un SMS à Sam, qui parut savoir exactement de quoi elle parlait et lui répondit *oui* dans la foulée. Laurie prit un portique d'éveil dans la pile et se dirigea vers la caisse. Le temps que Ross revienne de la voiture, elle en était déjà à la moitié de la file d'attente.

Quelque chose clochait vraiment. Il était souriant et affable, mais son sourire semblait figé. Était-ce cela qu'il avait vu en elle quand elle essayait d'éviter ses questions ?

Elle consulta sa montre pendant qu'ils entassaient le reste de leurs achats dans la voiture.

— Tu as faim ? Il sera presque 5 heures quand on rentrera à la clinique, on pourrait s'arrêter manger quelque chose. C'est moi qui régale, puisque tu m'as offert le *fish and chips* hier soir.

Un éclair scintilla dans les yeux de Ross. Peut-être se rendait-il compte qu'elle essayait de lui remonter le moral.

— Oui. Il y a un pub sympa à mi-chemin entre ici et la clinique. Ils ont un jardin à l'arrière qui donne sur le lac. Si ça ne représente pas une trop grosse tentation pour toi…

— Oh. Tu peux me balancer tous les lacs que tu veux, je n'ai pas peur des tentations ces jours-ci. Je pourrais même te payer une pinte, et te ramener chez toi ensuite.

Il lui rendit brusquement son sourire.

— Voilà une offre que je ne peux pas refuser.

Le pub servait une excellente nourriture, et ils s'installèrent dehors pour manger. L'humeur de Ross s'était améliorée, et il ne semblait pas pressé de rentrer à la clinique, aussi Laurie suggéra-t-elle qu'ils se promènent un peu au bord du lac.

— C'est vraiment beau ici, dit-elle.

— Qu'est-ce qu'une femme pourrait désirer de plus ? De grandes étendues d'eau vides…

Il la taquinait. Mais elle arrivait à la conclusion qu'elle voulait également autre chose de son séjour ici.

— Quelqu'un à qui parler.

— Je suis content que tu penses ça, répondit-il.

Elle devait lui demander ce qui le titillait. Il avait été là pour elle, et elle voulait l'être pour lui. Elle ne croyait pas un instant que son brusque changement d'humeur était dû à quelque chose d'aussi insignifiant qu'une tâche oubliée à la clinique. Elle lui tendit une perche.

— J'ai appris que les choses que l'on ressent et que l'on ne peut pas dire ne sont pas si graves, après tout.

— C'est vrai, fit-il, ne mordant pas à l'hameçon.
— Tu as été là pour moi, Ross. J'aimerais te rendre la pareille.
— Désolé si j'ai été un peu sec avec toi tout à l'heure. Ce n'est rien…
— Je pourrais te renvoyer tes propres paroles, Ross, et te rappeler que plus tu dis qu'il n'y a rien, moins c'est crédible.
— D'accord. Oui, il y a quelque chose.
Ils avaient ralenti le pas et il s'arrêta brutalement, les mains dans les poches et le regard fixé sur l'eau.
— Bon. C'est tout ce que je voulais savoir, assura-t-elle.
Elle mentait, et au coup d'œil sceptique que lui jeta Ross, il le savait pertinemment. Bien sûr qu'elle voulait en savoir davantage, mais insister n'arrangerait rien. Il se remit à marcher, et elle lui emboîta le pas. S'il ne voulait pas parler, elle le respecterait. Elle s'était assez battue pour garder ses propres secrets.

Laurie n'avait pas besoin de le savoir, pourtant Ross voulait quand même le lui dire.
— J'ai mentionné avoir été marié. Il y a longtemps…
Elle hocha la tête sans répondre.
— Alice et moi nous sommes rencontrés durant mes études de médecine. On s'est mariés et on est revenus ici, puis on a décidé de rester. Ça allait être le tour complet du cercle pour moi. Le gamin solitaire qui a grandi et remplit sa maison d'enfants.
— C'est en effet un bon endroit pour élever une famille.
— Oui, on trouvait aussi. On a attendu, et rien n'est arrivé. Après avoir essayé pendant un an, on a fait des tests. Il s'est avéré que je n'ai qu'une chance sur mille de devenir père.
Elle scruta son visage. Il savait quelles questions la traversaient, elle était médecin après tout, mais elle se tut.
— Je sais que tu t'interroges, dit-il avec une petite moue.
— Mais je suis prise d'une soudaine attaque de tact.
Il ne put retenir un sourire, certes fugace.
— Il n'y a rien que la science médicale puisse y faire. J'ai

un faible taux de spermatozoïdes, qui n'est lié à aucun autre problème sous-jacent, cela signifie simplement que je ne peux pas concevoir d'enfant.

— Et on t'a dit que tu avais une chance sur mille.

— Oui. J'ai expliqué à Alice qu'il est difficile pour les médecins d'affirmer les choses avec certitude, et qu'une chance sur mille était un terme médical pour dire que ça *n'arriverait pas*, mais aucun de nous ne pouvait s'empêcher de penser à cette chance. Chaque fois que cela ne se produisait pas, la déception s'accentuait, mais ni elle ni moi ne pouvions nous résoudre à dire « jamais ». On a essayé la FIV et ça n'a pas marché non plus. À la fin, elle a commencé à me reprocher sa désillusion. Ce qui était assez normal, j'imagine, parce que c'était ma faute.

Laurie s'enflamma soudain, et l'ardeur dans ses yeux le réchauffa étonnamment.

— Ta faute ? Je ne peux pas comprendre ce que ça peut faire d'être dans cette situation, mais je sais qu'il y a une différence entre être la cause et être le coupable.

— C'est difficile à voir quand on est au milieu de tout ça.

Et il devait laisser à Alice le bénéfice du doute.

— Je m'en fiche que ce soit difficile. C'est la vérité.

Il avait beau savoir que Laurie disait ce qu'elle pensait, il n'en avait jamais ressenti la pleine force auparavant. Cela le réconforta, le soulagea un peu de sa culpabilité.

— Excuse-moi. C'est juste… mon point de vue, dit-elle

— Ne t'excuse pas. Sans doute que j'avais besoin de l'entendre. Alice m'a tenu pour responsable, et j'ai simplement abondé dans son sens.

— Ce n'est probablement pas la bonne chose à demander, mais…

Elle fronça les sourcils.

— Demande quand même.

— Tout le monde ne prévoit pas d'avoir des enfants.

— Je peux *te* poser une question personnelle ?

Son front se décrispa légèrement.

— J'aimerais vraiment. Au moins, je saurais quoi dire.

Les non-dits étaient ce qui faisait le plus mal. Tout ceci devenait soudain si facile.

— Et toi ? Tu veux des enfants ?

— Mon expérience de la famille n'est pas un truc que j'ai envie de répéter, et si tu m'avais demandé ça il y a un an, j'aurais répondu que je me suis trop battue pour ma liberté pour y renoncer maintenant. Mais…

— Mais ?

— Je suppose qu'il ne faut jamais dire jamais. Sauf que toi, tu n'as pas ce privilège, n'est-ce pas ?

Elle comprenait, cela ne faisait aucun doute.

— Non. Je ne l'ai pas.

— Je suis tellement désolée, Ross, dit-elle, saisissant son bras.

L'effluve de son parfum, la sensation de sa peau effleurant la sienne le firent reculer. Ce simple petit geste amical lui donnait envie d'oublier tout ce qu'il savait être juste, et d'en vouloir plus. Elle s'écarta, comme s'il l'avait brûlée.

— Pardon. Je ne voulais pas…

Il voyait son regard blessé, et il n'y avait qu'une façon de lui montrer ce qu'il voulait vraiment. Il la prit dans ses bras.

— C'est ça que tu voulais ? demanda-t-elle en souriant.

— Oui, Et ça aussi, fit-il, effleurant sa joue de ses lèvres.

— Mmm. J'aime ce que tu dis.

Elle se hissa sur les orteils et lui embrassa la joue.

Une conversation complète aurait été encore meilleure. Ils se trouvaient seuls, au bord du lac, et personne n'en saurait jamais rien. Le corps de Ross se durcit à cette idée, et il se demanda si elle ressentait la même chose. Tout était brusquement fluide entre eux. Tout, sauf les quiproquos et les vaines tentatives de se tenir à distance.

— Tu vas le redire ? reprit-elle.

Ses yeux d'ambre et sa chevelure rousse flamboyaient au soleil. C'était la plus belle femme qu'il ait jamais vue.

— Je ne devrais pas…

— Je sais, répondit-elle avec un faux soupir. Tu ne fricotes pas avec ton personnel. Est-ce que le fait que je sois à temps partiel change la donne ?

— Hum, pas sûr. On pourrait nous accuser d'ergoter.

— Ha ha. C'est mieux qu'un *non* catégorique. Et souviens-toi que j'ai été dans le déni pendant la majeure partie de ma vie d'adulte, je suis donc très douée pour ça…

Il lui coupa la parole avec un baiser. Un des plus doux – non, *le* plus doux qu'il ait jamais connu. Il sentait ses doigts s'agripper à ses épaules, son corps pressé contre le sien. Sa bouche, et la suavité de sa peau. Quand elle répondit, tout parut se mettre en place et un bonheur éclatant envahit Ross.

Il lui dit qu'elle était belle, et elle soupira d'aise. Il l'embrassa de nouveau, sachant que c'était la dernière fois. Puis il s'écarta, et elle comprit le message.

— Il est temps de rentrer, maintenant ?

— Il y a tellement de règles qu'on peut enfreindre, Laurie. Si on en enfreint trop, on finira par se faire du mal.

Elle acquiesça, et lui prit la main.

— Alors retournons très, très lentement à la voiture…

Laurie avait embrassé Ross. Deux fois. C'était une violation des règles plus que doublement grave.

Car… si une fois pouvait être considérée comme une erreur, deux, certainement pas. Quand il l'avait embrassée la seconde fois, elle avait eu l'impression que les limites qu'ils avaient mises à leur vie n'étaient pas seulement en train de vaciller légèrement, mais de s'écrouler carrément.

Pourtant, elle ne pouvait se résoudre à le regretter. En revanche, elle devait empêcher que cela se reproduise.

Quand ils furent en vue de la voiture, il lâcha sa main. Il s'éloigna un peu d'elle, visiblement à contrecœur. Tous deux savaient qu'ils ne pouvaient aller plus loin. Elle sourit.

— Comme relation, c'était peut-être… court, mais vraiment délicieux.

— Tu es en train de me dire que tu romps ? Déjà ?

— J'en ai bien peur. Mais j'espère qu'on peut rester amis. Pas seulement des amis civilisés. De vrais amis.

Les yeux de Ross se radoucirent.

— C'est mon souhait le plus cher.

8.

Franchement, cela n'aurait pas dû marcher. Ross avait confié ses secrets, et Laurie, les siens. Ils s'étaient embrassés puis avaient rompu en l'espace d'une demi-heure. Mais d'une manière ou d'une autre, cela avait fonctionné. Ils étaient en train de construire quelque chose, d'apprendre à se faire confiance et à travailler ensemble. Et Ross découvrait à l'instant que personne… *personne…* ne pouvait porter des plumes jaune vif aussi bien que Laurie.

— Prête ?

Il s'efforça de garder un visage impassible en la voyant franchir la porte de la maison dans son déguisement pour la journée sportive de Lakeside School.

— Oui, je crois. Mais les plumes résistent.

Elle releva le masque à bec au-dessus de son crâne et dans le geste, une plume voleta avant de retomber sur le sol.

— Tu es sûr qu'on ne devrait pas changer de costumes ? Quand j'ai choisi ceux-là, j'essayais de faire passer un message.

— Ah oui ? fit-il, feignant l'innocence. Quel message ?

— Laisse tomber. C'était une très mauvaise idée. Tu n'as vraiment pas besoin d'y aller en œuf.

— Trop tard. J'ai même plutôt hâte d'y être. C'est bien que tu n'aies pas opté pour la facilité sans risques.

— J'espère que ça ne te dérange pas d'avoir des plumes dans ta voiture.

Soudain, elle se tortilla, mal à l'aise, et lui tourna le dos. Puis lui refit face, boutonnant le devant de son costume tout en brandissant une plume d'un air triomphant.

— Ah, je l'ai eue. Elles se mettent partout.

— Si tu as besoin d'un coup de main…, fit-il, railleur.

— Merci bien, mais crois-moi, mieux vaut que tu ne saches pas où elles finissent.

Si, il voulait probablement le savoir. Mais il rejeta cette pensée, indigne de quelqu'un qui allait se déguiser en œuf.

Il conduisit les quelques kilomètres jusqu'à l'école, pendant que Laurie, sur la banquette arrière, maintenait l'œuf pour l'empêcher de rouler, et éparpillait des plumes au passage. Lorsqu'il se gara sur le parking, elle sortit et tenta d'enlever les plumes de la banquette, mais ne parvint qu'à les déplacer.

— Ne t'inquiète pas pour ça. Ce sera plus simple de tout enlever d'un coup d'aspirateur une fois rentrés. C'est sans doute parce que le costume n'a pas été porté depuis longtemps, dit-il, devant son air dépité. Toutes les plumes lâches tombent d'un coup, ça va très vite cesser.

Elle battit des bras, imitant remarquablement un poulet.

— Oui, tu dois avoir raison. D'ailleurs on dirait qu'il en perd déjà moins. Tu veux bien me rendre un service ?

Bien sûr. N'importe quoi tant qu'il ne s'agissait pas de retirer des plumes dans son costume. Il ne se faisait pas confiance pour cela, et une scène classée X sur le parking de l'école n'était pas l'image qu'ils essayaient de promouvoir.

— Si jamais, *jamais*, je dis encore que je vais choisir des costumes, enferme-moi immédiatement.

Jamais. Et encore. Cela contenait une note d'amitié qui lui fit chaud au cœur. C'était un excellent pis-aller.

— Entendu.

Il sortit avec précaution l'œuf de la voiture. Il avait une touffe de cheveux peints sur le dessus, un grand sourire, et des bras croisés sur son large ventre. En dessous, le damier jaune et noir assorti au pantalon. Laurie souleva l'œuf au-dessus de sa tête, et il ajusta les bretelles qui le maintenaient en place. Si cela brinquebalait quand il faisait un pas, il voyait droit devant lui par les trous des yeux. Mais pas Laurie…

— Tout va bien là-dedans ?

Il sentit quelque chose effleurer son genou, et une tête à plumes apparut, le regardant depuis la base de l'œuf. Il gloussa, fit signe du pouce que oui, et elle disparut à nouveau, puis revint dans son champ de vision, abaissant le masque de poulet sur son visage.

Ils marchèrent lentement vers la foule qui s'était formée d'un côté du terrain de sport de l'école. Ross entendait la voix de Laurie, un peu étouffée, parler aux enfants qui couraient vers elle, et tous deux posèrent pour des photos. Il vit Sam faire de même dans sa robe bleue et blanche d'Alice au pays des merveilles, tandis que Jamie surveillait leur fils Timothy. Laurie semblait s'approcher peu à peu d'eux.

Sam les salua, et il entendit Laurie la complimenter sur son costume. Puis une tête blonde apparut en bas de l'œuf.

— Hey, Timothy ! dit-il en souriant à son filleul.

— Oncle Ross !

Timothy essaya de grimper sur ses jambes, et il y avait juste assez de place pour le hisser dans cet espace confiné. L'enfant se tortillait de joie, et Ross bougea sa tête pour qu'il puisse regarder sa mère à travers les trous des yeux.

— Timothy ! fit la voix de Sam. Où es-tu ?

Avec un « chut », Ross pressa un doigt contre les lèvres du garçonnet, qui éclata de rire.

— Sors, sors, où que tu sois…

Encore la voix de Sam, qui faisait semblant de chercher son fils, soulevant la nappe de la table à boissons pour regarder dessous. Laurie se joignit au jeu.

— Mais où est-il donc ? s'exclama-t-elle.

Excité par l'idée d'un poulet qui parlait, Timothy poussa un cri perçant, et Ross le laissa descendre pour qu'il puisse se faufiler sous la base de l'œuf.

— Ici !

Timothy courut vers Laurie, qui s'accroupit et battit des bras dans une très bonne imitation de poulet. Sam riait, et Jamie toqua sur le côté de l'œuf en disant « Coucou ».

Jo, la directrice de l'école, déguisée en garçonne des

années 1920, vint les saluer, et la foule de parents commença à se disperser en direction des bancs disposés en bordure du vaste terrain de sport. Les enfants furent rassemblés en groupes par les enseignants, prêts pour le début des courses.

Laurie tapota sur le flanc de l'œuf, sans doute pour attirer son attention, même si en réalité, l'attention de Ross ne l'avait jamais quittée. C'était un des avantages à être déguisé en œuf, personne ne pouvait le voir la dévorer des yeux. Elle le guida vers les bancs, l'aida à hisser l'œuf au-dessus de sa tête pour qu'il puisse s'asseoir, et le cala entre eux.

— C'est très amusant, dit-elle, aux anges.

— Attends qu'on se mette à te poser des questions.

— Quelles questions ? protesta-t-elle en relevant son masque. Tu ne m'as jamais parlé de questions.

— Je voulais te laisser la surprise. J'ai toujours droit à un ou deux parents qui ont décidé que leur môme de sept ans sera le prochain champion du monde.

— Tu ne vas pas le leur dire, hein ? supplia-t-elle avec une grimace.

— Quoi, que tu es une authentique championne ? Ils seraient fascinés… Mais… Nan, je crois pas.

— Ouf. Dis-leur juste que la meilleure façon d'en faire un champion est de leur donner une enfance saine et heureuse.

Elle paraissait se bagarrer avec son costume et perdait de nouveau des plumes.

— Qu'est-ce que tu fais ?

— J'essaye d'atteindre mon sac. La limonade glacée là-bas a l'air délicieuse. Tu en veux une ?

— Oui, mais c'est bon. Jo vient dans notre direction.

Il désigna du doigt la directrice, qui approchait avec deux verres de limonade. Elle leur tendit chacun un verre.

— Vous voulez participer à la remise des médailles ?

— Des médailles ? Oh oui, répondit aussitôt Laurie, avant de froncer les sourcils devant l'œuf. Bien que je ne sache pas comment Ross va se débrouiller avec son costume.

— Toi, tu les remets et moi je te colle juste aux basques.

— Et pour la course d'obstacles ? demanda Jo.

— Je vais tenter le coup, on verra bien, répondit Ross.

— Moi aussi, j'aimerais, dit Laurie en le fixant par-dessus l'œuf. Ma hanche va bien. Qu'est-ce que tu en penses ?

Ross décida de ne pas relever qu'elle venait de lui demander son avis, ce qui était une première, et donna son accord à Jo pour eux deux.

— Dacodac, fit cette dernière en cochant sa liste. Je vous appelle quand c'est votre tour.

Puis elle repartit d'un pas pressé, brossant de la main une plume jaune sur son costume.

De nombreuses plumes s'éparpillèrent encore au cours de l'après-midi, alors que Laurie sautait sur ses pieds, encourageait et applaudissait tous les enfants. Tous ceux qui avaient participé aux épreuves obtinrent une médaille, et quand ce fut son tour de les remettre, elle les présenta chacune comme une précieuse reconnaissance de leur réussite.

Lorsqu'elle parvint à la petite fille en larmes pour être tombée et donc arrivée dernière, elle lui offrit sa médaille puis la souleva dans ses bras. Ross vit Sam applaudir debout avec de grands hourras, et l'assemblée au complet en faire autant. La petite fille courut vers ses parents, montrant fièrement la médaille qui pendait à son cou.

— Qu'est-ce que tu lui as dit ? demanda-t-il, tandis qu'ils regagnaient leurs places et qu'elle l'aidait à ôter l'œuf.

— Que c'était une médaille très spéciale, parce qu'elle avait été assez courageuse pour se relever et essayer encore.

— Bravo. C'est gentil.

Et si différent de la femme qui était arrivée au début à la clinique. Celle-là avait été silencieuse, repliée sur elle-même et concentrée. Comme si la seule chose qui comptait était de gagner, quoi qu'elle doive sacrifier pour y parvenir. Ross était fier des miracles que la clinique pouvait réaliser, mais celui-ci n'en faisait pas partie. La Laurie capable de remettre une médaille à une enfant arrivée dernière à la course et lui donner le sentiment d'être une gagnante avait probablement été là depuis le début. Et aussi fascinante qu'ait été l'ancienne Laurie, la nouvelle était carrément irrésistible.

9.

La petite plaisanterie de Laurie s'était retournée contre elle. Deux semaines plus tôt, elle avait choisi le costume d'œuf pour Ross dans l'intention de l'empêcher de la suivre partout afin de s'assurer qu'elle n'en faisait pas trop. Mais tant de choses avaient changé depuis. Et les plumes jaunes s'avéraient un peu compliquées à assumer, volant de toutes parts et la faisant éternuer.

Ross réenfila l'œuf. Laurie remit son masque de poulet et ils s'alignèrent avec les autres sur la ligne de départ pour la course d'obstacles.

— Comment il va faire sans ses bras pour sauter à la corde ? demanda Sam, juste à côté de Laurie.

— Dieu seul sait. Improviser ?

— On devrait finir aussi vite que possible pour pouvoir le regarder, répondit Sam en éclatant de rire.

— Hé ! J'ai entendu, protesta la voix de Ross à l'intérieur de l'œuf, suscitant de nouveaux rires des deux femmes.

Le parent chargé de donner le départ longea la ligne pour vérifier que les orteils de chacun étaient bien derrière. Laurie trouva qu'il prenait tout cela un peu trop au sérieux. Mais en regardant le parcours, elle ne put s'empêcher de sentir son cœur battre un peu plus vite. Ni d'évaluer ses adversaires. Sam était la plus forte du groupe, et même si Laurie était assez confiante de pouvoir la battre dans des circonstances normales, un costume de poulet et une hanche ne devant pas être trop sollicitée donnaient un net avantage à Sam.

— À vos marques… prêts…

Le pistolet donna le coup d'envoi et Laurie commença à courir. Sam et elle atteignirent ensemble les bancs suédois retournés qui servaient de poutres d'équilibre. Quelque chose amusait le public, dont elle entendait les rires.

— Oh ! non ! s'exclama Sam.

Laurie se retourna. L'œuf s'était déplacé autour de Ross qui, désorienté, déviait à l'aveugle du parcours.

— Je vais le chercher. Toi, fonce.

Comme Sam hésitait, elle ajouta :

— File ! Tu peux encore gagner, sauver l'honneur de la clinique !

Acquiesçant d'un grand sourire, Sam sauta sur la poutre, la parcourut adroitement alors que l'homme qui venait de les dépasser perdait l'équilibre et descendait de la sienne.

Laurie repartit en arrière vers Ross. Elle n'en revenait pas. Laurie Sullivan. La femme à l'esprit de compétition le plus aiguisé de n'importe quelle équipe. Elle entoura l'œuf de ses bras, et Ross s'arrêta brusquement.

— Qui est-ce ?

— Laurie. Viens, c'est par là…

Elle tenta de rajuster l'œuf afin qu'il puisse voir par les trous des yeux, mais n'y parvint qu'en partie. Tant pis.

Ils arrivèrent aux poutres, et quand Ross trouva la sienne, il la franchit sans trop de peine. Puis elle s'élança vers la suite du parcours, vérifiant qu'il la suivait.

— Tunnel à ramper, maintenant, annonça-t-elle.

— Tu plaisantes, hein ? Vas-y, toi.

Depuis l'intérieur du tube en plastique, elle entendait la réaction du public. Ross faisait manifestement le pitre, et lorsqu'elle émergea à l'autre extrémité, il était penché en avant, mimant un œuf rampant. Les cordes à sauter étaient également hors de question, et alors qu'elle utilisait la sienne, il copia sur place le mouvement avec ses jambes.

Son père aurait crié sa désapprobation. Toute sa vie, Laurie avait été formée à la compétition, quel que soit le contexte, même si la course était censée être amusante. Elle s'était libérée de son père, mais le principe directeur était tellement ancré qu'il était devenu une réaction instinctive. Quelque chose dont elle ne pouvait se défaire.

Mais son père n'était pas là. Tandis que Ross, si. Une longue course droite menait à la ligne d'arrivée, et elle vit Sam à l'autre bout, qui les encourageait et applaudissait. Alors que Ross trottinait, elle courut derrière lui en allongeant les bras pour faire croire qu'elle le poussait.

Tout le monde riait. Et le sentiment qu'elle éprouvait était… de la liberté. Elle se sentait libre.

Mais en atteignant la ligne d'arrivée, Ross trébucha, avant de perdre complètement l'équilibre. Laurie tendit la main pour le sauver, mais agripper un œuf en papier mâché pour arrêter la chute d'un homme de un mètre quatre-vingts était vain. Il s'écroula dans un nuage de papier et de colle séchée, et Laurie réussit tout juste à garder l'équilibre.

— Ross ! Ça va ?

— Oui, je vais bien. Tu n'es pas tombée, n'est-ce pas ?

— Non. J'ai réussi à m'arrêter à temps.

La tendresse dans ses yeux l'engloutissait. Les gens se pressaient autour d'eux, et elle ne les vit même pas. Un éclair de satin bleu près d'elle la ramena à la raison.

— J'arrive…, fit la voix de Sam. Pardon, je passe ! Reste couché, Ross, ordonna-t-elle.

Mais il l'ignora, et se mit debout, brossant des morceaux de papier mâché de ses cheveux. Sam souffla bruyamment.

— Laurie et moi aurions pu montrer toutes sortes de choses aux enfants. Des minerves, des bras cassés…

— Des épaules disloquées, fit Laurie, tout sourire.

Elle aurait été très heureuse d'inspecter Ross à fond pour les ecchymoses aussi.

— Oui, une épaule disloquée, fit Sam. C'est top, ça.

Ross éclata de rire.

— Désolé, on dirait que l'œuf est la seule victime.

— Avec le poulet, dit Sam, retirant le masque à bec de sous

le genou de Laurie, dérangeant au passage un petit nuage de plumes volantes. Vous croyez qu'on aura une médaille d'or pour avoir fait le plus de bazar ?

— Oui, dit Ross. On est arrivés en tête pour ça, au moins.

Heureusement qu'ils avaient apporté une tenue de rechange. Laurie sortit de la tente-vestiaire avec les restes du costume de poulet dans un sac-poubelle, et ravie d'être débarrassée des plumes.

Ross se trouvait à quelques pas, et le langage corporel du couple avec lequel il discutait indiquait clairement que, maintenant qu'ils le tenaient, ils n'allaient pas le lâcher. Il écoutait et hochait la tête avec un sourire figé. Laurie hésita à voler à son secours puis l'homme la fixa du regard.

— Excusez-moi. Vous êtes bien… euh, la rameuse, là…

Non. Elle ne voulait pas être Laurie Sullivan la rameuse aujourd'hui. Elle s'était trop amusée. Ross se retourna et dut voir la consternation sur son visage. Il intervint rapidement.

— Laurie est dans mon équipe médicale à la clinique.

— Ah. J'aurais pourtant juré…, marmonna l'homme.

— Ce n'est pas grave. On me le dit souvent, répondit Laurie en haussant les épaules.

— À propos de votre fils…, enchaîna Ross.

Il dirigea le couple à l'écart, et leva le pouce dans son dos pour indiquer à Laurie qu'il avait tout sous contrôle.

— Les questions habituelles, à ce que je vois.

Laurie découvrit Jo, la directrice, à côté d'elle.

— Les questions habituelles ?

— Oui, fit Jo. M. et Mme Marshall ont un fils aîné, un gentil garçon, qui est au collège maintenant. Il est très bon au football, et quand il était ici, ils étaient très désireux que je prenne un entraîneur spécial pour lui au club de football.

— Il était un peu jeune pour ça, non ?

Les enfants ici avaient tous entre cinq et sept ans.

— C'était mon avis. Mais ils ne voulaient pas m'écouter, alors j'ai fait appel à mon arme secrète, dit Jo en souriant. Grâce à la réputation de Ross, ils ont accepté ses conseils un peu plus facilement.

— Comme de ne pas être aussi insistants ?

Laurie se demandait ce que ses professeurs avaient pensé de son père. Ce qui se serait passé si quelqu'un avait fait preuve du même bon sens que Jo, et fait appel à quelqu'un comme Ross. Rien, probablement. Son père n'écoutait personne.

— Le football est une carrière très lucrative, dit Jo. Mais à cet âge, notre objectif est de donner aux élèves un vaste éventail de compétences de base, qu'ils peuvent développer et qui leur donne le choix. Ross nous a aidés à élaborer un bon programme sportif, et il a travaillé avec un certain nombre de nos enfants qui ont des besoins spéciaux. Et il s'y prend très bien avec les parents trop insistants.

— Il comprend les problèmes ?

Ross *la* comprenait peut-être mieux qu'elle ne le pensait.

— Oui. Et il est très attaché à donner un bon départ aux enfants.

Laurie sourit.

— Je croyais qu'on était là juste pour s'amuser.

— Eh bien, c'est le cas, répondit Jo en riant. J'ai bien aimé votre duo pendant la course d'obstacles.

Duo ? Son amitié grandissante avec Ross était-elle si évidente ? Mais cela aussi avait été très amusant.

— Mademoiselle… Mademoiselle…

Une fillette tirait sur la robe de Jo.

— Qu'est-ce qu'il y a, Lisa ? Je suis en train de parler…

— Mais Josh est tombé en haut d'un arbre !

Jo s'accroupit à côté de l'enfant.

— Quel arbre, Lisa ? Josh est tombé *en bas* de l'arbre ?

— Non. En haut ! Au-dessus du ruisseau.

Cela n'avait aucun sens pour Laurie, mais visiblement pour Jo, oui. Elle se redressa brusquement.

— Cours vers papa et maman, Lisa. Tout de suite.

Tandis que la fillette détalait, l'inquiétude assombrit le visage de Jo.

— Tu veux bien aller chercher Ross, s'il te plaît, Laurie ? Moi, je vais voir ce qui s'est passé.

Jo s'éloigna aussi vite que le lui permettaient ses talons sur l'herbe. Laurie se précipita vers Ross, et lui saisit le bras pour arracher son attention aux Marshall.

— Jo a besoin de toi. Une histoire de garçon tombé en haut d'un arbre, près du ruisseau.

Ross aussi paraissait savoir de quoi il retournait, car il se mit aussitôt à courir, laissant les Marshall bouche bée.

— Excusez-nous, leur lança Laurie. On revient.

Elle suivit Ross, qui avait dépassé Jo, à présent pieds nus. Laurie accéléra, sentant sa hanche protester. Aucune importance dans l'immédiat. Il se passait manifestement quelque chose de grave, et un enfant était en danger.

Ils contournèrent l'angle du bâtiment scolaire. Un peu plus loin, elle vit un petit groupe d'enfants pressés contre une assez haute clôture grillagée en plastique qui bordait le terrain de jeu de l'école. Et derrière…

Un petit garçon semblait suspendu, la tête en bas, à la branche d'un énorme arbre qui surplombait un ruisseau. Il criait, un mélange de peur et de douleur dans la voix.

Ross avait déjà atteint la clôture et écartait les enfants, examinant le grillage en plastique, se demandant sans doute s'il pouvait l'escalader. Mais la clôture était manifestement conçue pour dissuader les grimpeurs et ne comportait aucun point d'appui. Laurie le rejoignit.

— Comment il est entré ? demanda Ross aux enfants.

— Il a rampé en dessous. Là, répondit un petit garçon.

Le bas de la clôture avait été découpé. L'espace était trop petit pour que Laurie puisse s'y faufiler. Ross s'agenouilla, creusa de ses mains d'un côté du trou, et mit au jour une pique en acier enfoncée dans le sol, qui maintenait le bas de la clôture. Cela pouvait marcher. S'ils pouvaient juste libérer un peu plus de grillage, ils pourraient passer dessous. Elle commença à creuser l'autre côté.

— Doucement. Elles sont plantées assez profondément…

Il saisit le sommet incurvé de la pique et tira vers le haut, poussant un grognement d'effort quand elle se dégagea.

Laurie déblaya la terre et trouva une autre pique, qu'elle tenta de retirer. Elle était trop enfoncée et ne bougea pas.

—Tu veux bien essayer celle-là ? demanda-t-elle à Ross.

Ils s'activèrent de concert, Laurie dégageant deux piques supplémentaires pendant que Ross les sortait de terre. Jo les avait rejoints, pieds nus et essoufflée, et parlait dans son téléphone en éloignant les enfants.

Enfin, Ross souleva la clôture aussi haut que possible.

— Tu peux passer dessous ?

Laurie se glissa sous le grillage, puis le tint pour Ross, qui rampa à son tour dessous. Il passait tout juste, et elle dut mettre tout son poids pour tirer le bord de la clôture.

Le garçon les avait vus arriver et était plus calme désormais. Ou bien il commençait à subir les effets de l'asphyxie par inversion, mais ce serait inhabituel, à moins qu'il ne soit resté des heures la tête en bas. Un enchevêtrement de cordes était accroché à une grosse branche d'arbre qui pendait au-dessus du ruisseau, et un de ses pieds était pris dedans. Ross cerna rapidement la situation.

— Je vais entrer dans l'eau et voir si je peux l'atteindre.

— D'accord. On dirait que je peux monter dans l'arbre, mais si la branche cède et vous écrase…

— Je vais voir ce que je peux faire par en dessous d'abord, dit Ross.

Il se dirigea en pataugeant vers le garçon. Le ruisseau n'était pas trop profond, et il parvint à atteindre les épaules de l'enfant et les soutenir, lui remontant un peu la tête. Mais il n'avait pas accès à son pied. Laurie grimpa à l'arbre.

Escalader le tronc incliné était facile. L'énorme branche qui s'étendait au-dessus de l'eau était solide, mais elle ne mettait aucun poids dessus. Si le garçon était bien là où il était, il valait peut-être mieux attendre les services d'urgence.

— Qu'est-ce que tu en penses, Ross ? Je continue ?

Le regard de Ross passa du garçon apathique dans ses bras à la branche au-dessus de sa tête. Laurie savait que c'était une décision difficile à prendre.

— Il faut qu'on le descende maintenant.

— D'accord. Je vais m'approcher par là.

Elle se mit à quatre pattes pour répartir un peu son poids, et rampa avec prudence. C'était une affaire de confiance. Confiance que Ross avait bien saisi la situation et qu'ils ne pouvaient pas attendre. Sa confiance à lui qu'elle enlèverait son poids de la branche si celle-ci semblait instable.

La corde paraissait prise dans un assemblage complexe de nœuds, et elle n'arrivait pas à voir lequel libérerait le garçon. Mais en s'étirant, elle put la suivre de la main depuis sa cheville et trouver le bon. Elle s'attaqua au nœud, sentant ses ongles se casser et la tiédeur gluante du sang.

— C'est bon, je l'ai.

Le nœud se défit et la tension de la corde autour de la cheville du garçon se relâcha, mais son pied restait coincé.

— Tu peux lui enlever sa chaussure, Ross ?

— Je ne peux pas l'atteindre. Tu peux y arriver ?

— Je pense que oui. Tu le tiens ?

— Oui, il ne va pas tomber.

Avec précaution, elle s'avança jusqu'au pied du garçon. Tirant sur les fermetures à crochets de sa chaussure, elle l'enleva. Le pied du garçon se dégagea de la corde, laissant sa chaussette derrière lui. Laurie baissa les yeux, Ross se dirigeait vers la terre ferme, l'enfant dans les bras.

À présent, *elle* devait s'assurer de ne pas tomber, car elle avait dû se déplacer jusqu'à ce que presque tout le poids de son corps se trouve au-dessus de l'eau. Elle souffla un peu, puis recula petit à petit jusqu'à être de nouveau allongée sur la branche. Après avoir laissé ses muscles se détendre un instant, elle glissa le long du tronc de l'arbre jusqu'au sol.

Ross avait déposé le garçon sur l'herbe, et tentait doucement de le stimuler. Les yeux de Josh s'ouvrirent mais il paraissait désorienté.

Cela pouvait être dû au choc, ou à la douleur de sa cheville enflée. Ou bien à une autre blessure lors de sa chute. Ou au fait d'avoir été suspendu la tête en bas. L'asphyxie causée par la pression des organes internes sur les poumons ne se produisait généralement pas aussi vite, mais c'était tellement inhabituel qu'il y avait peu d'études sur le sujet.

Ross envisagea d'abord la plus grave de ces possibilités, et après avoir vérifié la respiration de l'enfant, il remonta son T-shirt pour voir son dos et sa poitrine, puis exerça de légères pressions sur ses côtes et son estomac. Aucune réaction. Laurie chercha le pouls du garçon. Un peu rapide.

— Pas de signe d'hémorragie interne, dit Ross.

— Laisse-moi vérifier ses hanches et ses jambes. Les enfants sont plus enclins aux dislocations que les adultes.

Laurie explora les membres de Josh. Hormis le gonflement de sa cheville, elle ne trouva rien d'anormal.

— Hé, Josh, dit doucement Ross. Ouvre les yeux… Bien. Respire à fond ? Allez, essaye.

Josh prit une grande inspiration. Jusque-là tout allait bien.

— Ma jambe me fait mal.

— Oui, je sais. On va s'en occuper. Autre chose ?

Josh fit signe que non. Il avait l'air plus alerte. Quand Laurie vérifia à nouveau son pouls, il était à peu près normal, ce que l'on ne pouvait probablement pas dire du sien.

Un cliquetis au portillon de la clôture lui fit lever les yeux. Jo se précipita vers eux et s'agenouilla à côté de Josh.

— Comment va-t-il ?

— On ne voit aucune blessure grave. Mais il a besoin d'être examiné.

— D'accord. Un brancard arrive de l'infirmerie.

— Bien, fit Ross. Et ses parents ?

— Sa mère est par-là, on la cherche. Ah, voilà le brancard.

Le jeune enseignant qui avait apporté le brancard alla chercher la trousse médicale de Ross dans sa voiture. Josh fut transféré sur le brancard, se plaignant bruyamment de sa cheville, et porté dans l'école. Sa mère arriva, visiblement angoissée, et Laurie fit de son mieux pour la rassurer.

Ross ne fit pas les choses à moitié. Sa trousse médicale contenant tout ce qu'il fallait, son examen fut minutieux.

— Josh va bien, à part sa cheville, déclara-t-il, enfin satisfait, à la mère du garçon. Il faudra quand même faire une radio. Ce serait plus prudent. Il a pu se casser un des petits os du pied. Je peux vous emmener aux urgences pédiatriques.

— Tout va bien ?

Josh avait été vu presque immédiatement, et Laurie était allée attendre dans la voiture pendant que Ross parlait à l'interne des urgences. Jo les avait suivis afin de ramener ensuite Josh et sa mère chez eux.

— Oui. Le médecin va effectuer quelques tests par mesure de sécurité, mais il est d'accord avec nous. Le seul problème de Josh semble être sa cheville. On rentre ?

— Je crois que c'est préférable, répondit-elle. Jusqu'à maintenant, l'unique vraie victime de la journée a été un œuf, j'aimerais que ça reste ainsi.

— Moi aussi. Et je ne serais pas contre enfiler des vêtements secs, aussi. Mon pantalon est trempé.

Ils roulèrent en silence. Ross était manifestement fatigué, mais quand ils arrivèrent à la clinique et que Laurie descendit de la voiture, il la retint.

— Hé. J'espère que tu n'as pas passé un après-midi trop horrible.

— J'ai été attaquée par des plumes, j'ai aidé à écraser un œuf et je suis arrivée dernière à la course. Ensuite j'ai aidé à sauver un enfant d'un arbre. Que demander de plus ?

Par-dessus tout, elle avait adoré être la moitié du duo Ross et Laurie, qui semblait fonctionner aussi bien pour les choses amusantes que pour les entreprises mortellement sérieuses.

— Dernière ex-æquo, précisa-t-il avec un sourire. Mais j'imagine que même ça, c'était une première pour toi ?

— Sans aucun doute. Considère-toi comme faisant partie d'une nouvelle expérience.

Elle l'entendit glousser alors qu'elle s'éloignait.

10.

Ross avait pris un long bain chaud, puis il s'était rendu à la clinique. Il avait effectué sa tournée du soir auprès des patients et du personnel, et comme personne ne semblait avoir besoin de lui, il avait gagné son bureau.

Laurie était extraordinaire. Irrésistible. Il avait mis de côté ses propres rêves, maintenant profondément endormis depuis longtemps, et avait été capable de se dire que la vie qu'il menait ici était tout ce qu'il voulait. Mais l'enjouement de Laurie, sa détermination à relever le moindre défi, suffisaient à réveiller n'importe quoi du plus profond sommeil, et Ross en particulier. À présent, le rêve s'enroulait de nouveau autour de son cœur, pareil à un serpent, serrant très fort.

C'était fou. Il savait qu'il ne pourrait pas avoir ce qu'il désirait, mais il n'arrivait pas à enterrer l'idée. L'idée qu'ils pourraient vaincre les obstacles et se connaître un peu mieux. Prendre leur temps, et ensuite apprendre à bâtir une vie. Une famille.

Une famille, c'était la seule chose qu'il ne pouvait pas lui donner. Et cela détruirait toute vie qu'ils réussiraient à bâtir. Il aurait beau réfléchir à une issue, rien ne changerait la dure réalité de cette situation, y penser plus longtemps ne servait donc à rien. Il ouvrit le dossier sur son bureau qui contenait des documents à remplir pour la clinique. Il avait un peu de retard, et pouvait passer la soirée à le rattraper.

Quatre heures plus tard, il avait son compte pour la journée. Mais il semblait que la journée n'avait pas son compte avec lui. Après avoir arpenté son appartement d'un pas fébrile, il recourut au seul endroit qui avait un pouvoir calmant sur lui. Il versa une giclée de scotch dans un verre, descendit l'escalier de son balcon et se dirigea vers le lac.

Il avait l'impression d'avoir été assis un long moment sur le ponton, les yeux perdus au loin, quand il entendit des pas derrière lui. Inutile de se retourner, il savait qui c'était. Et même là, il avait envie de sa compagnie. Laurie se posa à côté de lui, balançant ses jambes au-dessus de l'eau.

Il pivota pour voir son visage illuminé par le clair de lune.

— Hey. Tu en veux un peu ?

Elle prit le verre, le renifla, puis prit une gorgée.

— Mmm, c'est bon. Double malt. Il n'y en a pas assez pour deux, cependant.

— Un peu du meilleur suffit, répondit-il.

Elle prit une seconde gorgée avant de lui rendre le verre. Quand il le porta à ses lèvres, il crut goûter les siennes, mais ce n'était peut-être que son imagination. Ils restèrent ainsi en silence. C'était agréable. Amical. Quelqu'un avec qui partager son temps de réflexion, à défaut de ses pensées.

— Au fait, tu sais pourquoi il y avait toutes ces cordes sur cet arbre ? demanda-t-elle finalement.

— Jo m'en a parlé un jour. Ce petit coin boisé fait partie du terrain de l'école. Il a été clôturé pour raisons de sécurité. Des ados entraient par effraction.

— Pour enrouler des cordes sur des arbres ?

Il lui tendit à nouveau le verre.

— Et se suspendre au-dessus de l'eau. Un peu comme du saut à l'élastique sans élastique. Jo voulait éviter tout risque d'accident. L'arbre est plutôt haut. Ils ont dû essayer de couper le grillage là où on a découvert le trou, puis renoncer.

— J'aurais presque aimé avoir fait quelque chose d'un peu dingue quand j'étais ado, dit-elle d'un ton songeur. Enfin, pas aussi dingue que ça. Mais m'amuser un peu, quoi.

— Trop occupée à t'entraîner ?

— Oui, fit-elle dans un soupir. Tout tournait autour de l'entraînement. Ou peut-être que tout tournait autour de mon père, qui ne pensait qu'à l'entraînement. Et toi ? Tu as dû trouver des bêtises à faire par ici. Toute cette campagne et ces lacs.

— Hum… Pas vraiment. Un trajet de cinq kilomètres à vélo dans chaque sens pour rejoindre la ville la plus proche a tendance à mettre un frein aux frasques improvisées. C'est l'un des inconvénients de vivre dans un endroit aussi isolé. Bien que ma mère dise que c'est un avantage.

— Donc toi et moi étions deux solitaires.

Elle but une gorgée de scotch et lui rendit le verre.

— J'ai la clinique. Tu as…

Laurie avait un avenir, et il la voyait avancer pour le saisir à pleines mains.

— Une hanche en vrac et une capacité de déni ?

— Ta hanche est en voie de guérison. Tu retourneras bientôt ramer et te préparer à gagner cette médaille d'or.

Il ne voulait pas penser à toutes les autres choses qu'elle pourrait faire, parce que ce ne serait pas avec lui.

Elle lui fit soudain face, sa peau pâle dans l'obscurité.

— J'ai confiance en toi, Ross.

Cela suffisait-il ? Il aurait voulu, mais ce n'était pas le cas.

— J'ai confiance en toi, moi aussi. Mais je n'ai plus confiance en l'avenir.

La main de Laurie se posa légèrement sur sa joue.

— J'aimerais pourtant, Ross. Car alors, peut-être que nous…

Il la fit taire d'un doigt sur ses lèvres. Il ne voulait pas entendre parler de toutes les choses qu'elle croyait qu'ils pourraient faire ensemble, parce qu'elles étaient impossibles.

— C'est la différence entre nous, Laurie. Tu peux changer ton avenir. Je ne peux pas changer le mien.

Elle passa ses bras autour de son cou, comme pour le sauver de quelque chose. Puis s'écarta brusquement, sa main volant vers sa bouche.

— C'est embarrassant, non ? Enlacer le patron devant tout le monde.

— Regarde autour de toi. Il se trouve que c'est le seul endroit qui n'est pas visible des fenêtres de la clinique.

— Je suis contente que tu saches ça, répondit-elle en souriant. Ça fleure la saine mauvaise conduite. Tu commences à me paraitre plutôt humain, en fin de compte.

— Merci ! dit-il en feignant l'indignation. Je n'avais pas l'air humain avant ?

— Tu as raison un peu trop souvent à mon goût.

— Il m'arrive de me tromper.

Il voulait tellement se tromper. Sur tout, sur sa certitude qu'aller plus loin avec Laurie finirait en catastrophe.

Et puis il y avait ces yeux. Sombres et complices. La main qui caressait le côté de son visage, lui donnant des frissons dans le dos. Il se pencha, planta un baiser sur sa joue.

— Qu'est-ce que tu dis, déjà ? Un peu du meilleur suffit ? murmura-t-elle.

Ils étaient si proches à présent, qu'ils se touchaient presque, et il pouvait sentir son souffle sur sa joue.

Il effleura son bras. Elle pressa sa jambe contre la sienne. Chaque contact était précieux et exquis. Et puis une bouffée d'émotion quand il mit ses bras autour d'elle et l'embrassa. Sa réponse fut à la hauteur de la sienne. Audacieuse et avide, comme si le passé n'existait pas et que le futur n'était pas encore arrivé. Prenant chaque moment, sans peur ni regret.

— C'est incontestablement la meilleure chose qui ne me soit pas arrivée aujourd'hui.

Il la serra contre lui, sachant qu'il devrait bientôt la lâcher.

Elle leva la main et passa son pouce sur ses lèvres.

— Si ça n'est jamais arrivé, on pourrait recommencer…

Laurie avait demandé un jour de congé. C'était compréhensible, elle avait travaillé beaucoup plus d'heures qu'elle n'était payée ces deux dernières semaines, et peut-être avait-elle d'autres choses à faire. Mais sa présence à la clinique manquait à Ross.

Quand il était passé dans la chambre d'Adam, lors de sa tournée quotidienne, le garçon lui avait dit que Laurie ne viendrait pas jouer aux jeux vidéo aujourd'hui, même si elle avait accumulé assez de points pour que son avatar change complètement de garde-robe. Elle n'était pas en train de se promener au bord du lac. Ni, à moins que Ross ne se trompe fortement, quelque part dans un bateau.

Ou bien si ? Cela faisait presque trois semaines qu'il l'avait vue ramer devant sa fenêtre, et il savait que cela lui manquait. Peut-être que son esprit rebelle en avait assez de l'existence calme et ordonnée de la clinique, et qu'elle avait décidé qu'elle avait besoin de retourner sur un bateau. Il lui avait clairement fait comprendre qu'il n'était plus responsable de son traitement, mais l'idée qu'elle mette la guérison de sa hanche en péril le dérangeait quand même.

Elle n'avait pris aucune des voitures électriques de la clinique pour se rendre en ville, et lorsque Ross trouva une excuse pour rentrer prendre quelque chose chez lui, il remarqua que les longs rideaux du salon du petit appartement du dessous étaient tirés, alors que c'était presque l'heure du déjeuner. C'était étrange, parce que Laurie était une telle créature de la lumière. Elle l'aimait et la lumière l'aimait.

Il lui avait dit qu'il lui faisait confiance, et il avait fait une promesse. Il devrait la tenir. Elle voulait simplement une journée pour elle, il ne devait pas l'interrompre…

Ross rentra tard de la clinique, et ouvrit la porte-fenêtre qui donnait sur le balcon. Alors qu'il regardait l'étendue sombre du lac, une silhouette assise sur le banc au bord de l'eau attira son attention. Laurie.

Que faisait-elle là-bas ? Certes, la soirée était chaude et la quiétude du lac l'attirait souvent à cet endroit, mais il y avait autre chose dans sa posture, les épaules voûtées et la tête baissée. Sans même réfléchir à la pertinence de son impulsion, il descendit deux à deux les marches de l'escalier en colimaçon et se dirigea vers le lac.

Elle avait dû entendre ses pas car elle tourna la tête. Il voyait à présent son visage, pâle et impassible dans la pénombre. Elle serrait précieusement quelque chose sur ses genoux.

— Hey…

— Salut, Ross.

— Je peux m'asseoir avec toi ?

Elle hocha la tête, comme si cela lui était égal. Il s'installa à côté d'elle. Il voyait maintenant ce qu'elle tenait – une maquette de bateau en bois.

— Qu'est-ce qui se passe ?

— Oh ! rien… Rien. Je pensais que ce serait une bonne idée mais… je ne le sens pas vraiment.

Elle avait l'air de ne rien ressentir, mais il n'était pas dupe. Elle avait appris à surmonter la douleur en faisant semblant de ne rien éprouver, et plus son visage était impassible, plus elle se battait.

— C'est pour quoi faire ?

Il effleura du bout des doigts la maquette de bateau. Ce faisant, il s'aperçut qu'elle était pleine de petit bois et qu'une boîte d'allumettes était posée sur le banc à côté de Laurie. Elle disait au revoir à quelque chose… ou à quelqu'un.

— Il est parti depuis longtemps, répondit-elle en le regardant gravement. Ça fait quinze ans aujourd'hui. J'ai passé presque autant de temps sans lui qu'avec lui.

— Et tu as pensé que tu pourrais envoyer le bateau sur l'eau ? Comme un souvenir de quelqu'un que tu as perdu ?

— Oui, c'est un modèle que j'avais à la maison et… je l'ai mis dans ma valise quand on est allés à Londres. Maintenant je ne sais pas si c'est ce qu'il faut faire.

— Si tu en fais le bon choix, alors ça l'est.

Elle lui jeta un regard pensif.

— Ça ne changera rien.

— Non, en effet. Parfois pourtant, se souvenir de quelqu'un et lui dire ce que l'on veut change tout pour soi.

Elle acquiesça. Était-elle tellement habituée à dissimuler ses sentiments qu'elle ne serait pas capable de briser son masque impassible ? Il savait en tout cas une chose. Elle le voulait.

— Je te propose un marché. Si tu pousses ton bateau d'ici, il reviendra flotter jusqu'à la rive. J'ai une paire de cuissardes et je peux l'emmener assez loin pour qu'il attrape le courant. Tu pourras dire ce que tu as envie de dire et peut-être que ça partira à la dérive aussi.

Elle réfléchit un instant puis hocha la tête. Il retourna à la hâte chez lui avant qu'elle ne change d'avis.

Laurie était assise depuis plus d'une heure, attendant un moment qui semblait ne jamais venir, durant lequel elle pourrait être en phase avec ses sentiments et leur trouver un sens. Tout ce qu'elle ressentait, en ce jour anniversaire de la mort de son frère aîné, c'était une souffrance écrasante et une atroce culpabilité.

Peut-être attendait-elle que Ross vienne et donne du sens à tout cela pour elle. Mais c'était un peu trop demander.

Il était revenu avant qu'elle n'ait pu non plus donner un sens à son envie qu'il soit là. Il posa les cuissardes sur le sol et la rejoignit sur le banc.

— Pour qui est le bateau, Laurie ?

Ça, c'était une question facile.

— Mon frère aîné, Tom. Il est mort quand j'avais quinze ans.

— Il devait être jeune.

Il comprenait le terrible gâchis d'une vie qui n'aurait dû que commencer, car il hocha la tête.

— Il avait vingt et un ans.

Elle soupira et soudain, il devint plus aisé de parler.

— Mon père nous a tous poussés à viser des carrières sportives. Tom devait être le joueur de tennis, mais mon jeune frère Ben a toujours été plus doué. Mon père a poussé et poussé Tom à se donner à fond et… il l'a poussé trop fort.

— En quoi était-il le meilleur ? Ce que tu aimerais le plus te rappeler de lui ?

Personne ne s'était demandé ça. Tom avait été pris dans

une spirale de mauvaises attentes et d'échecs, et c'était ce qui définissait sa mort aussi bien que sa vie.

— Il était très gentil et drôle. Quand j'étais petite, il me faisait des marionnettes à doigts et on montait nos propres pièces avec. Tom trouvait toujours les meilleures répliques.

Toute leur complicité revint à ce souvenir. Avec le chagrin. Mais c'était mieux que le vide dans lequel elle était assise.

— Il a l'air formidable.

— Il était vraiment créatif et il racontait de super histoires. Pour mon dixième anniversaire, il m'a fabriqué un livre sur un dragon qui obligeait tout le monde à faire ce qu'il disait... on savait tous les deux que c'était mon père, en réalité. Un jour, le dragon a eu tellement de vapeur qui lui sortait des oreilles qu'il a explosé. C'était...

Laurie s'étrangla, les larmes coulaient sans retenue sur son visage.

— Respire, murmura Ross, en posant légèrement son bras autour de ses épaules. Respirer aide.

Il avait raison. Et d'une certaine façon, les larmes aidaient aussi. Après une grande inspiration, elle poursuivit.

— Mon père refusait de voir qu'il n'était pas fait pour le sport, ce n'était pas ce dont il avait envie et il n'était pas si bon non plus. Mais il n'a fait que pousser Tom à se dépasser, il répétait que c'était un raté et que notre jeune frère était meilleur que lui. Tom s'est procuré des stéroïdes quelque part, pour tenter de se rendre acceptable aux yeux de mon père, et...

— Les effets secondaires habituels ?

Elle acquiesça.

— Oui, manque de contrôle des impulsions et agressivité. Combiné avec toute la frustration et le rejet qu'il ressentait déjà. Il rentrait à vélo et... le feu était rouge pour lui et il aurait dû céder le passage, mais il ne l'a pas fait. Il a foncé sur un camion, s'attendant à ce qu'il s'arrête, mais il n'y avait aucune chance qu'il le puisse. J'avais quinze ans, et c'est là que j'ai décidé que je devais m'échapper de tout ça.

— Alors… il n'a pas pu se sauver, mais… peut-être qu'il t'a sauvée, toi ?

— Je ne pense pas que c'était son but. Il était juste sous l'influence de drogues.

— Peut-être. Mais il semble qu'il t'aimait beaucoup. Qu'est-ce qu'il te dirait aujourd'hui, s'il savait que tu t'es libérée de votre père ?

Encore des larmes. Mais l'oppression dans sa poitrine s'apaisait maintenant qu'elle ne luttait plus pour les retenir.

— Je pense qu'il dirait qu'il en est heureux. Il m'écrirait probablement une histoire.

— Ah oui ? Alors tu as une raison de le remercier.

La vie de Tom ressemblait brusquement moins à un catalogue d'échecs et d'occasions manquées.

—Tante Suze disait toujours que c'était un tel gâchis…

— Elle a raison, c'était le gaspillage d'une jeune vie. Mais ce qu'il était, les choses qu'il a faites ne seront jamais gâchées tant que tu te souviendras de lui pour ces choses.

Elle essuya son visage, et saisit le bateau sur le banc à côté d'elle. Ce n'était pas faire bonne figure comme autrefois pour son père. C'était le besoin de dire les choses qu'elle voulait vraiment, pour Tom, et c'était très différent.

— Allons-y.

— Oui, répondit Ross. Faisons-le.

Il enfila les cuissardes et ils s'avancèrent au bord de l'eau. Dans l'obscurité, avec Ross silencieux à ses côtés, Laurie dit tout ce qu'elle voulait dire à Tom. Puis il posa le petit bateau sur la surface et lui tendit les allumettes.

Ses mains tremblaient, et elle en brisa deux en tentant de les frotter sur le côté de la boîte. Mais la troisième s'enflamma joyeusement, et elle l'approcha du petit bois dans le bateau. Cela rougeoya puis s'embrasa.

— Tu veux que je l'emmène maintenant ? murmura Ross.

— Oui, s'il te plaît.

Elle pressa ses doigts contre ses lèvres, déposa le baiser sur le flanc du bateau, puis Ross s'éloigna en le poussant.

Les flammes se propageaient à présent, et le feu qu'elle avait construit avec soin commença à lécher le mât.

Soudain, il fallait qu'elle participe à cela aussi. Laurie entra dans l'eau et il se retourna pour l'attendre.

Aucun commentaire sur le fait qu'elle allait abîmer ses sandales, ou que l'eau était froide. Quand elle le rejoignit, il poussa le bateau vers elle et elle s'en empara avec précaution. Ils firent quelques pas de plus, la main de Ross autour de sa taille la stabilisant contre la force du courant. C'était cela qu'elle devait faire, et elle ne voulait pas le faire seule. Elle voulait que Ross soit avec elle.

Elle dit un dernier au revoir et poussa le bateau sur le lac. Il oscilla un moment, puis le courant le trouva et il se mit à dériver, une tache de flamme brillante dans l'obscurité.

Elle ne put s'empêcher de pleurer à nouveau, mais elle n'avait pas besoin de se retenir. Ross la serrait contre lui, et la chaleur de son corps la réconfortait. Ensemble, ils regardèrent le bateau s'éloigner, jusqu'à ce que les flammes embrasent la structure et que la lumière s'éteigne.

Ross, l'homme qui semblait avoir réponse à tout, était autant à court de mots qu'elle. Quand elle leva les yeux vers lui, il fixait l'étendue sombre devant eux, et elle crut voir briller la lueur d'une larme. Une larme pour son Tom bien-aimé, qui émut Laurie plus qu'elle n'aurait pu le dire.

— Merci, Ross.

Il hocha la tête, lui prit la main, et ils sortirent de l'eau ensemble. Silencieux dans l'obscurité et pourtant si proches. Il la regarda marcher maladroitement vers le banc, ses pieds glissant dans ses sandales mouillées.

— Je ne peux pas marcher avec ça…

Elle s'assit et les enleva. Le sol rugueux entre la rive du lac et la pelouse à l'arrière de la maison risquait d'être un peu dur sous ses pieds, mais au moins elle ne tomberait pas.

— Tu veux que je te porte sur mon dos ? demanda Ross en troquant ses cuissardes pour ses baskets.

Ce n'était sans doute pas la façon la plus élégante de quitter l'hommage rendu à son frère, mais Tom aurait trouvé ça drôle. Elle se mit debout sur le banc et grimpa sur le dos de Ross.

— Ouh… Tu es bien plus lourde que tu n'en as l'air !

Pourtant, il ne semblait avoir aucune peine à la porter, et progressait à grands pas vers la maison.

— C'est parce que ce n'est que du muscle. Où est passée ta connaissance de l'anatomie humaine, Ross ?

Tom aurait trouvé la taquinerie drôle aussi.

— La prochaine fois que j'aurai besoin qu'on me porte, je saurai à qui demander…

— Tu ne m'en crois pas capable ?

— Oh ! je crains que si, hélas. Reste tranquille, tu veux ?

Elle enroula les bras autour de son cou, se blottissant contre lui. La chaleur de son corps pénétrait à travers son jean mouillé et sa force était réconfortante et…

Elle n'aurait peut-être pas dû ressentir cela. Mais Tom s'en serait moqué, il aurait simplement ri et lui aurait dit de foncer. Il aurait compris les dégâts causés par son père, combien elle avait été incapable d'envisager l'idée d'une famille heureuse ou d'une relation parce que tout cela lui semblait être une prison. Et peut-être aurait-il compris que ses sentiments commençaient à changer.

Néanmoins, même si elle faisait confiance à Ross, même si Ross lui faisait confiance, cela ne changeait rien. Il n'avait pas confiance en l'avenir, et elle savait qu'il n'irait pas plus loin que quelques baisers, vis-à-vis desquels ils pouvaient faire semblant de croire qu'ils n'étaient pas arrivés.

Il atteignit le patio et la laissa doucement descendre de son dos. Elle ne pouvait pas le laisser partir maintenant, et elle saisit sa main, sentant ses doigts s'enrouler autour des siens.

— Merci, Ross. C'était… tout ce que je voulais que ce soit.

— C'était un honneur de partager ce moment avec toi.

Elle ne voulait toujours pas le quitter. Mais il retira sa main.

— Tu devrais rentrer te sécher. Peut-être prendre une douche pour te débarrasser de l'Eau d'Algue Verte…

— Tu ne l'aimes pas ?

— Elle a un charme étrange. Tu devrais vérifier s'il y a du poisson dans tes poches, par contre. Et si je faisais du chocolat chaud ? Je te retrouve sur l'escalier, dehors.

— J'ai du chocolat chaud. Et plein de lait.

Elle ne voulait pas qu'il la laisse, même pour quelques minutes.

— Chez toi, alors…

Son sourire la fit frissonner. Elle le mena dans le petit appartement. Les rideaux étaient restés tirés toute la journée, la lumière lui avait trop fait mal aux yeux, mais maintenant elle voulait voir le lac. Elle les ouvrit, faisant entrer l'éclat de la lune qui se reflétait sur l'eau.

Il la poussa vers la salle de bains, son jean laissant une traînée d'eau derrière elle. Quand elle revint, il avait essuyé le sol, retapé les coussins du canapé, où elle était restée assise toute la journée. Et il y avait deux tasses fumantes sur le bar.

— Comme c'est bon. Merci pour cette soirée.

Elle s'installa à côté de lui sur le canapé, et il allongea son bras sur les coussins derrière elle. C'était une invitation ouverte à un câlin, et elle se rapprocha, acceptant volontiers l'offre.

11.

Ross y avait beaucoup réfléchi. Combien cela semblait juste, et à quel point il s'était trompé. Laurie avait changé. Elle avait appris à faire confiance aux gens qui l'entouraient, et que montrer ses sentiments n'était pas négatif. Elle n'avait plus besoin de lui, et il était temps de la laisser partir.

Il attendit la fin de la journée afin d'avoir l'opportunité de la trouver seule. Laurie était un être d'habitudes, et elle aimait descendre s'asseoir un moment au bord du lac après le travail, et observer le mouvement de l'eau. Peut-être voyait-elle quelque chose qu'il ne voyait pas, des courants qui faisaient dériver un bateau, ou entravaient sa progression. Ou peut-être aimait-elle simplement la vue.

Il la rejoignit, et elle sourit. Un *vrai* sourire, remontant jusqu'aux yeux, comme si elle était réellement contente. Cela le réjouit, mais rendit aussi plus difficile ce qu'il s'apprêtait à faire. Il lui tendit une enveloppe.

— J'ai quelque chose pour toi.

— Oui ? C'est quoi ?

Elle l'ouvrit, sortit une feuille de papier qu'elle parcourut.

Progrès significatifs…

Attitude positive…

Confiant dans le fait que le Dr Sullivan s'investit dans l'amélioration de son état, et qu'elle continuera après son départ…

— Son départ de la clinique ?

Elle releva les mots qu'il avait tapés, effacés et retapés trois fois.

— Qu'est-ce que j'ai *encore* fait, Ross ?

— Rien, tu n'as rien fait. Pourquoi tu penses que… ?

Elle agita furieusement le papier sous son nez.

— Parce qu'on dirait bien que tu me fiches à la porte.

Elle n'allait manifestement pas lui faciliter la tâche.

— Je ne te mets pas à la porte, Laurie. Lis cette lettre.

— Oui, je la lis. Ça dit un tas de choses sympathiques sur moi, et que je n'ai plus besoin de toi.

— Tu n'as jamais eu besoin de moi.

— Si, Ross. J'avais besoin de toi. J'avais besoin de quelqu'un pour me secouer et me faire comprendre ce que je me faisais subir. Et *ça*… c'est une lettre de renvoi. Un joli petit certificat, et dehors ! Après m'avoir *promis* que je pourrais aider ces enfants.

Il ne se rappelait pas avoir promis quoi que ce soit de semblable. Mais elle avait raison, il lui avait dit qu'elle pouvait prendre le traitement d'Adam et Tamara en charge, et elle avait réalisé un excellent travail.

— C'est la bonne chose…

— Non ! Ce n'est pas la bonne chose à faire. Si tu veux que je parte, tu n'as qu'à le dire.

Il ne voulait pas qu'elle parte. Mais c'était justement toute la question. Quelque part, au fond de lui, sa colère lui donnait envie de la prendre dans ses bras. Pour plus qu'un simple câlin.

— Tu ne comprends pas ce que je fais…

— Non, en effet, je ne comprends pas. Essaie de me l'expliquer. Avec des mots d'une syllabe, s'il te plaît.

Il prit une inspiration. Il avait mis tout cela au point dans sa tête, et il était certain de faire ce qu'il fallait. Sauf qu'il avait espéré qu'elle lise la lettre et comprenne aussi que c'était le plus adéquat, sans avoir besoin d'explications.

— Très bien. Calme-toi.

— Non, je ne me calmerai pas, Ross. C'est… trop.

Elle froissa le papier dans sa main, le jeta à ses pieds. Le vent l'attrapa, et la boule de papier rebondit sur l'herbe, se logeant entre des pierres au bord de l'eau.

— Ce n'est qu'une copie. J'ai déjà envoyé l'original à au spécialiste qui te suit.

— Sans me le dire ? Comment oses-tu me manipuler, Ross ?

C'était exactement son propos. Il fallait que cela cesse.

— Écoute, Laurie. Il y a trois semaines, je t'ai fait une offre impossible à refuser. Je t'ai dit que la clinique ne te traiterait plus, sachant très bien que cet endroit était ta dernière chance.

— C'est vrai, répondit-elle avec un regard féroce.

— Je ne savais pas alors que tu avais été contrainte toute ton enfance à rentrer dans un moule, ni que tu avais perdu ton frère. Mais ce n'est pas une excuse, je n'aurais pas dû le faire.

Elle croisa les bras, détournant les yeux vers le lac.

— On en a déjà parlé. J'ai admis que j'étais déraisonnable, et tu m'as empêchée de me tirer une balle dans le pied.

— Ça ne veut pas dire que ce que j'ai fait était bien.

Il y eut un éclair de colère dans ses yeux.

— Alors… quoi ? Tu te sens coupable parce que je vais mieux ? Peut-être que tu devrais penser à changer de carrière, parce que le métier de médecin ne semble pas te convenir.

Elle passait délibérément à côté de l'essentiel, et les mots qu'il voulait dire sortirent avant qu'il ne puisse les arrêter.

— Je tiens à toi, Laurie. Plus que je ne le devrais… Je veux que tu restes, et c'est pourquoi j'ai tort de t'y obliger.

— Mais pourquoi ne l'as-tu pas dit ?

— Parce que… si je pouvais t'offrir plus, je le ferais, ici et maintenant. Mais ce n'est juste pour aucun de nous, et tu le sais. Cette lettre signifie que tu es libre de partir.

Elle écarquilla les yeux et ouvrit la bouche pour protester, puis la referma. Elle savait aussi bien que lui qu'une relation ne pouvait pas marcher entre eux. Le débat était clos.

Se lever et lui tourner le dos s'avéra difficile. Et les mots qu'elle lui jeta lui firent l'effet d'un coup de poignard entre les omoplates.

— Ross ! Ne t'en va surtout pas !

Il n'avait pas le choix. C'était la bonne chose à faire mais il était en danger imminent de tout effacer, simplement pour revoir le sourire de Laurie. Lorsqu'il atteignit les marches de l'escalier en colimaçon qui menait à son appartement, il eut l'opportunité de jeter un coup d'œil derrière lui.

Laurie était allée jusqu'au bord du lac et se penchait pour ramasser la lettre froissée. C'était déjà ça. Peut-être que si elle la relisait, elle comprendrait.

Une nuit blanche n'apporta aucune réponse hormis celles que Laurie ne voulait pas reconnaître. Trois semaines plus tôt, elle aurait pris la lettre et serait partie, sans un regard en arrière. Ross n'aurait pu choisir pire moment que maintenant pour la lui remettre, quand tout ce qu'elle voulait, c'était rester. Mais si tel était vraiment le souhait de Ross, elle s'en irait. Elle laissa un message à Sam, lui demandant si elle était libre pour le déjeuner, et se mit au travail. Elle ne supportait pas l'idée de devoir dire au revoir aux amis qu'elle s'était faits ici, ni à Tamara et Adam, mais elle y était forcée.

À midi, Sam, l'air un peu inquiet, toqua à la porte-fenêtre.

Elle se percha sur un des tabourets de bar et piqua une rondelle de tomate dans la salade mixte préparée par Laurie.

— Mmm, ça a l'air bon. Qu'est-ce qui se passe ?

— Je vais partir. Demain, probablement.

— Partir ? s'exclama Sam, les yeux arrondis de surprise. Mais je croyais que tu restais encore trois semaines.

— Oui, moi aussi, admit Laurie en branchant la bouilloire.

— Bon… Tu ne t'es pas disputée avec Ross, si ?

— Il a dit quelque chose ? demanda Laurie malgré elle.

— Non. En fait, il n'a même rien dit à personne de toute la matinée. Quelque chose le titille.

— Il m'a écrit une lettre.

— Une lettre ? répéta Sam, stupéfaite.

Laurie aurait dû se contenter de l'informer de son départ. Lui donner ses notes sur Adam et Tamara et en rester là. Mais c'était sans compter sur l'espoir tenace qu'il devait bien y avoir un moyen d'arrêter ce qui se passait.

— Tiens, sers-toi de salade. Je vais te montrer.

Elle alla chercher la lettre et l'étala sur le bar. Sam but une gorgée de thé et s'en empara.

— C'est passé dans une machine à laver ou un truc du genre ?

— Non, je… hum. Je l'ai froissée et jetée.

— Ah, forte charge émotionnelle, donc.

Sam sourit, comme si ce n'était pas plus mal. Puis elle se concentra sur la lettre tout en mangeant.

— Je reconnais que ça ressemble à ce qu'on écrit quand un patient s'en va. Mais ce n'est pas ce que tu voulais ? Ross t'a fourni les éléments nécessaires pour ton spécialiste.

— Il a dit que ça signifiait que j'étais libre de partir. Je suppose que c'est ce qu'il veut.

— Hum, fit Sam. Tu es sûre de ça ? Laisse-moi relire.

Inutile d'essayer de manger. Laurie regarda misérablement Sam pendant qu'elle relisait la lettre.

— Bon, je ne peux pas entrer dans sa tête. Mais je connais Ross depuis un moment, et… quand il décide que quelque chose ne va pas, il est incapable de laisser tomber. C'est admirable en fait, mais ça peut être agaçant.

— Alors… qu'est-ce que tu penses ?

— Il ne voulait pas te mettre au pied du mur comme il l'a fait. Si c'est la faute de quelqu'un, c'est la mienne, parce que je lui ai dit que tu ne suivais pas mes conseils…

— Tu avais raison. J'aurais fait la même chose. J'ai été déraisonnable et je suis vraiment désolée…

Sam pressa gentiment la main de Laurie.

— L'eau a coulé sous les ponts. Je n'en parle que parce que je sais que Ross était contrarié de ne pas te laisser le choix, c'est contraire à tout ce en quoi il croit. À mon avis, c'est de ça dont il est question ici, pas du désir que tu partes.

— Trop gentleman, tu veux dire ?

Sam éclata de rire.

— Oui. Ce n'est pas une mauvaise chose, j'imagine.

— Non. C'est plutôt chouette, vraiment.

Le raisonnement de Sam se tenait, mais Laurie avait été trop bouleversée et déçue pour le voir avant. Elle avait tellement peur d'être rejetée qu'elle avait sauté trop vite à cette conclusion sans regarder derrière les mots de Ross.

— Qu'est-ce que tu vas faire ? demanda Sam.

— Je vais lui faire comprendre que je veux rester. Je veux finir ce que j'ai commencé avec Adam et Tamara, et je veux poursuivre ici mon propre programme d'exercices. Cet endroit me donne le cadre dont j'ai besoin pour aller mieux.

— Ça me paraît bien, dit Sam en acquiesçant de la tête. Si Ross a un problème avec ça, il le dira.

Il y *avait* un problème, dont Laurie n'avait pas parlé à Sam. Ross avait dit qu'il tenait à elle, et qu'il irait plus loin si seulement il le pouvait. Mais peut-être trouverait-elle un moyen pour eux deux d'y parvenir aussi.

La séduction. C'était la voie à suivre. Si cela ne marchait pas, Laurie pourrait partir et se dire que cela avait été une expérience. Mais elle y avait mûrement réfléchi, et c'était ce qu'elle voulait. C'était ce que Ross avait dit vouloir également.

Le seul problème était qu'elle avait laissé son unique jolie robe chez elle, ainsi que les sandales à talons hauts qui allaient avec. Mais les problèmes étaient faits pour être résolus. Peut-être qu'une approche moins flagrante valait mieux, de toute manière. Si elle en faisait une blague, ils pourraient rire pour échapper à l'embarras.

Elle enfila des leggings noirs et des baskets de couleur foncée. Un pull noir, qu'elle avait apporté au cas où le temps tournerait au froid, ferait l'affaire, et le bonnet en laine bleu foncé qu'elle portait pour ramer couvrait ses cheveux.

Après s'être glissée hors de l'appartement, elle leva les yeux vers le balcon de Ross. La porte-fenêtre était entrouverte, comme la plupart des nuits, afin de laisser l'air frais entrer dans la chambre. Une lampe allumée devant la fenêtre du salon lui indiqua qu'il était là. Elle masqua son visage avec l'écharpe bleu marine qu'elle tenait à la main.

Maintenant ou jamais. Si elle ne le faisait pas maintenant, elle devrait partir le lendemain, car à présent qu'elle savait qu'il la désirait, elle ne supporterait pas un jour de plus à le désirer sans le toucher. Elle grimpa silencieusement l'escalier en fer forgé, franchit le balcon et se faufila, pareille à une ombre, par la porte-fenêtre.

La chambre était déserte, comme elle s'y attendait. C'était un décor masculin, avec des murs grèges et de lourds meubles en chêne. Dans un coin, un solide miroir sur pied, du genre de ceux que l'on trouvait dans les magasins pour hommes, et plein de tableaux et de photographies encadrées sur le mur. C'était à la fois confortable et…

Il y avait un lit. La seule chose qui intéressait vraiment Laurie. Si tout se passait comme prévu, peut-être découvrirait-elle si le matelas était aussi doux qu'il le paraissait.

Il y eut un bruit de pas dans le couloir. Elle ne pensait pas avoir fait de bruit et se demandait comment attirer l'attention de Ross, mais il semblait au fait de sa présence. Quand il atteignit le seuil de la porte ouverte, elle vit son sourire, et une vague de désir la fit flageoler sur ses jambes.

— Qu'est-ce que tu veux ?

Il savait exactement ce qu'elle voulait. L'expression de son visage le révélait clairement. Mais Ross la testait toujours, la forçait à le dire. Il la fixait du regard et elle abaissa le foulard. Elle avait besoin qu'il voie son visage et sache qu'elle était sérieuse. Résolue.

— Tu m'as dit que j'étais désormais libre de faire ce que je voulais. Je sais que tu crois que nous n'avons pas d'avenir ensemble et je le respecte. Mais ce soir, je veux être avec toi, Ross. C'est ça que je veux.

— Pour parler ?

Il savait pertinemment qu'ils avaient bien assez parlé.

— Non. Je te veux là, dit-elle, pointant le lit du doigt.

Brusquement, il sourit. Cet avant-goût de malice qui faisait battre son cœur et lui faisait penser à toutes les choses que Ross et elle pourraient faire ensemble. Puis il tira son polo par-dessus sa tête, le laissant tomber sur le tapis.

Magnifique. Ross avait le genre de corps fait pour le plaisir. Elle avança, trouva ses bras, et il l'embrassa.

C'était comme tout le reste entre eux. Deux fortes personnalités qui se battaient pour la domination, mais qui voulaient l'une et l'autre la même chose. Or, il ne lui laissait aucun doute sur ce qu'il voulait. Il s'écarta une seconde, sourit et l'embrassa encore. Il allait rendre cette nuit parfaite.

Ross était assis dans le rond de lumière de la lampe. Il y avait un tas de lecture près de lui sur le canapé, ainsi que la télécommande, mais il n'était capable de se concentrer sur rien. Il n'avait pas vu Laurie depuis vingt-quatre heures, et cela lui donnait déjà l'impression qu'elle était partie.

Il entendit un bruit. Le léger craquement de la porte-fenêtre à côté qui s'ouvrait et un autre alors qu'elle se refermait. Ce n'était pas la brise. Il y avait quelqu'un, et ça ne pouvait être qu'une seule personne.

Il essaya de marcher lentement vers la chambre. Essaya de ne pas tirer de conclusions hâtives sur sa présence, mais quand il la vit, il n'y eut qu'une seule conclusion. Laurie avait un sens de l'humour peut-être un peu sarcastique, mais cela correspondait au sien. Il ne put s'empêcher de sourire, car il avait compris la plaisanterie. Un voleur dans la nuit, venu prendre ce à quoi aucun d'eux ne pouvait s'engager pendant la journée.

Et elle le désirait. Autant peut-être qu'il la désirait. Si ses paroles n'avaient pas clarifié son but, son baiser l'aurait convaincu : prendre tout ce qu'il voulait lui donner, et exiger davantage encore.

— Tu en es sûre…, ne put-il s'empêcher de demander. Une nuit ?

— Qu'est-ce qui te fait en douter ? Bien que, si tu es vraiment bon, ça puisse être deux ou trois.

Elle le poussa contre le mur, pressa ses hanches contre les siennes et caressa son torse. Un désir foudroyant le fit presque tomber à genoux.

— Tu veux que tout se passe à ta manière, n'est-ce pas ?

L'espièglerie illumina ses beaux yeux. Sa main descendit à la taille de son pantalon, dont elle défit le bouton.

— Chiche. Peut-être que tu aimeras faire ce qu'on te dit, pour une fois.

Il était sûr qu'il aimerait. Moins sûr que c'était son souhait à elle. Ils s'étaient toujours confrontés l'un à l'autre, et maintenant, cela ressemblait à d'interminables préliminaires compliqués qui allaient façonner la nuit à venir.

— Peut-être que *toi*, tu aimeras faire ce qu'on te dit. Tu devrais essayer.

Elle l'embrassa, ses lèvres fougueuses, avides.

— Si tu veux ça, tu vas devoir le prendre.

Évidemment. Aucun d'eux n'aurait voulu qu'il en soit autrement. Il la souleva et la porta jusqu'au miroir. La reposa en la retournant, le dos contre son torse.

— Regarde.

— Quel bandit tu es. C'est une bonne surprise.

Sa jubilation l'encouragea. La plaquant contre lui, il enleva de sa main libre l'écharpe autour de son cou. Puis fit passer son pull par-dessus sa tête, prit un sein en coupe d'une main et de l'autre la maintint contre lui. Elle se tortilla un peu, mais ne fit aucun effort pour se libérer. Le mouvement n'était qu'une exquise petite friction, et dans le miroir, il vit qu'elle aimait cela autant que lui.

— C'est chouette, dit-elle en lui souriant dans le miroir. Mais pas encore assez…

Il dégrafa son soutien-gorge, le laissant glisser sur ses épaules.

— C'est mieux ?

— Beaucoup mieux…

À peine l'eût-elle formulé qu'il caressa sa poitrine, et elle gémit. Il embrassa son cou, glissa la main plus bas, explorant de ses doigts la façon dont elle voulait être excitée. Gardant son regard fixé sur le sien dans le miroir, afin de guetter attentivement chaque émotion.

Il lui dit tout, en murmurant à son oreille. Il n'y aurait aucun malentendu sur la puissance de son désir, sur sa beauté. Des cheveux flamboyants et un corps si fort et pourtant si doux. Quand elle passa la main derrière elle, cherchant des doigts la fermeture Éclair de son pantalon, il eut un sursaut de surprise. Voir son propre visage et le sien, leurs regards scellés l'un à l'autre par la passion, et sentir ce qu'elle lui faisait, l'emmenait bien au-delà de tout ce qu'il avait cru que le sexe pouvait leur offrir à tous deux.

Soudain, elle pivota entre ses bras, et se hissa sur la pointe des pieds pour l'embrasser.

— Tu ne vas pas en faire qu'à ta tête, Ross. Même si ça me plaît beaucoup.

Elle le fit reculer jusqu'au lit, et il s'assit d'un coup lorsque l'arrière de ses jambes rencontra le matelas. Il tendit les bras vers elle, mais elle le repoussa, enlevant ses baskets et ses leggings. Il fit de même avec son pantalon et ses chaussures. Puis il attendit…

Elle grimpa sur le lit, s'accroupit sur lui, ses yeux étincelant de ce feu qu'il aimait tant. Elle prenait le contrôle maintenant, et le sentiment de l'endroit où cela allait le mener était dévorant et plus délicieux qu'il n'aurait jamais pu l'imaginer.

C'était… incroyablement merveilleux. Follement passionné, et pourtant empli de la confiance qu'ils avaient développée au cours des dernières semaines. Ross observait chacun des gestes de Laurie, feignait d'obéir à ses ordres et lui laissait le contrôle absolu. Grisant.

Il y avait tant à admirer dans ce grand corps viril. Lorsqu'elle entreprit de l'explorer avec la langue, parcourant son torse et titillant ses mamelons, il gémit. C'était en récompense des choses délicieuses qu'il lui avait faites devant le miroir, rendues d'autant plus délicieuses qu'il lui permettait de voir la lueur espiègle dans ses yeux.

— Tu me tues, Laurie.

Il hoquetait presque tandis que ses doigts progressaient vers le bas. Lentement, car elle adorait la réaction que cela provoquait en lui. Elle effleura son sexe en érection.

— Tu veux que j'arrête ?

— Non. Je veux juste que tu…

Il poussa un autre gémissement, la tête rejetée en arrière, lorsqu'elle lui prodigua une caresse plus substantielle.

— Ça ?

— Mmm, oui, ça.

C'était tellement amusant. Elle pensait que certains hommes étaient de super amis, et d'autres super au lit. Ross était les deux, et ils restaient dans le même rapport que toujours. Se poussant l'un l'autre, se défiant pour garder le contrôle. Ils y parvenaient car il avait le même sens de l'humour qu'elle et n'avait pas peur de s'en servir.

Elle lui adressa un sourire éblouissant.

— Tu es prêt pour moi ?

— Tu es folle ? À ton avis ?

— Mmh, je ne sais pas, répondit-elle, se penchant pour embrasser la preuve évidente que *oui*, il l'était.

— Maintenant, tu le sais. Hé, où tu vas ?

— Prendre un préservatif. Dans ma poche.

Il était important que Ross se libère de cette chance sur mille de concevoir afin de mieux vivre ce moment.

Il l'arrêta en ouvrant le tiroir de la table de chevet. Elle le regarda, frémissante de désir, mettre la protection en place. Enfin, elle l'enfourcha de nouveau, s'abaissa lentement pour le prendre en elle.

Les yeux rivés l'un à l'autre, ils poussèrent chacun un même et unique soupir d'aise. Quand elle cala ses hanches, la sensation lui arracha un cri de plaisir, auquel répondit le gémissement de Ross. Leurs lèvres s'unirent simultanément.

Ils étaient ensemble. Plus de rivalité pour dominer, tous deux essayaient de satisfaire l'autre. Tout était partagé, elle déposait sur ses lèvres chaque volupté qu'elle ressentait. Elle fondait dans ses bras et il murmura son nom, la bascula doucement sur le dos. Lorsqu'il glissa de nouveau en elle, l'idée qu'il ne s'agissait que de sexe vola en éclats. Ça, c'était faire l'amour.

Il était si tendre, si délicieusement passionné. Leurs corps bougeaient au même rythme, profitant pleinement de la connexion intime qui les liait. Plus question de se retenir, de faire durer, il fallait savourer au maximum le sentiment qui grandissait en elle. Elle ne pouvait que le laisser la prendre, sachant que lui aussi était sous son emprise.

Quand elle jouit, ce fut une longue chute dans une félicité aveugle. Elle savait qu'elle l'entraînait avec elle, et alors que les vagues de l'orgasme se succédaient à travers son corps, celui de Ross se figea soudain. Il laissa échapper un cri, et elle s'accrocha à lui, consciente qu'il avait besoin de son contact autant qu'elle avait eu besoin du sien.

— C'était…

Ce qu'ils venaient de vivre défiait toute description.

— Fou ?

Il lui sourit, et roula sur le côté pour la serrer contre lui.

— De la folie totale.

Elle l'embrassa. Si c'était de la folie, alors chaque jour pouvait être aussi fou, en ce qui la concernait.

— C'était beau, murmura-t-il, le visage empreint de tendresse.

— Oui. Beau est le mot que je cherchais.

12.

Ils avaient somnolé durant un long moment, heureux de se trouver simplement dans les bras de l'autre. Puis Laurie sentit Ross remuer et se pencher vers elle pour l'embrasser.

— Tu vas vraiment partir à l'aube ? demanda-t-il.

Si ce qu'ils avaient ensemble devait survivre, elle estimait qu'il fallait que ce soit séparé du reste. Loin des limites que l'aspect pratique imposait à leur relation.

— Oui. Mais on se voit plus tard ? À la clinique ?

— Tu ne pars pas très loin, alors ? dit-il en souriant.

— Pas au point de ne pouvoir revenir demain soir. Ou d'être à la clinique pendant la journée. Si tu es d'accord.

Il lui lança un regard de reproche.

— J'ai toujours voulu que tu restes. Tu en doutes ?

— Si c'était le cas, je ne me serais pas glissée chez toi par l'escalier extérieur. J'aurais frappé à ta porte d'entrée afin de préserver la possibilité du déni.

— Je préfère le balcon, répondit-il avec un petit rire.

— Moi aussi. Je pourrais essayer de le grimper habillée en pirate. Avec un coutelas entre les dents.

— Hors de question. C'est *mon* fantasme.

— Ton fantasme ? Vraiment ? Tu veux dire, me trouver dans une de ces chemises de nuit aériennes, et en faire sauter les boutons de la pointe de ton épée ? Il faudrait que je reste très immobile…

— Je te clouerais sur place de mon regard menaçant. Et…

Il se pencha, murmura à son oreille, et elle frissonna sous l'effet des images exquises qu'il ancrait dans son imagination. Elle y mit un terme.

— Stop ! Arrête, Ross. Tu n'as pas le droit de me dire ça à moins d'être prêt à fournir des preuves. Tout de suite.

— Je suis plus qu'heureux de le faire.

— Dans ce cas…

Elle sortit un autre préservatif du tiroir et le lui tendit.

— J'ai moi-même quelques fantasmes qui pourraient te plaire. Mais tu ne les entendras pas tant que tu ne m'auras pas un peu encouragée.

— Je te donnerai tous les encouragements que tu voudras, assura-t-il en gloussant…

Ross était épuisé. Le genre d'épuisement dû à une nuit quasi sans sommeil, à parler et faire l'amour, avant l'un des meilleurs bonjours de sa vie à 4 heures du matin. *Le* meilleur, en réalité.

Laurie était ensuite repartie en bâillant, et ils avaient eu quelques heures pour dormir avant d'aller travailler.

Il savait qu'elle était la championne du visage impassible, mais c'était quand même un brin déconcertant. Elle le salua à 9 heures avec son sourire habituel, ne trahissant rien de ce qu'ils avaient fait ensemble au cours de la nuit. Avait-elle oublié, d'une manière ou d'une autre ? Il décida que c'était impossible.

Elle toqua à la porte ouverte de son bureau à 11 heures, et il lui fit signe d'entrer. Elle referma la porte derrière elle, ce qui indiquait d'ordinaire au personnel qu'il était en réunion et non disponible. Peut-être à présent, son impressionnante contenance allait-elle se fissurer.

— J'ai une idée, lança-t-elle. Il y a une convention de jeux vidéo dans un hôtel à cinquante kilomètres d'ici, et je veux y emmener Adam. Il a vraiment envie d'y aller.

— Bien. Je pense que ce sera une sortie agréable pour lui.

Encore qu'il ne vît pas très bien en quoi cela aiderait le pied du garçon.

— Il n'y a pas que ça, Ross. Adam est notre patient modèle, tu le sais. Il fait tous ses exercices à la salle de gym, il s'est fait des amis, il mange bien et dort quand il le faut.

— Mais il ne quitte pas son fauteuil roulant, n'est-ce pas ?

Adam passait la plupart de son temps libre à jouer aux jeux vidéo.

— Non, en effet. Il n'a pas confiance en sa guérison, et c'est comme s'il repoussait la mauvaise nouvelle. Qu'il va aller mieux mais ne pourra plus courir à nouveau.

— Et une convention de jeux va résoudre ça ?

Si elle le pensait, il était prêt à tenter le coup.

— Je veux essayer. J'ai appelé Ann et elle trouve que c'est une excellente idée, si ça ne nous dérange pas de l'emmener. Tu viendras ?

— D'accord. Je peux demander à maman de me remplacer et prendre un jour de congé.

— Merci, Ross. Je pense vraiment que ça pourrait être un tournant pour lui.

— Alors, combien de temps vas-tu pouvoir continuer comme ça ? demanda-t-il en se calant au fond de son siège.

Elle lui jeta soudain un sourire éclatant, les joues empourprées. Le genre d'expression destiné à un homme avec qui on venait de passer la nuit, et il s'étonna que cela lui fasse plaisir à ce point.

— Arrête ! Je croyais que je me débrouillais bien !

— C'est le cas. Je n'aurais jamais deviné ce que tu faisais la nuit dernière, or j'étais là. C'est assez troublant, en fait. Je commençais à me demander si tu ne souffrais pas d'un trou de mémoire.

— C'est mon truc. Ne pas montrer ce qu'on pense. Une des choses que j'ai apprises de mon père.

C'était la première fois qu'elle le disait. Et peut-être la preuve la plus solide que la nuit précédente *avait* eu lieu. Elle sortait enfin de l'isolement que son enfance difficile avait imposé à sa vie.

— Tu n'es pas obligée d'être comme ça, Laurie. Tu peux décider par toi-même.

— C'est encore à l'étude, répondit-elle. Mais ça ne fait pas de mal de garder le silence. Personne ici n'a besoin de savoir que j'ai couché avec le patron, si ?

— Non, personne. Tant que toi, tu t'en souviens…

Il ne plaisantait qu'à moitié. Il savait que leur relation ne pouvait pas durer mais il ne voulait pas qu'elle soit engloutie par la détermination tenace de Laurie. Perdue à jamais derrière ses yeux impassibles.

— Je m'en souviens, rassure-toi.

Elle éclata de rire, arracha une feuille de son bloc, la froissa et la lui jeta à la figure. Il l'évita en souriant.

— Comment va ta hanche ce matin ?

— Tu veux la version officielle ?

— Oui. Après, je veux bien la vraie.

— La réponse officielle est que ma hanche s'améliore progressivement. La vraie, c'est que j'ai remarqué à quel point tu as fait attention cette nuit, et… tu as été parfait. Je n'ai pas mal du tout ce matin. D'ailleurs tu as aussi été parfait à tous les plans, fit-elle, rougissant plus fort.

— Tu me donnes *envie* d'être parfait. C'est ce que tu mérites, Laurie.

Il n'était pas parfait, loin s'en fallait. Il ne pouvait pas lui donner un foyer ou une famille, car son foyer, c'était la clinique, et la seule famille qu'il aurait jamais. C'était une bonne vie, mais Laurie avait tout un monde au-dehors et une vie bien à elle. Cela ne signifiait pas pour autant qu'ils ne pouvaient pas prendre un peu de temps de leurs vies l'un pour l'autre et en ressortir un peu plus riches.

— Tu veux venir chez moi ce soir ? dit-elle d'un ton malicieux. Pour que je n'aie pas l'impression de te harceler.

— Compte sur moi.

Elle sourit. Un courant charnel passa entre eux lorsque leurs regards se croisèrent, puis elle se leva. Pas de baiser, c'était un peu inapproprié dans ce cadre. Ici, ils n'étaient que des collègues temporaires, et ils s'étaient enfermés dans son bureau pour parler de leurs patients.

Mais ce soir… Quand le soleil déclina, Ross sortit la bouteille de champagne du réfrigérateur, et la mit dans un sac à provisions au cas où quelqu'un le verrait. Mais il était seul dans la douceur tranquille de la soirée lorsqu'il descendit à toute allure du balcon, toqua aux portes-fenêtres de l'appartement de Laurie. Elle l'attendait, ouvrit en lui faisant signe d'entrer, et il la prit dans ses bras.

— Tu es sûre de ton coup ? demanda Ross, balayant le hall de l'hôtel des yeux.

— Certaine. Ann est totalement pour aussi, répondit Laurie.

— Oui, mais… elle est au courant pour les costumes ?

— Évidemment. Tout le monde est costumé aux événements de jeux vidéo.

— Je ne m'attendais pas à ce qu'ils soient aussi suggestifs.

Il désigna du menton une jeune femme vêtue en une sorte de guerrière avec une épée. Son armure ne pouvait être qualifiée que de minimaliste.

— Oh ! C'est mon avatar !

— Ah bon ? Tu te balades sur l'écran habillée comme ça ?

— Pardon. Je ne me *balade* pas, je traque. En tout cas, elle porte de la peinture corporelle. Non allergène, espérons-le, sinon on va la ramasser par terre.

— Mais est-ce qu'Ann sait quel *genre* de costumes…

— Elle sait, oui. Elle a déjà emmené Adam à ces conventions. Pff, tu as vraiment eu une enfance isolée, hein ?

— Sans doute, en effet.

Il se tourna vers Adam dans son fauteuil roulant, en train d'étudier les divers programmes de l'événement. Il semblait trouver tout cela très naturel et avait accepté sans sourciller un dépliant de la femme guerrière.

Ross suivit Laurie, qui prit le programme standard des mains d'Adam et le troqua pour l'exemplaire *collector* plus épais, puis donna un billet de banque tiré de son sac à main au jeune homme derrière le comptoir.

— C'est ceux-là que je veux voir, dit Adam en feuilletant soigneusement le programme.

Laurie regarda par-dessus son épaule.

— Oui, on doit aller à celui-ci, c'est notre jeu. Si on marquait ceux que tu veux ?

Adam la dévisagea d'un air outré, comme si elle avait suggéré de défigurer la Mona Lisa.

— Non ! Si tu as le programme *collector*, l'idée est d'obtenir des autographes de gens. Tu vois, le papier est différent, pour pouvoir signer sur les pages.

— On dirait que j'ai un peu à apprendre. Alors, on prend un des exemplaires gratuits pour marquer où on veut aller ?

— Oui, c'est une bonne idée, concéda Adam. On devrait en prendre un chacun.

— Bon plan. Je pense vraiment que Ross devrait en avoir un, il n'a aucune idée de ce qui se passe.

Elle sourit à Ross, comme si elle s'attendait à ce qu'il proteste.

— Tu as raison. Pas la moindre idée.

Mais il faisait confiance à Laurie. Si elle pensait que ça allait marcher, il essaierait. Si ça ne marchait pas, au moins ce serait une belle journée pour Adam.

La pile de programmes gratuits se trouvait au bout du comptoir et Laurie attendit pour voir si Adam allait les prendre, avant d'approcher le fauteuil plus près. C'était bien tenté, et connaissant Laurie, elle recommencerait.

Il poussa le fauteuil et Laurie marcha à côté. Ils visitèrent des stands, recueillirent des autographes et Adam discuta de mondes étranges avec des gens costumés. Les autres visiteurs s'avéraient tous de bonne humeur, même s'ils étaient parfois habillés de façon un peu criarde, et l'énorme salle permettait à la foule de ne pas être trop dense.

— C'est vraiment génial. Celui où maman et moi sommes allés à Londres était bondé et on ne pouvait presque rien voir. Ici, on peut accéder aux stands et voir des trucs.

— Tu verrais un peu plus si tu te levais, dit Laurie.

— Non, répondit Adam en secouant rapidement la tête. C'est bon, j'arrive à voir. Merci de m'avoir amené.

— Je m'amuse beaucoup moi-même. Oh ! regarde ! fit Laurie, montrant un grand stand circulaire au centre de la salle. Voilà notre jeu. Il faut qu'on y aille.

— Ouais. Regarde, c'est ton avatar. Ce serait vraiment cool d'avoir sa signature, et celle du mien aussi.

Ross fit rouler le fauteuil au bord du stand. Six marches raides menaient à l'espace central, qui figurait un paysage d'arbres avec un ancien château en toile de fond, où diverses personnes en costumes étaient engagées dans des combats d'épée. La femme en armure et peinture corporelle semblait se débarrasser rapidement de son adversaire plutôt corpulent.

— Attendez-moi une minute.

Laurie laissa Ross et Adam regarder les combats et disparut sur le côté du stand. Puis elle réapparut, souriante.

— Quoi ? murmura Ross.

— Pas de rampe. Adam va devoir monter les marches à pied. Je sais qu'il peut le faire… Mais les organisateurs vont quand même entendre ce que je pense. Ils auraient dû tout rendre accessible aux fauteuils roulants.

— Mais on n'a pas besoin d'aller là-haut, si ?

Adam avait déjà récupéré des objets gratuits sur d'autres stands, auprès de personnages costumés qui déambulaient à leurs abords, et les avait soigneusement rangés dans son sac à dos.

— Des photos. J'ai vu tout à l'heure qu'ils prenaient des photos là-haut. Je pense qu'ils le font entre les combats.

— Tu ne crois pas que, s'ils voient le fauteuil, ils vont descendre ? objecta Ross. Personne ne va laisser un jeune en fauteuil louper ça.

— Hum. Je vais réfléchir à quelque chose.

Lorsque les combats cessèrent, et que les gens commencèrent à monter les marches du podium, Laurie alla directement parler à son avatar. La femme hocha la tête, puis fit un signe de la main à Adam. Mais elle ne descendit pas les marches. Ensuite, Laurie les rejoignit à nouveau.

— Ils ne peuvent pas descendre. Les photos doivent être prises dans les décors appropriés. Il va falloir monter.

Adam regarda les marches d'un air sceptique. Si ça ne marchait pas, Ross ne savait pas ce qui marcherait.

— Je vais t'aider, Adam. Ce sera exactement comme ce que tu fais en salle de gym.

— Je ne sais pas…

Après avoir insisté un peu, Laurie capitula. Elle se pencha pour desserrer les freins du fauteuil roulant, et adressa à Ross un sourire qui cachait clairement sa déception.

— Bon, alors allons déjeuner, d'accord ?

Ce fut la mine un peu sombre qu'elle empila sandwichs et boissons sur le plateau de la cafétéria, puis guida Ross et Adam vers le vaste espace de restauration en plein air. Elle trouva une table et s'assit. Adam feuilletait son catalogue, la déconvenue des photos apparemment oubliée. Laurie attira gentiment son attention.

— Écoute-moi, Adam. Je sais exactement ce que tu peux et ne peux pas faire. Je sais que tu as besoin d'un fauteuil roulant pour venir ici, parce que c'est trop pour toi de marcher dans tout le salon. Mais je sais aussi que tu pourrais monter ces marches, si tu le voulais.

— C'est pas grave, fit Adam, haussant les épaules.

— Eh bien, pour moi, ça l'est, parce que je veux te voir aller mieux. Je sais que tu mourais d'envie de monter sur le podium et te faire prendre en photo.

Elle avait décidé d'affronter le garçon. Elle avait travaillé dur pour établir une relation avec lui, et il lui faisait confiance. Si elle pensait que c'était le bon moment, alors ça l'était, songea Ross.

— Supposons que je tombe.

— Tu ne tomberas pas. Ross et moi ne te laisserons pas faire.

— Mon pied… il n'est pas encore guéri.

— Non, en effet, ça va prendre du temps. Mais tu peux monter ces marches, on l'a fait ensemble en salle de gym.

Adam resta silencieux, secouant la tête.

— Je crois savoir pourquoi tu ne veux pas.

Ross vit une lueur de détermination dans les yeux de Laurie, elle ne renoncerait pas maintenant.

— Non, répondit le garçon. Tu ne sais vraiment pas.

— Je sais combien le sport peut être difficile parfois. Mais une chose que j'ai apprise, c'est que tu ne peux pas ne pas essayer sous prétexte que tu pourrais échouer. Si tu ne peux plus courir, ce sera difficile à gérer. Mais si tu ne fais pas les choses que tu *peux* faire, ce sera encore pire.

Ross éprouva un vague embarras. Laurie parlait-elle également de lui ? Il écarta cette idée. Elle savait ce qu'il ressentait et elle l'acceptait.

— Laisse-moi te dire un truc. J'ai failli abandonner à un moment donné et ruiner toutes mes chances de revenir un jour à l'aviron de compétition. Mais il y a une chose dont je suis sûre.

Le bavardage ambiant s'estompa soudain. Si Laurie n'avait pas l'attention d'Adam, elle avait celle de Ross. Elle utilisait ses propres espoirs et peurs pour atteindre le garçon, cela demandait du cran et de l'engagement.

— Quoi ?

Elle sourit, et se pencha vers Adam.

— Je sais que quoi que je puisse ou ne puisse pas faire dans le futur, j'aurais essayé de réaliser mes rêves. Si j'échoue, c'est tout autant une preuve de courage que si je réussis.

Ross ravala la boule qui obstruait sa gorge. Peut-être que si quelqu'un lui avait tenu ce genre de propos durant les jours sombres après le départ d'Alice, il se serait senti un peu mieux. Pas très bien, la douleur de l'échec aurait été aussi vive. Mais d'une certaine façon, légitimée par le fait qu'il s'était permis d'espérer.

— Je ne sais pas ce que je ferai si je ne peux pas reprendre la course. Je ne suis vraiment doué pour rien d'autre.

— Tu trouveras quelque chose. Je sais reconnaître un gagnant quand j'en vois un, dit Laurie avec un sourire ferme.

— D'accord. On va essayer.

— Super. Alors tu pourras faire signer *mon* programme, hein ?

13.

Laurie avait ramené Adam au pied du podium, et il s'était maladroitement mis debout. Puis il se produisit quelque chose qu'elle n'avait visiblement pas prévu. La femme qui représentait son avatar s'avança au bord de l'estrade et leva son épée en signe de salut. Les autres personnages, voyant ce qu'elle faisait, l'imitèrent aussitôt.

Ross sourit au garçon, qui redressa un peu les épaules. Lentement, précautionneusement, ils montèrent les marches. Adam s'accrochait à son bras mais il n'avait pas besoin de ce soutien. Juste de la confiance. Et son attention était fixée sur l'estrade, où le groupe d'artistes costumés l'attendait.

Lorsqu'il l'atteignit, la femme s'agenouilla, tendant la garde de son épée vers lui. C'était un peu trop théâtral, mais Adam rougit de plaisir, et jeta un regard fier à Ross.

— Je la prendrais si elle me l'offrait, lui murmura Ross.

— Attendez !

Laurie les dépassa, brandissant son téléphone, et les personnages, habitués aux gens qui voulaient des photos, se figèrent aussitôt dans des postures guerrières. C'était parfait. Adam sourit, et Laurie mitrailla autant qu'elle put.

Puis Adam s'empara de l'épée et, appuyé au bras de Ross, il fut conduit de l'autre côté du podium, qui était une reconstitution d'un intérieur de château. Ross le guida vers un trône très tarabiscoté et l'aida à s'y asseoir.

Tandis que les personnages se rassemblaient autour du trône et, apparemment rompus à l'exercice, prenaient différentes poses, Laurie enchaîna avec d'autres photos. Adam était maintenant aux anges. Ensuite, pendant que les artistes signaient à tour de rôle le programme du garçon, Ross s'empara du téléphone de Laurie.

— Vas-y. Il voudra des photos de vous deux avec vos avatars.

— Il passe un si bon moment. Je vais pleurer dans une minute si je ne fais pas attention…

Cela signifiait tant pour elle. Et Ross était si fier d'elle.

Les artistes ne semblaient pas pressés et tout le monde se tenait en retrait pour laisser à Adam plus que son temps alloué pour les photos. La bravade ordinaire d'un ado de seize ans semblait à tout moment sur le point de craquer.

— Il y a d'autres personnes qui attendent…

Adam rendit l'épée à la guerrière. Elle se pencha et l'embrassa sur la joue ; Ross vit ses oreilles devenir écarlates.

— Tu as toutes les photos que tu veux ?

Son doux accent de Newcastle collait mal à son apparence guerrière.

— Oui. Merci beaucoup.

Adam la regarda partir, puis se tourna vers Laurie.

— Je veux rentrer maintenant.

— Tu es sûr ? Il n'y a rien d'autre à voir ?

— J'ai fait tout ce que je voulais faire. Plus, même…

Adam, perché sur le trône, considéra l'immense salle depuis son point d'observation.

— OK. Juste une dernière photo. Pousse-toi un peu.

Laurie s'assit sur le large siège à côté du garçon, et tendit son téléphone pour un selfie.

— Souris, Adam. C'est à ça que ressemble la victoire.

— Qui savait que ces conventions faisaient si mal aux pieds ? dit Laurie en s'écroulant sur le lit de Ross.

— Un petit massage ?

— Oh ! Ross. Tu es tellement adorable. Je suppose que tu ne pourrais pas d'abord te déshabiller, n'est-ce pas ?

— Ha ha. Non. Une chose à la fois.

— Vraiment ? Moi je sais faire deux choses à la fois. Je t'ai dévoré de mon regard lubrique toute la journée.

L'idée plut visiblement à Ross.

— Ah oui ? J'aurais bien aimé que tu le dises. Je te croyais focalisée à 100 % sur l'objectif de faire sortir Adam de son fauteuil. Tu as fait du bon boulot, d'ailleurs.

Elle sourit à ce souvenir.

— C'était si gentil de la part des gens du stand, pas vrai ? Tout ce lever d'épées et les photos.

— C'était génial. Et j'étais si fier de toi. Tu as un vrai talent pour motiver ces jeunes, tu sais.

— Je me disais que j'adorerais pouvoir faire plus ce genre de choses. Travailler aux urgences de médecine générale est formidable, et c'est compatible avec mon emploi du temps, mais je n'ai pas l'occasion de suivre les patients comme je le fais ici.

Il s'assit sur le lit et lui prit un pied qu'il posa sur sa cuisse.

— Ce n'est pas justement le problème ? Tu peux adapter ce genre de soins à long terme à tes horaires d'entraînement ?

Il commença à masser le pied de Laurie, qui soupira.

— Comme c'est agréable. Tu as des doigts merveilleux, Ross. Et, non, je ne suis pas sûre que ce type de travail soit possible pendant la saison d'aviron. Mais je ne ferai pas éternellement de la compétition.

Elle était sans doute folle de penser ainsi. De se demander s'il y avait une place pour elle ici avec Ross, à exercer un métier qu'elle aimait. De penser qu'il voulait même qu'elle reste, il était si convaincu qu'une nouvelle relation finirait aussi mal que sa précédente.

— Pour le moment, tu fais de la compétition. Tu auras tout le temps quand tu prendras ta retraite, et ça pourrait ne pas être avant quelques années.

— Oui, je suppose. Je devrais en profiter tant que je peux.

— On devrait tous les deux. Chaque jour et chaque nuit.

Il reposa son pied sur le lit et s'avança pour l'embrasser.

Si seulement elle pouvait le persuader qu'elle serait heureuse sans famille. Mais comment le pourrait-elle alors qu'elle-même ne savait pas si c'était vrai ? Les choses avaient tellement changé, si rapidement, qu'elle avait besoin d'un temps de rattrapage. Peut-être Ross avait raison, lâcher prise était peut-être le seul moyen de les sauver tous les deux de la douleur.

— Toutes les nuits ? Tu es sûr de pouvoir tenir le rythme ?

— Regarde-moi. *Tu* es sûre que tu peux ?

— Je ne peux que faire de mon mieux.

Elle l'attira vers elle, sentant son poids la plaquer sur le lit. C'était ainsi entre Ross et elle – la puissance de leurs corps-à-corps amoureux pouvait tout faire disparaître sauf l'instant présent. Et il était là, maintenant.

Ross regardait Tamara traverser, en compagnie de Laurie, l'allée gravillonnée menant de l'entrée du parc à la clinique. Sa démarche s'était énormément améliorée maintenant que sa prothèse avait été réajustée, et elle gagnait chaque jour en confiance. Laurie le héla. Comme si elle ne s'attendait pas à le voir là, sur un banc devant le bâtiment, et comme si son arrivée avec Tamara n'était pas parfaitement orchestrée.

— Belle journée, fit Laurie avec un grand sourire en s'asseyant sur le banc.

— Oui. Je crois qu'il va faire plus chaud qu'hier.

— Tu as raison.

Cela suffisait sans doute sur la météo. Tamara s'était installée entre eux, et allait soupçonner qu'il se tramait quelque chose s'ils en rajoutaient. Laurie avait si soigneusement planifié tout cela pour Tamara, et Ross était aussi impatient qu'elle.

Un bruit de moteur attira l'attention de l'adolescente. Timing parfait. Un minibus remontait de l'entrée du parc dans leur direction. Contrastant avec l'aspect plutôt cabossé du véhicule, sa remorque transportait trois canots étincelants.

Laurie observait le visage de Tamara alors que le minibus s'arrêtait devant eux. Un homme en descendit, étirant ses jambes, suivi de deux femmes. Les portes latérales s'ouvrirent, et trois autres hommes sautèrent sur le gravier.

— Ils sont perdus ? dit Tamara.

Un des hommes se détacha du groupe et vint vers eux. Mais Tamara ne quittait pas les bateaux des yeux. Il s'agissait à l'évidence d'embarcations très différentes de celles de la clinique, leurs châssis légers et leurs lignes graciles étaient à la pointe de la technologie en matière de navigation.

— Salut, fit l'homme. Je cherche Tamara.

À présent, cette dernière lui accordait toute son attention, et le fixait bouche bée. Laurie lui donna un coup de coude.

— C'est moi, Tamara.

— Ah, bonjour. Je m'appelle Grant Levelle. On a entendu dire tu pourrais être intéressée pour venir ramer avec nous.

— Oh oui ! S'il vous plaît…

Tamara fut debout avant que Ross puisse l'aider. Grant sourit jusqu'aux oreilles.

— Super. Tu veux que je te présente les autres ?

Tamara acquiesça, et il fit un signe de tête à Laurie avant se diriger d'un pas lent vers le minibus avec la jeune fille.

— Quand est-ce qu'il va le lui dire ? demanda Ross, tandis que le groupe entourait Tamara et que chacun se présentait.

— Eh bien… maintenant, je crois, répondit Laurie.

Elle sourit ; Grant se pencha et retroussa la jambe de son jogging pour révéler sa propre prothèse.

Tamara le considéra, les yeux brillants. Grant la prit par le bras et l'écarta du passage, pendant que le reste du groupe commençait à desserrer les sangles qui fixaient les bateaux sur la remorque. Il lui expliquait apparemment ce qui se passait, et Tamara était suspendue à ses lèvres.

— Tu as vu son visage ? dit Laurie à Ross.

— Oui. À mon avis, tu lui fais un immense plaisir. Pourquoi tu ne les rejoins pas ?

— Je ne veux pas la bousculer. C'est son cadeau.

Laurie observait aussi attentivement que Tamara l'équipe détacher les bateaux. C'était sa vie. Ses coéquipiers. Elle les avait laissés derrière elle pour venir ici, et Ross voyait dans son regard à quel point ils lui manquaient. Il se leva.

— Je devrais aller les accueillir. Et leur indiquer où sont les sandwichs et les boissons.

Laurie bondit sur ses pieds et le conduisit vers le groupe. Il serra la main de chacun, les remerciant d'être venus. Laurie embrassa les deux femmes, plaisanta avec les hommes et rit quand ils suggérèrent qu'elle se la coulait douce ces dernières semaines et qu'ils verraient plus tard à quel point elle n'avait plus la forme.

Un sentiment tiraillait Ross, comme un souvenir perdu depuis longtemps. Le seul enfant à l'école qui ne faisait pas partie d'un groupe parce qu'il vivait trop loin des autres. Il ne faisait pas partie de ce groupe non plus. Il fourra ses mains dans ses poches, s'excusa de devoir aller voir comment les choses se passaient dans la cuisine, et partit.

Sam se tenait aux portes principales de la clinique avec un groupe de patients et de membres du personnel, observant ce qui se passait. Quand elle le vit, elle lui emboîta le pas.

— Elle est dans son élément, n'est-ce pas ?

— Oui. Tu as vu la tête de Tamara quand Grant lui a montré sa prothèse ?

Ce regard, Ross le chérirait longtemps. Le moment où l'avenir d'une adolescente semblait s'ouvrir devant ses yeux.

— Oui, je l'ai vu. Ça valait la peine... Mais en fait, je parlais de Laurie, dit Sam en le fixant pensivement.

Quelque chose de glacé s'enroula autour du cœur de Ross. Sam avait raison, le visage de Laurie s'était illuminé de la même manière lorsqu'elle avait salué ses coéquipiers. Rappel brutal que sa vie n'était pas ici, avec lui.

— Oui. C'est une belle journée pour Laurie aussi.

C'était bon de revoir tout le monde, et d'assister à l'activité quotidienne de ceux qui prenaient l'aviron au sérieux, du déchargement des bateaux de la remorque à leur mise à l'eau. C'était aussi une sacrée tentation. Par une belle journée pareille, Laurie avait envie de se dégourdir les épaules et de sentir la traction des rames. Mais elle se contenta d'aider Grant à ajuster pour Tamara l'un des sièges coulissants sur l'embarcation à trois places. Puis Ross vérifia avec la jeune fille que sa position ne soumettrait pas sa jambe à une tension à laquelle elle n'était pas encore prête.

— Qui est ce gars, et qu'a-t-il fait à Laurie Sullivan ? demanda Grant en s'asseyant près d'elle sur l'herbe.

— Il ne m'a rien fait.

Enfin, ce n'était pas tout à fait vrai. Ross et elle s'étaient fait mutuellement beaucoup de choses fort plaisantes, mais Grant ne parlait pas de ça.

— Quelqu'un l'a fait, insista Grant. La kiné ?

Il désigna Sam du menton.

— Non. J'ai établi mon propre protocole et je m'y tiens. Pas d'aviron pendant encore deux semaines.

— On ne peut pas te tenter ? demanda Grant, moqueur.

— Non. Et n'essayez même pas. J'ai besoin de réparer cette hanche correctement. Ensuite, je serai de retour.

— Très bien. Et entre-temps, tu déniches des talents ?

— Mais non ! Tamara ne se consacre pas à l'aviron, c'est juste pour le plaisir, et quelque chose qu'elle peut faire en ce moment. Je sais que tu connais la valeur de cela.

Grant avait eu le même parcours que Tamara, et il avait choisi le sport qu'il voulait pratiquer. Laurie savait qu'il était toujours disposé à aider les autres à faire de même, et c'est pourquoi elle l'avait appelé. L'équipe revenait d'Écosse, et Grant avait persuadé quelques-uns d'entre eux de s'arrêter pour la journée avec des bateaux d'entraînement.

— Bien sûr. Je n'aurais juste jamais cru t'entendre dire une phrase comme : « L'aviron c'est du plaisir. Je ne vais pas sur l'eau avant d'être en pleine forme. »

— Eh bien, c'est une facette de moi que tu n'avais pas vue avant, n'est-ce pas ? Je suis aussi médecin…

Grant, apparemment convaincu, hocha la tête. Laurie n'était pas certaine de l'être autant. En fait, elle se sentait différente. Elle avait toujours la même envie de l'eau, mais il y avait d'autres choses aussi. Des choses qui occupaient la case qu'elle réservait habituellement à l'aviron.

Peut-être qu'elle perdait la niaque. Peut-être que son père avait raison, que trop d'autres éléments dans sa vie émousseraient sa détermination et nuiraient à sa concentration. Même maintenant, elle regardait Ross plutôt que les bateaux qui flottaient sur l'eau. Elle revint à Grant.

— Tu as déjà fait des coupures dans ta carrière. C'était difficile ? De revenir ?

Elle s'était persuadée que ceci n'était que de délicieuses vacances. Radieuses, dans cet endroit paisible et optimiste que Ross avait bâti. Et Ross lui-même, bien sûr. Elle avait habilement esquivé la question de la reprise de la compétition, parce que cela l'aurait empêchée d'en profiter.

— Non. Je suis revenu meilleur. Plus fort, parce que je savais exactement ce que je voulais.

— Je pense que ce sera pareil pour moi.

Son ton devait manquer de conviction car Grant tiqua.

— Tu es sûre de ça ? Ta hanche s'améliore, n'est-ce pas ? Tu n'envisages pas de prendre ta retraite ?

Elle gloussa.

— Pas tant que tu es encore là pour que je te batte.

— Dans tes rêves.

Ross avait fini de parler à Tamara et il les rejoignit d'un pas vif. Il s'assit sur l'herbe à côté de Laurie.

— Vous êtes bien ici, dit Grant. Belle étendue d'eau.

— Vous serez toujours bienvenus si vous passez dans le coin. Si vous m'appelez avant, on vous trouvera où dormir.

Ross décocha un regard à Laurie. Peut-être était-ce une invitation particulièrement destinée à elle.

— Merci, dit Grant. Tamara est prête ?

— Elle brûle d'impatience, répondit Ross.

— Alors on y va.

Grant s'avança vers Tamara et lui offrit le bras pour l'aider à marcher. Au lieu de se renfrogner comme elle le faisait d'habitude dans ces cas-là, la jeune fille se mit à bavarder avec excitation, un sourire éclatant sur les lèvres.

— Grant s'est fait une amie pour la vie, dit Ross.

— Il s'implique beaucoup pour aider les jeunes, il excelle avec eux.

— C'est pile ce dont elle a besoin. Quelqu'un qui lui montre qu'elle peut faire tout ce qu'elle veut. Mais en fait, se reprit-il, c'est *toi* qui l'as aidée à voir ça.

— Je ne faisais que mon boulot.

— Non, Laurie. Tu faisais bien plus que ton boulot.

— J'ai repensé à notre discussion de l'autre soir. Tu sais, mon désir de continuer ce genre de travail.

Il s'allongea sur le dos, les yeux fixés sur le ciel.

— Ah oui ? Et tu es arrivée à une conclusion ?

— Oui, et tu as raison, je ne peux pas encore être un véritable coach, mais je peux commencer à mettre en place un cadre. Quelque chose que je peux développer, dans le but d'y consacrer plus tard tout mon temps.

— Ça pourrait marcher. Une sorte d'association bénévole, avec une grande capacité de croissance.

— Exactement. Ce serait un réseau pour des adolescents. On pourrait commencer par un site web où ils trouveraient des informations sur de bons entraîneurs et de bons soins médicaux. Ce qui compterait c'est ce qu'ils veulent, pas ce que les autres veulent pour eux. On serait totalement à leur écoute, à l'écoute de *leurs* attentes.

— Et tu pourrais en définitive leur assurer une transition du sport vers autre chose si c'est ce qu'ils veulent vraiment ? Ou une transition vers un autre sport si c'est leur choix.

— C'est ça. On serait leurs avocats.

— Il y a beaucoup de potentiel.

— Je commencerais doucement, en prenant des contacts et en mettant des choses en place. Et quand je me retirerai de l'aviron, j'y consacrerai plus de temps de manière régulière.

— Tu devrais en parler à Sam. Elle serait vraiment intéressée par l'idée, mais la première à dire qu'elle n'a pas ton instinct de tueuse.

— Moi ? protesta-t-elle. Un instinct de tueuse ?

— Tu sais ce que je veux dire. Tu as l'audace de pousser les gens hors de leur zone de confort pour que ça marche. Sam est plus subtile, elle n'est pas moins engagée mais elle te tuera avec gentillesse plutôt que de te foncer dessus avec un bélier. Il faut de tout, et ensemble, vous seriez imparables.

Voilà ce que Ross faisait si bien. Mettre les gens ensemble. Voir comment différentes approches pourraient fonctionner en harmonie au lieu de s'opposer.

— Je pourrais compter sur ton soutien ?

Elle osait à peine le lui demander. Ce serait une façon de garder une forme de contact avec Ross.

— Toujours. Si la clinique peut t'aider d'une manière ou d'une autre, il te suffit d'appeler.

Ce n'était pas son propos. La clinique pouvait l'aider, mais c'était Ross lui-même qu'elle voulait réellement.

— Et toi, Ross ? Tu m'aideras ?

Il serra les lèvres, et elle frissonna soudain.

— Je ne peux pas. Tu en connais les raisons, et ce n'est pas que je ne veuille pas. Si tu le fais, ça doit être pour toi et pour les jeunes que tu veux aider.

— J'ai l'intention de créer une association, pas une agence matrimoniale. Tu veux aider ces jeunes aussi, je le sais.

Ce n'était qu'une demi-blague. S'il pensait que cette idée était son moyen de rester en contact avec lui… ce n'était pas le cas, elle voulait vraiment le faire. Mais si l'un des corollaires était qu'elle gardait Ross sur sa liste de diffusion, et peut-être dans sa vie aussi, c'était une idée qui plaisait soudain énormément à Laurie.

Il acquiesça, et un bref instant, elle se laissa aller à l'idée qu'il pourrait faire partie de son avenir.

— C'est vrai. Mais je suis désolé, Laurie, on ne peut pas le faire ensemble.

14.

Ross regardait Sam et Laurie diriger le groupe mamans-bébés. Sam avait amené Timothy, lequel prenait très au sérieux le fait d'être un peu plus âgé que la plupart des autres enfants. Debout près de sa mère, il reproduisait les exercices qu'elle montrait, visiblement accoutumé à les faire.

Laurie évoluait avec bonheur au milieu du groupe, aidait ceux qui en avaient besoin, corrigeait une posture, redressait un dos. Une petite fille commença à s'agiter, et Laurie s'adressa à sa mère avant de soulever l'enfant dans ses bras.

Un mois plus tôt, Ross n'en aurait pas cru ses yeux. Laurie, souriant à la petite sur sa hanche, la distrayant afin que sa maman puisse faire ses exercices en paix.

— Celui-ci doit se faire à deux, annonça Sam. Laurie !

La mine un peu contrite, Laurie ramena l'enfant, à qui sa maman promit qu'elle retournerait jouer avec Laurie dès qu'elles auraient terminé cet exercice ensemble.

Ross tourna les talons.

Il avait beaucoup réfléchi à ce qu'elle avait dit l'autre jour. Cela avait semblé une sorte d'invitation, un moyen de rester en contact et d'explorer l'idée de poursuivre leur relation. Peut-être même de la mener plus loin… Chaque fois qu'il en caressait l'idée, il ressentait un immense bonheur, combiné à un désir physique qui le paralysait presque.

Mais en l'observant à présent… Laurie mûrissait et s'épanouissait. Qui savait ce que lui réservait l'avenir, ou si elle changerait d'avis sur le fait de ne pas vouloir de famille à elle ? Autant qu'il arrête de se poser la question. D'essayer de penser à la façon dont il pourrait partager sa vie avec elle. Car la seule chose qu'il ne voulait *pas* partager avec Laurie, c'était la douleur et le chagrin de vouloir un enfant et de ne pas pouvoir le concevoir. Elle méritait mieux que cela.

Lorsque Ross entendit la porte-fenêtre du balcon s'ouvrir, il s'était résigné à ne rien changer à leur arrangement. Il ne restait que quelques jours avant le départ de Laurie, et bien qu'ils n'en aient pas fixé la date, elle avait réduit son travail à la clinique. La prendre dans ses bras rendit la perspective qu'elle parte bien plus facile à supporter car alors il perdait de vue tout ce qui n'était pas le baiser qui s'ensuivrait. De fait, elle l'embrassa avec une telle passion qu'il décida que le dîner pouvait attendre.

— J'ai réfléchi, dit-elle, s'asseyant dans la cuisine.

Bon, le *sexe* pouvait attendre, songea Ross, et il servit deux verres de vin avant de s'installer face à elle.

— Hum, autant me jeter à l'eau, fit-elle avec un petit sourire nerveux qui l'inquiéta brusquement. Je sais que tu as des réserves quant à la poursuite de notre relation, Ross. Mais sache que, si tu es d'accord pour qu'on tente le coup, c'est sincèrement ce que je souhaite.

Le plaisir du moment s'évapora tandis que s'ouvrait un abysse sous ses pieds. Seule Laurie était capable de renverser aussi complètement son univers. Son ébahissement dut se voir sur son visage car elle le fixait à présent.

— Dis quelque chose. S'il te plaît.

Il lui pressa la main en un geste qu'il espérait rassurant.

— Rien ne me rendrait plus heureux, chérie. Mais je ne crois pas que ce soit une bonne idée.

Peut-être en resterait-elle là. Ou pas. Une des choses qu'il adorait chez elle, c'était sa capacité à dire exactement ce qu'elle pensait.

— Pourquoi ? C'est une manière de dire que tu ne veux pas de moi ?

— Jamais je ne cesserai de vouloir de toi, Laurie. Ce que je dis, c'est que toi et moi ne pourrons jamais avoir une famille, et je ne te demanderai pas de renoncer à cette possibilité pour moi.

— Et si je m'en fiche ? Et si… et si je t'aime ?

Il savait qu'il l'aimait aussi. C'était la seule explication à l'intense tristesse qu'il l'envahissait à la pensée de ne pas passer le reste de sa vie avec elle. Il pouvait donner son amour à Laurie, mais elle méritait tellement mieux.

— Sais-tu seulement ce que tu feras à cette heure l'an prochain ? Ce qui comptera pour toi ? Parce que si on reste ensemble, je ne suis pas sûr de pouvoir te laisser partir.

Elle se mit à faire les cent pas, avec cette énergie qu'il aimait tant.

— Alors, ne me laisse pas partir, Ross.

— Tu soutiens que tu peux être heureuse sans perspective d'avoir un jour des enfants ?

Elle s'immobilisa soudain et le dévisagea. Il sentit son cœur se durcir. C'était le seul moyen qu'il avait pour se résoudre à repousser Laurie.

— Tu ne peux pas juste me faire confiance, Ross ? Tu ne peux pas croire que je puisse l'accepter ?

— C'est en la vie que je n'ai pas confiance.

— Oh ! fit-elle avec frustration. On contrôle nos propres vies, non ? Qu'en est-il du fait de ne pas abandonner ?

— Et qu'en est-il du fait d'affronter les faits ? Ou de faire de son mieux avec ce que l'on a, d'ailleurs ?

La colère éclata dans ses beaux yeux.

— Très bien. Fais de ton mieux avec ce que tu as, alors. Ne pense pas à autre chose parce que c'est trop dur d'essayer.

Cela fit mal. Tous les sentiments liés à son mariage refirent surface. Les regards réprobateurs d'Alice quand elle découvrait qu'il l'avait encore déçue ce mois-là.

— Grandis, Laurie. Tu peux penser que tu peux te surpasser et accomplir tout ce que tu veux dans la vie, et tu as peut-être raison. Mais ça ne te donne pas le droit d'attendre de moi que j'accomplisse l'impossible.

Ses yeux s'écarquillèrent d'indignation.

— Ce n'est pas ce que je dis, Ross. Je dis, prenons ce que nous avons maintenant et faisons-en quelque chose de bien.

— Et moi je te dis qu'on ne peut pas.

Les lèvres de Laurie se mirent à trembler. Si elle pleurait, il n'était pas sûr de pouvoir la laisser partir, mais elle se ressaisit soudain, redressa le dos et lui lança ce regard vide qui lui interdisait tout accès à ses sentiments.

— C'est fini entre nous, alors, murmura-t-elle.

Puis elle se retourna et quitta la cuisine. Ross sursauta quand la porte de l'appartement claqua derrière elle.

Ça aurait dû être une équation facile. Deux valises à l'arrivée, deux valises au départ. C'était ainsi que Laurie voyageait, sans jamais rapporter plus que ce qu'elle avait pris avec elle. Mais l'équation ne fonctionnait pas, cette fois.

Il y avait ses vêtements. Ils ne posaient pas de problèmes, malgré deux T-shirts au logo de la clinique et le fruit d'une virée shopping avec Ross, des sandales pour remplacer celles qu'elle avait gorgées d'eau, et une jupe qui lui avait plu et qu'il l'avait encouragée à acheter. Cela entrerait facilement. Le bouchon de la bouteille de champagne qui avait été si amusante à boire, et dans lequel Ross avait inséré une pièce de monnaie pour porter chance, ne prenait pas beaucoup de place non plus. Elle aurait peut-être dû le jeter, car il lui rappelait trop de souvenirs, mais elle n'en avait pas envie. Elle avait déjà si peu de choses de lui à garder.

Il y en avait tellement d'autres, cependant. La bande dessinée qu'Adam avait dessinée pour elle. Les deux plumes jaunes qui s'étaient envolées de son T-shirt lorsqu'elle l'avait ôté le soir de la journée sportive de l'école, et qui étaient désormais soigneusement pressées dans le programme comme des fleurs entre les feuilles d'un livre. La casquette d'aviron que Tamara lui avait offerte et que Laurie avait promis de porter lors de sa prochaine compétition, et le dossier rempli de lectures utiles que Sam lui avait donné lorsque Laurie avait suggéré qu'elles collaborent sur des idées pour la future association. Des dessins des enfants du groupe mamans-bébés.

Enfin, les livres que Ross lui avait prêtés. Ça, c'était plus facile. Elle n'en avait lu que quelques-uns, mais les laisserait tous car elle n'aurait pas l'occasion de les lui rendre plus tard.

« *Tu sais que c'est fini quand elle commence à séparer ses livres et sa musique des tiens...* »

Grant avait dit cela lorsqu'une des nombreuses petites amies qu'il avait eues avant son mariage l'avait quitté. Cette pensée fit mouche maintenant. Jamais Laurie n'avait laissé une relation aller assez loin pour en passer par ce processus incroyablement triste de quitter quelqu'un et trier des objets.

Des larmes lui piquèrent les yeux. C'était un nouveau type de douleur et il était difficile de prétendre qu'elle ne la ressentait pas.

Ce n'était nullement la première fois qu'ils se disputaient, deux caractères forts qui aimaient les bras de fer et encore plus l'ultime réconciliation. Mais cette fois c'était différent. Ross avait raison, et en même temps un peu tort. Il avait dit qu'il ne pouvait pas lui donner ce dont elle avait besoin, mais en vérité c'était elle qui ne pouvait pas lui donner ce dont il avait besoin. Elle ne pouvait pas lui faire croire que s'aventurer dans des eaux inconnues avec elle ne mènerait pas au désastre. Son amour n'était pas suffisant pour cela.

Maintenant, elle pouvait pleurer si elle le voulait, et peut-être que cela soulagerait le poids qui oppressait sa poitrine. Elle avait contribué à détruire la meilleure chose qui lui soit arrivée et il n'y avait aucun retour en arrière possible. Il valait peut-être mieux partir, mais elle avait l'impression que cette perte allait tout éclipser à partir de maintenant.

Ross avait remisé le dîner au congélateur et, affalé dans un fauteuil, il fixait le mur devant lui.

Pourquoi ne s'était-il pas jeté aux pieds de Laurie pour la supplier de rester ?

Parce que cela aurait été mal, voilà pourquoi. Il n'y avait plus rien à dire, plus d'amour à faire et plus d'au revoir. C'était la fin, revenir en arrière ne ferait que retarder l'inévitable et l'empirer. Si le reste de sa vie devait être vécu sans Laurie, il devait l'accepter et passer à autre chose.

Mais malgré lui, il veilla tard, ruminant dans l'obscurité, et il se réveilla tôt le lendemain matin, tout engourdi après s'être endormi sur le canapé.

Le bruit d'une voiture dans l'allée de gravier le conduisit à la fenêtre. Laurie avait commandé un taxi, et le chauffeur l'aida à charger ses valises dans le coffre.

Ross ferma les yeux. Ses lèvres formèrent les mots :

Au revoir, mon amour. Sois heureuse.

— Ross !

Il n'y avait qu'une personne susceptible de provoquer cette exaspération chez Sam, et il sourit instinctivement. Puis se rappela une fois de plus que Laurie était partie. Cela faisait presque un mois maintenant, et ce pathétique sentiment de perte semblait ne jamais vouloir décroître.

Il inspira et invita Sam à s'asseoir. Sam et Laurie travaillaient ensemble sur le projet destiné aux adolescents, et il avait aidé Sam autant qu'il le pouvait. Il souffrait en l'entendant parler de Laurie, mais c'était le seul fil qui les reliait encore, et il s'y accrochait avec avidité.

— Qu'est-ce qui se passe, Sam ?

— J'adore cette femme, mais elle me rend folle !

Si seulement il avait l'occasion qu'elle le rende fou lui aussi… Mais il savait qu'elle ne reviendrait pas.

— Vas-y, je t'écoute, dit-il, s'efforçant de se concentrer.

— Tu connais le nageur Phil Jacques ? Oui, bien sûr, oui, tout le monde le connaît. Laurie est allée le chercher pour une table ronde sur l'entraînement sportif des adolescents.

— C'est bien, non ? C'est exactement ce dont vous avez besoin – le soutien de quelques noms connus.

— C'est génial. Mais tu sais quand c'est ? Dans deux semaines. Pour la conférence à Birmingham où on pensait aller.

Ross avait prévu de passer quelques jours à Birmingham pour assister à la conférence et rendre visite à des patients potentiels.

Il ne savait que penser de l'idée de partager une ville avec Laurie, mais son cœur savait comment réagir. Il se mit à battre la chamade.

— Ça se passera en public et ce sera enregistré pour la radio. Laurie a invité d'autres personnes, elle va profiter de l'occasion pour présenter le nouveau projet. Elle a fait tout ça en moins d'un mois.

Bravo. Il la reconnaissait bien là.

— Tu sais que rien ne l'arrête quand elle décide quelque chose. Alors… où est le problème ? Tu n'es pas contente ?

— Je suis ravie. Seulement… elle veut que j'anime le débat. Et ça m'angoisse affreusement.

Sam était la meilleure kiné qu'il connaissait, et elle était formidable avec ses patients. Elle avait plus qu'assez de connaissances pour animer un débat sur le projet qu'elles montaient en commun, et Ross devinait que c'était la façon de Laurie de saluer l'énorme travail que Sam avait accompli. Sauf qu'elle sous-estimait la timidité de Sam lorsqu'il s'agissait de parler en public.

— Je suppose que tu ne pourrais pas te concentrer sur le fait que tu le mérites, n'est-ce pas ? Ou que tu es la personne idéale pour le faire, et que tu seras formidable ?

— Devant un auditorium rempli de gens ? Enregistré pour la radio ? Non, impossible. Tu ne pourrais pas t'y coller ?

— Tu veux dire m'attribuer tout le mérite de ton travail ? Je ne suis pas tout à fait à l'aise avec ça, non.

Il n'était pas non plus à l'aise à l'idée de s'inviter dans le débat de Laurie. Qu'est-ce qui serait le pire, se retrouver au cœur d'une dispute avec elle ou recevoir de plein fouet son regard vide et professionnel ?

— Mais tu nous as vraiment aidées. Tu m'as donné cette longue liste de contacts et tu as écrit des lettres de présentation à tout le monde. Tu mérites un peu de crédit pour ça.

— Simple coup de main. C'est vous deux qui pilotez ce projet.

— Mais c'est une occasion fantastique pour Laurie de parler de sa propre expérience, des pressions que peuvent subir les adolescents dans le sport, et elle ne peut pas animer le débat en même temps. S'il te plaît, Ross.

Il devait suggérer quelque chose.

— Bon, réfléchissons. Qu'est-ce qui te préoccupe le plus ?

— Eh bien, quoi dire. Quand le dire, poser des questions ou non, ou si je dois simplement présenter les gens et les laisser faire… Laurie me demande de diriger la discussion. De tirer le meilleur de chacun.

Il savait ce que Laurie voulait dire.

— Très bien, donc poser des questions. On va faire une liste des invités et préparer des questions pour chacun d'eux, d'accord ?

Sam savait quels points devaient être soulignés, il fallait juste l'empêcher de paniquer.

— Oh ! tu veux bien ? Mais je leur demande quand ?

— On va s'entraîner. On rassemblera quelques personnes de la clinique, et on simulera des débats. Ça marche ?

— Oui, formidable ! Tu crois que j'en suis capable ?

— Honnêtement ? Tu vas cartonner, Sam.

— Et Laurie sera là, bien sûr. Tu viendras, n'est-ce pas ?

Il en mourait d'envie. Juste pour revoir Laurie, même si c'était à distance dans un auditorium bondé. Pour constater qu'elle avançait, car il ne devait se raccrocher qu'à ça.Que Laurie soit heureuse, parce qu'il ne pouvait pas s'imaginer lui-même être à nouveau vraiment heureux.

— Je vais voir, répondit-il d'un ton évasif.

— Voir quoi ? La même chose que Laurie allait voir quand

je lui ai suggéré de t'inviter ? Je sais que vous étiez proches, Ross… Vous vous êtes disputés, n'est-ce pas ?

Il n'y avait aucune raison de le nier. Sam n'était pas aveugle, et c'était une bonne amie. Elle avait géré une situation difficile avec sa facilité habituelle, le laissant soutenir le projet sans jamais demander pourquoi il passait par elle sans contacter directement Laurie.

— C'est compliqué, Sam.

— C'est assez ironique. Je te connais depuis longtemps, et c'est la première fois que tu penses que *compliqué* est une raison de ne pas faire quelque chose. Laurie est pareille. Plus c'est compliqué et stimulant, plus elle aime.

— Comment va-t-elle ?

Poser la question n'était pas juste vis-à-vis de Sam, mais il ne pouvait pas s'en empêcher.

Elle réfléchit une seconde.

— Je sais que tu as besoin de savoir, alors je vais te le dire. Juste cette fois, parce que je ne servirai pas d'intermédiaire. Elle va bien. Sa hanche est en très bon état et elle est en train de retrouver sa pleine forme. Elle travaille sans arrêt, comme toi… Je vois la même chose chez vous deux. Ce qui s'est passé entre vous a brisé vos deux cœurs.

Il acquiesça. Sam le fixait, le regard plein d'espoir. Prenant une profonde inspiration, il lâcha :

— Elle m'a dit qu'elle m'aimait, qu'elle voulait qu'on essaye de construire une relation ensemble.

— Et tu as dis non, compléta Sam en souriant tristement.

— Oui. Parce que je ne peux pas être à nouveau responsable de la destruction des rêves de quelqu'un.

— Tu n'as pas ruiné les rêves d'Alice, Ross. Elle a eu tort de te mettre ça sur le dos. Mais tu as tort de repousser Laurie. À l'évidence, elle est au courant de ton problème de fertilité et elle voulait quand même être avec toi. Tu te prives d'une chance d'être heureux, ne fais pas ça !

Ce petit discours trottait clairement dans la tête de Sam

depuis un certain temps, et maintenant elle l'avait envoyé, aussi se leva-t-elle et quitta le bureau.

Ross resta debout, regardant le lac. C'était la vue qui l'aidait habituellement à réfléchir aux difficultés qui se présentaient, mais là, elle ne l'aidait pas.

Il avait accepté ce que la vie lui avait offert et s'en était accommodé. Maintenant, il devait prendre des risques pour obtenir ce qu'il voulait vraiment.

15.

Laurie était sublime. Elle portait un chemisier en soie crème sur un pantalon noir, et sa chevelure flamboyante donnait à cette tenue raisonnable un côté incroyablement sexy.

Mais elle était nerveuse. Même du fond de l'auditorium, Ross voyait qu'elle lisait un topo sur le projet et butait parfois sur les mots. Sam, elle, s'avéra parfaite. Avec un sourire enthousiaste, elle lui posa la question qu'ils avaient préparée ensemble, celle à laquelle il savait que Laurie voudrait répondre. Cette dernière se détendit un peu, la suite coula de source, ponctuée de quelques relances pertinentes de la part de Sam.

La présentation se termina sous un tonnerre d'applaudissements, et les gens se massèrent autour de Laurie. Il aurait dû partir. Mais il ne bougea pas, son désir de la regarder encore au centre de l'attention de tous le lui interdisait.

Il vit Sam scruter le public lorsque les lumières s'allumèrent. Elle lui demanda d'un geste de la main de descendre sur la scène pour féliciter Laurie. Il secoua la tête. Ce n'était pas le moment.

Mais Laurie s'était retournée vers Sam, et suivit son regard. Elle leva la tête vers lui et, durant un instant, ils furent les deux seules personnes dans l'espace bondé. Puis elle arbora cet air froid et impassible qui disait à Ross qu'elle luttait avec ses émotions autant que lui.

Il devait vraiment partir maintenant. La laisser là, sous les feux de la rampe, accomplir ce qu'elle était venue faire. Il se leva, cherchant la sortie la plus proche.

Ross était là. Laurie en fut malade d'excitation, puis horrifiée qu'il quitte l'auditorium dès qu'elle l'avait vu. Ce n'était pas son genre, de tourner le dos à une confrontation, aussi embarrassante fût-elle, et au lieu d'en chercher les raisons, elle se concentra sur les échanges avec les gens autour d'elle.

Cela prit un certain temps. Il y eut des questions, des manifestations de soutien, et quelques appels à l'aide. Les fiches de contact se remplirent rapidement, comme Sam et elle l'avaient espéré. Si elle avait suivi Ross, que lui aurait-elle dit ? Sa douleur d'être séparée de lui ? Qu'elle l'aimait ? Ou aurait-elle simplement menti en affirmant qu'elle avait réussi sans lui, qu'elle n'avait pas besoin de lui ?

Finalement, il ne resta plus que Sam et elle sur la scène tandis que l'équipe de captation remballait son matériel. Elles se congratulèrent mutuellement, et retournèrent pour la conférence à la réception de l'hôtel, où Jamie attendait avec Timothy. Laurie s'excusa gentiment lorsque Jamie lui proposa de se joindre à eux pour déjeuner et, soulagée de se retrouver seule, gagna l'ascenseur.

Elle avait besoin de réfléchir. Ross était là et cela *devait* signifier quelque chose. Sa chambre d'hôtel avait le double avantage d'être un endroit où elle pouvait décider quoi faire et où il pourrait la trouver s'il le voulait…

Laurie ôta ses chaussures, résolue à ignorer la possibilité que Ross demande son numéro de chambre à la réception. Il avait quitté l'auditorium et n'était clairement pas impatient de la voir. Elle appela le service d'étage et commanda un café.

On frappa à la porte après quelques minutes et Laurie ouvrit, s'attendant à l'employé du service d'étage.

Ross. Toujours aussi délicieusement beau. Plus que jamais. Laurie n'était pas grande connaisseuse d'hommes en costume, mais il portait le sien à merveille.

— Tu attends quelqu'un ? demanda-t-il, avec un geste indiquant qu'il pouvait revenir.

— Non ! Enfin, oui, juste le service d'étage.

Elle était prête à l'attraper et le faire entrer de force dans la chambre, mais ce ne fut pas nécessaire. Leurs regards se croisèrent, et cette synchronisation magique qu'ils avaient toujours partagée se mit en marche. Elle s'éloigna de la porte au moment même où Ross s'avança. Plus rien d'autre ne comptait, ils respiraient le même air.

— La présentation était fantastique. Très inspirante. Tu as travaillé dur.

C'est ça qu'il était venu dire ? Elle ravala sa déception.

— Merci. Sam m'a sauvé la vie plusieurs fois. Tu es ici depuis longtemps ?

— Je suis arrivé tard hier soir.

— Et tu envisages de partir quand ?

— Pas avant de t'avoir parlé.

Le monde parut soudain baigné de lumière. Puis elle fut dans ses bras. Comment c'était arrivé, s'en fichait. Elle entendit la porte claquer lorsque Ross la referma, et se blottit contre lui, humant son odeur.

— Laurie… Tu m'as tellement manqué.

— Pas autant que tu m'as manqué…

— Tu veux qu'on fasse la compétition ?

Il lui sourit et toutes les choses qu'elle voulait lui dire se perdirent dans le feu doux et dansant de ses yeux.

— Oui. Faisons ça.

Il l'embrassa, avec toute la passion et le désir qu'elle-même éprouvait. Un bonheur éclatant la priva de toute autre pensée que celle de sa présence et qu'il la tenait dans ses bras. Et quand elle l'embrassa en retour, elle sentit la douce réponse de son corps contre le sien.

Maintenant, seul l'obsédait le lit, et les quelques mètres qui les en séparaient. Peut-être n'y arriveraient-ils même pas. La passion et les baisers de Ross chassaient tout le reste de sa tête. Si elle n'avait que ces moments avec lui, elle les prendrait et affronterait les conséquences plus tard.

Elle fit glisser la veste de ses épaules, et il l'enleva. Lentement, délibérément, elle desserra sa cravate, pendant que le désir montait entre eux, plus enivrant que jamais. Il l'embrassa avec une avidité qui lui fit tourner la tête.

Un nouveau coup à la porte, et une voix annonçant que cette fois, c'était vraiment le service d'étage, les fit se séparer d'un bond coupable. Elle ouvrit, fouilla dans sa poche pour trouver un pourboire, puis attrapa le plateau, le jetant sur la crédence avant de se retourner vers Ross.

Trop tard. Le moment était passé. Elle le voyait sur son visage. Il avait changé d'avis. Mais alors il lança :

— Ce n'est pas pour ça que je suis venu, Laurie. Je suis venu pour parler. Te dire que je t'aime. Si tu peux me pardonner et m'aimer aussi, alors il faut qu'on s'asseye et qu'on réfléchisse à ce qu'on va faire.

Il n'y avait qu'une tasse. Aucune importance, mais Laurie se concentrait sur des détails idiots parce qu'elle était incapable d'appréhender l'énormité de ce que Ross venait de dire. Elle repoussa la tentation de se jeter dans ses bras car il avait raison. Il fallait qu'ils discutent. Elle versa le café d'une main tremblante, but une gorgée et lui tendit la tasse.

— Je t'aime aussi. Pardon d'être partie sans dire adieu.

— Mais non. Je t'ai fait fuir, et c'était mal de ma part. Je ne voyais pas comment on pourrait être ensemble et je pensais que c'était mieux ainsi. Je suis désolé.

Il prit une gorgée de café, lui rendit la tasse et s'assit sur le lit. Elle le rejoignit, le cœur battant à tout rompre.

— Maintenant qu'on s'est débarrassés de ça, on fait quoi ?

Tout dépendait de lui. Elle n'avait pas réussi à trouver un plan qui pourrait fonctionner. Elle devait se fier à lui pour trouver les réponses qu'elle n'avait pas, et soudain, cela ne semblait pas si impossible.

— Je sais que je ne suis une bonne perspective pour personne…, fit-il d'un air malheureux.

— Il se trouve que tu es celle que je veux. Je n'ai aucune envie de changer ça, même si je le pouvais.

— Je ne peux pas le changer non plus. Tu es la seule femme que je désirerai jamais, et je t'aime de toute mon âme. L'idée que tu puisses m'aimer aussi m'a donné le courage de venir ici te demander ce que je ne devrais pas te demander…

— Demande, Ross. Je veux l'entendre.

Il hocha la tête, lui prit la tasse des mains et la posa de côté. Puis il se mit sur un genou devant elle.

— Laurie, je veux prendre tes espoirs et tes rêves et les réaliser pour toi. Tout ce que tu as toujours voulu, ou que tu voudras, parce qu'ils sont plus importants que tout pour moi. Acceptes-tu de prendre les miens et de me les confier ?

Elle la voyait. La voie de Ross, une route claire qui menait à leur avenir ensemble. Il n'était peut-être pas capable de faire confiance à la vie, mais il savait qu'il pouvait lui faire confiance à elle.

— Donne-moi tes rêves. Je prendrai soin d'eux et je ne les laisserai pas te blesser ou te décevoir à nouveau. Je te donnerai les miens, parce que je sais qu'ils sont en sécurité entre tes mains.

Il battit des cils, comme s'il n'arrivait pas à croire ce qu'il entendait.

— Tu es sûre ?

— Oui ! Écoute ce que je te dis pour une fois, d'accord ?

— D'accord, j'écoute, dit-il en souriant. Si je promets de toujours t'écouter, de toujours t'aimer et de faire de mon mieux pour te rendre heureuse, m'épouseras-tu ?

Des larmes remplirent les yeux de Laurie, qui ne fit aucun effort pour les chasser. Ce n'était plus la peine. Elle l'enlaça.

— Oui, Ross. Je t'épouserai.

D'une voix étranglée par l'émotion, il déclara :

— Je ne te laisserai pas partir cette fois. Ferme les yeux.

Elle obéit. Il y eut une pause, puis elle sentit qu'il lui passait une bague au doigt. Ensuite, il l'embrassa.

— Tu peux la regarder maintenant…

— Elle est jolie ? Ça paraît lourd.

— J'ai mis du temps à la choisir. Rien n'aurait été assez bien pour toi, mais j'ai pris la plus belle que j'aie pu trouver.

— Alors je l'adore. Je vais la regarder. Pour l'instant, je te regarde, toi, ça fait trop longtemps que je ne t'ai pas vu.

— Tu es coincée avec moi maintenant, ça n'arrivera plus. Notre monde a changé, Laurie. Avec ton amour et le mien, tes rêves et les miens. Rien ne nous arrêtera désormais.

Épilogue

Quatre ans plus tard.

Cette année, ils avaient choisi Munich. La même suite d'hôtel que celle que Ross avait réservée pour les Championnats du monde trois ans plus tôt. Avec le même jacuzzi dans lequel se prélasser ensemble et la même vue sublime sur la ville.

— Comment je m'en sors, comme soigneur ?

Ross tendit une flûte de champagne à Laurie. C'était la même question qu'il posait chaque année, pour l'anniversaire du jour où ils avaient remis leurs rêves entre les mains l'un de l'autre.

— Magnifiquement, répondit-elle en souriant. Chaque année, je me demande comment tu surpasseras la précédente, mais tu y parviens toujours.

— Tu ne t'attendais pas à autant d'endurance ?

Elle se blottit dans ses bras et l'embrassa avec fougue.

— Pas à ce point. Je n'aurais jamais cru que quelqu'un puisse m'aimer aussi bien. Ni être un tel coach en aviron.

— Je n'ai fait que t'encourager. Victoire à la clé ou pas.

— C'est ce qui fait la différence. Et tu m'as encouragée au point de perdre la voix la dernière fois qu'on était ici.

— Ça valait le coup. Jamais je n'oublierai ton expression quand tu es montée sur le podium pour recevoir ta médaille d'or. Ni quand tu as réalisé mon rêve en m'épousant.

— Hé ! Tu me piques mon rêve ? Le jour du mariage d'une fille est censé être *son* rêve.

— Ha ha. Dommage. C'était mon rêve aussi. Mais tu peux partager, pas vrai ?

— Avec toi ? Tout, répondit-elle en l'embrassant.

Il en était ainsi, désormais. Si la nouvelle extension de la clinique, qui allait devenir un centre d'entraînement pour jeunes athlètes et abriter l'association que Sam et Laurie géraient ensemble, avait été l'idée de Laurie, Ross y avait également mis tout son cœur. Il avait pris soin de ses rêves et les avait adoptés comme les siens.

Un son leur parvint de la chambre, et Ross leva la tête.

— On dirait que notre rêve préféré s'est réveillé. Je vais la chercher.

Laurie ne se lassait jamais de l'observer avec leur fille. Depuis l'encadrement de la porte, elle le vit soulever Penelope de son berceau, enveloppée de la courtepointe pour bébé que sa grand-mère lui avait confectionnée. C'était le plus beau rêve de tous, la chance sur mille qui s'était produite au moment où ils s'y attendaient le moins.

— Papa…

Penelope savait comment mener son père par le bout du nez. Il suffisait d'un seul mot.

— Coucou, Penelope. Tu veux venir voir ce qu'on fait ?

— Papa… veux jouer.

— Tu veux jouer ? Avec moi ?

Penelope rit, tendant ses petits doigts vers lui.

— Tu as entendu ça ? Sa première phrase. Presque…

Sa voix était un peu rauque, comme si une boule obstruait sa gorge. Laurie s'autorisa un sourire. Cela faisait deux semaines qu'elle répétait ces mots à Penelope, et la petite fille avait enfin décidé de les dire au moment le plus parfait.

— C'est toi qui lui as appris à dire ça ? demanda Ross d'un ton suspicieux.

—Moi ? Je ferais une chose pareille ?

— Certainement, riposta-t-il avec un petit rire en l'attirant de la main. Et je t'aime pour ça.

— Je t'aime aussi, Ross. Tous mes rêves sont réunis ici.

Elle se blottit contre lui. L'odeur chaude de son corps, ainsi que le sublime parfum de bébé de Penelope, l'enveloppèrent dans un cocon de bonheur.

Il l'embrassa sur la joue, tendre rappel de ce que la nuit lui réserverait une fois Penelope à nouveau endormie. Une pensée folle et improbable commença à se former…

— Tu te demandes parfois… si une chance sur mille pourrait se reproduire ? On pourrait essayer la FIV…

— Mettre mon monde sens dessus dessous une fois ne te suffit pas ? Tu crois que je peux survivre une seconde fois ?

Ces moments, quand ils avaient regardé ensemble le test de grossesse, et qu'elle avait essuyé ses larmes avec des doigts tremblants, avaient été parmi les meilleurs de sa vie. Ils suffisaient, mais Laurie avait appris à en vouloir plus, tout en sachant que cela n'arriverait peut-être jamais.

— La FIV est une option. Bien que je préfère de loin la méthode traditionnelle. Tu tables sur mille fois ? Ou mille nuits complètes… ? fit-il avec un sourire malicieux

— Sur des nuits. Statistiquement, ça fait beaucoup plus de chances, répondit-elle avec un frisson de plaisir anticipé. Le voyage en vaut la peine, même si on n'arrive pas à destination.

— Entièrement d'accord.

Il l'embrassa encore et elle sentit le petit corps de Penelope se tortiller entre eux.

— Papa… veux jouer, papa.

— On ferait mieux d'aller jouer avec elle maintenant.

Laurie fit mine de bouger, mais Ross la serra contre lui.

— Je veux d'abord faire un autre pacte avec toi. Que jamais nous n'arrêtions de rêver.

Ils auraient toujours plus à faire ensemble, et Laurie avait hâte de découvrir ce qui les attendait.

— Marché conclu, Ross. Comme toujours.

BLANCHE

HARLEQUIN

Retrouvez prochainement, dans votre collection BLANCHE

Miraculeuse rencontre, de Charlotte Hawkes - N°1576

SÉRIE : NOËL ROYAL À L'HÔPITAL - 3/4

Infirmière urgentiste au Seattle General, Kat rêvait autrefois d'avoir une grande famille. Un rêve auquel elle a renoncé depuis. Toutefois, sa rencontre avec Logan Connors, un garde du corps aux yeux de braise, vient soudain raviver l'espoir en elle. Cet apollon est d'autant plus attirant qu'il est un père attentionné. Se pourrait-il qu'il soit celui qu'elle attendait ? En cette veille de Noël, Kat a envie de croire aux miracles...

Le docteur et la princesse, de Louisa George

SÉRIE : NOËL ROYAL À L'HÔPITAL - 4/4

La princesse Giada, favorite des journaux à scandale, n'a rien de commun avec le très sérieux Dr Lucas Beaufort. Et pourtant tous deux sont follement attirés l'un par l'autre. Au point qu'à la faveur d'un week-end en tête à tête ils succombent à la passion. Or cette liaison inoubliable pourrait bien les lier à jamais, car Giada se découvre enceinte...

Le Noël d'un médecin écossais, d'Annie O'Neil - N°1577

Un nouveau poste, une nouvelle maison, une nouvelle vie. Voilà le défi que s'apprête à relever Audrey, tandis qu'elle accoste sur une île perdue d'Écosse, en cette veille de Noël. Embauchée comme infirmière, elle rencontre bientôt Cooper MacAskill, le médecin avec lequel elle va devoir travailler... et cohabiter ! Une perspective qui trouble Audrey car, si elle ne doute pas des talents de Coop, elle redoute de passer ses jours et ses nuits avec cet homme envoûtant...

Un fils pour secret, de Rachel Dove

Le monde autour d'Annabel vacille, tandis qu'elle reconnaît Harry Carter qui intervient comme elle sur une urgence médicale. Huit ans plus tôt, cet homme la quittait, la laissant le cœur brisé – et enceinte ! Alors qu'elle a toujours pris soin seule de son petit Aidan, elle sait que le destin lui donne aujourd'hui la possibilité d'offrir à son fils ce qu'il lui réclame depuis toujours : le père qu'il n'a jamais connu...

Leur mission : sauver des vies.
Leur destin : trouver l'amour.

BLANCHE

HARLEQUIN

Séduction à la maternité, de Kate Hardy - N°1578

Rebecca a deux passions : sa fille, Jasmine, et son métier d'obstétricienne – et guère de temps pour nouer une relation sentimentale. Alors, même si la solitude lui pèse parfois, elle garde les hommes à distance. Mais sa rencontre avec Nathaniel Jones fait vaciller son monde. Sage-femme à la maternité, Nathaniel est aussi professionnel que séduisant. Au point que Rebecca envisage bientôt de lui ouvrir son cœur…

Les fiancés de Noël, d'Allie Kincheloe

Se faire passer pour la fiancée du Dr Dexter Henry, le soir de Noël ? Lena accepte la folle proposition du chirurgien, à la condition qu'il lui rende la pareille en étant son cavalier du nouvel an. Après tout, il ne s'agira que d'une mise en scène innocente leur permettant d'échapper aux tentatives de leurs familles respectives de les marier. Du moins c'est ce que Lena croit car, quand la passion s'en mêle, la comédie devient soudain difficile à jouer…

Un patron si attirant, de Scarlet Wilson - N°1579

SÉRIE : UN HIVER À LA MATERNITÉ - 1/4

Après une première matinée de travail désastreuse, Bonnie est désemparée : pourquoi a-t-il fallu qu'elle remette à sa place son chef de service ? Il faut dire que jamais, au cours de sa carrière de sage-femme, elle ne s'était heurtée à un patron aussi arrogant que Jacob Layton ! Malgré tout, elle va désormais devoir s'excuser. Mais, alors qu'elle se tient face à lui, elle se sent soudain extrêmement désirable… et désirée.

La surprise d'une sage-femme, de Robin Gianna

SÉRIE : UN HIVER À LA MATERNITÉ - 2/4

Aaron Cartwright… Voilà trois ans que Hope s'efforce d'éviter, au sein de l'hôpital, le séduisant médecin à la réputation de play-boy. De nombreuses femmes rêvent peut-être de passer une nuit entre ses bras, mais pas elle ! Pourtant, lorsque, au cours du gala de charité de fin d'année, Aaron l'invite à danser un slow langoureux, Hope est bouleversée. Et elle ne souhaite plus qu'une chose… que cet instant ne finisse jamais.

Leur mission : sauver des vies.
Leur destin : trouver l'amour.

HARLEQUIN
www.harlequin.fr

BLANCHE

HARLEQUIN

Sentiments interdits, de Susan Carlisle - N°1580

Tandis que le Dr Dalton Reynolds s'avance vers elle, Melanie reste pétrifiée. En allant chercher à l'aéroport l'un des chirurgiens orthopédistes les plus réputés des États-Unis, elle ne s'attendait pas à découvrir un sex-symbol ! Pourtant, elle se reprend : en tant que médecin de l'équipe de football des Niagara Falls, elle va devoir collaborer avec Dalton, venu examiner leur joueur star. Et leurs rapports resteront professionnels...

Une danse avec le Dr MacDowell, de Caro Carson

Lorsqu'elle reçoit une invitation pour le prestigieux gala de charité du West Central Hospital, Diana est folle de joie. Élégance, romantisme, passion... L'atmosphère raffinée et envoûtante du bal est le cadre idéal pour vivre les plus belles histoires d'amour ! Aussi, quand elle remarque que le ténébreux Dr Quinn MacDowell, assis seul près de la piste de danse, est l'unique personne qui ne semble pas profiter pleinement de la soirée, Diana décide-t-elle de l'aborder...

Leur mission : sauver des vies.
Leur destin : trouver l'amour.

HARLEQUIN
www.harlequin.fr